合浦珠还
—— 师陀长篇革命小说《争斗》档案的发现与考辨

HEPU-ZHUHUAN
—— SHITUO CHANGPIAN GEMING
XIAOSHUO《ZHENGDOU》
DANG'AN DE FAXIAN YU
KAOBIAN

慕津锋／著

河南大学出版社
HENAN UNIVERSITY PRESS
·郑州·

图书在版编目（CIP）数据

合浦珠还：师陀长篇革命小说《争斗》档案的发现与考辨 / 慕津锋著 . -- 郑州：河南大学出版社，2025.2. -- ISBN 978-7-5649-6252-4

Ⅰ．I207.425

中国国家版本馆 CIP 数据核字第 2025S08K52 号

策 划 人	孔令刚
责任编辑	陈　炜　姜　畅
责任校对	陈晓林
封面题字	严家炎
封面设计	郭　灿

出版发行	河南大学出版社
地　　址	郑州市郑东新区商务外环中华大厦 2401 号
邮　　编	450046
电　　话	0371-86059753（大众文化出版中心）
	0371-86059701（营销部）
网　　址	hupress.henu.edu.cn
排　　版	河南大学出版社设计排版部
印　　刷	郑州最美印务有限公司
版　　次	2025 年 2 月第 1 版
印　　次	2025 年 2 月第 1 次印刷
开　　本	710 mm×1010 mm　1/16
印　　张	17.75
字　　数	270 千字
定　　价	56.00 元

版权所有·侵权必究

本书如有印装质量问题，请与河南大学出版社营销部联系调换。

师陀（1910－1988）

师陀小传

师陀，原名王长简，1910年3月10日出生于河南杞县。1915年，开始在化寨读私塾，后入杞县初级小学。1925年夏，前往开封读初中，开始对作文产生兴趣。在校期间，逐步接触到革命进步思想，聆听了共产党员萧楚女、李伟森的演讲。在高中时期，因爱好文艺，与同学合办过文学进步刊物《金析》。1931年，前往北平寻找人生出路，希望参加中国共产党。九一八事变爆发后，师陀跟随北平学生积极参加游行示威。为抗日救国，师陀在北平参加了"反帝大同盟"（中国共产党的外围革命组织）。他积极参加小组活动，写粉笔标语、散发传单、游行宣传、去工厂宣传、与工人交朋友。这一时期，他根据自己游行示威的亲身经历创作了短篇小说《请愿外篇》《请愿正篇》，并以"暴徒"的英文"ruffian"音译"芦焚"作为自己的笔名，小说创作完成后投稿给上海的丁玲。经丁玲介绍，两篇短文先后发表在《北斗》和《文学月报》上。1932年，师陀与汪金丁、徐盈在北平合办进步同人刊物《尖锐》。1933年底，师陀再次从家乡来到北平，正式开始以写作作为职业，他为自己定下一条戒律：绝不向国民党官办报刊投稿。1934—1936年，师陀先后在《现代》《大公报·文艺》《文学季刊》《春光》《水星》《太白》《文学》《申报·自由谈》等刊物发表文章。1936年秋，师陀离开北平前往上海，继续从事文学创作。1937年5月，因其小说《谷》文艺风格独特，师陀获得《大公报》文艺奖，同期获奖的还有曹禺的话剧《日出》和何其芳的诗集《画梦录》。1937年抗日战争全面爆发，师陀心怀亡国奴之牢愁，长期蛰居上海。他在自己的"饿夫墓"中辛勤笔耕，并在苏联上海广播电台担任文学编辑，希望能维持最起码的生活。但因上海通货膨胀，他时常挨饿。在1937至1945年间，他先后创作小说《马兰》《结婚》《无望村的馆主》，出版小说集《无名氏》，散文集《黄花苔》《看人集》《上海手札》等。其间还创作了跟"一二·九"运动有关的小说《雪原》《争斗》，以及《荒野》《夏侯杞》等作品。抗战胜利后，因发现有人冒用自己的笔名"芦焚"进行不法勾当，遂发表了《致"芦焚"先生们》一文，决定弃用笔名"芦焚"，正式使用"师陀"作笔名。1946—1949年，出版短篇小说集《果园城记》、长篇小说《结婚》《马兰》，创作长篇小说《历史无情》及同名电影剧本。抗战胜利后曾任上海文华制片公司特约编剧。新中国成立后，任上海出版公司总编辑。1950年后，先后创作小说《李贺的梦》、话剧《西门豹》、故事新编《曹操》以及研究著作《蒋平阶诗稿系传》，出版短篇小说集《石匠》《恶梦集》，长篇小说《历史无情》，散文集《保加利亚行记》，散文、历史小说、历史剧合集《山川·历史·人物》等。1988年10月7日在上海去世，终年78岁。

序：失而复得的杰作
——师陀小说《争斗》的发现

解志熙

　　师陀是杰出的现代小说家，其短篇小说集《里门拾记》、系列小说集《果园城记》、长篇小说《马兰》《无望村的馆主》《结婚》，都是不可多得的现代小说佳作，赢得当时文坛的一致好评。只是由于师陀本人淡泊名利，自居文坛边缘，所以他自新中国成立后直至新时期一直不甚显眼，长期不受当代文坛和学界的重视。即如新时期以来，纷纷"归队"的老作家们大都拼命鼓余勇发余热、文学新人更是竞相争奇逐浪之际，师陀却远离热闹，谦默自处。虽然美籍华裔学者夏志清在《中国现代小说史》里给师陀小说以专章的篇幅，做出了很高的评价，但国内学界却因为看不到师陀的作品——新时期以来师陀重新出版的著作也只有寥寥两三种——所以很少有人关注他，研究者不过三两人而已。比较关注师陀的还是他的家乡河南的学人。那时——20世纪80年代中期，我正好在河南大学读研，导师之一的刘增杰先生正是师陀研究者，发表过一些研究师陀小说的文章，编辑了《师陀研究资料》，我入学后蒙刘先生赐赠一册，因此我也尽可能寻找师陀作品，读后非常钦佩。1985年夏，师陀先生回访故乡，刘增杰先生邀请他来河南大学讲学，那年5月的一天，就在河大10号楼一层的现代文学教研室，师陀先生给我们这些青年学子讲学，他谦逊朴实的形象和亲切坦诚的谈吐，我至今记忆犹新，师陀先生当日的讲稿即是收入《师陀全集》第5卷的《我的风格》一文。

1988年10月，师陀先生默默辞世，身后几乎无人关注。虽然师陀生前担任过上海市作协副主席之类的职务，但发达的上海出版界和热闹的上海学界，似乎对师陀的文学遗产漠不关心。没有忘掉师陀的还是他的故乡河南的学者和出版机构。刘增杰先生对师陀一直念念不忘，在21世纪初下决心编辑《师陀全集》，以一人之力承担起了这项艰难的工作。经过数年的努力，到了2004年9月，刘增杰先生独自编校的《师陀全集》八册终于出版了，而且是严格按照文献整理的规范精心编校的。记得在出版前一个月，我也返回河南大学校对同时出版的《于赓虞诗文辑存》，因此与刘增杰先生见面，他拿出一大摞《师陀全集》校对稿焦急地说，出版社找来的校对"好心办坏事"，他们按照现行汉语规范"改正"师陀作品达数万处，这让他非常沮丧和为难。我赶紧与主持校务的关爱和兄商量，请他向出版社说明情况，赶快把"改正"的文字改回来。所以，《师陀全集》为读者和研究者提供的是保持了原样的师陀作品。出版后受到读者和研究者的欢迎，有力地推动了师陀研究的深入开展——自那之后，学界对师陀的研究显然日渐增强了。

现代作家的许多作品，最初都是在报刊上先行发表的，其后由于各种原因，不少作品未能及时收集和结集出版而长期散佚在外。所以，后人给他们编辑全集，最大的困难便是这些散佚在报刊上的作品的搜集与整理。也因此，初编某个作家全集是很难收集齐全的。《师陀全集》也是这样。面对浩如烟海的现代报刊，以刘增杰先生一人之力，是很难遍翻的，所以有所遗漏自然在所难免。事实上，《师陀全集》出版不久，现代报刊数据库就出现了，为现代文学文献的辑佚提供了很大的方便。因此，刘增杰先生和我以及我的博士生裴春芳，就分别发现了师陀的不少佚文。有些佚文非常重要，即如师陀的两部长篇小说《雪原》和《争斗》，都只在报刊上发表过而未曾结集出版。《雪原》曾经在《学生月刊》上全部刊完，共18节，《师陀全集》只收入了《雪原》的前9节，遗漏了后9节；《争斗》则完全遗漏了。此外，还有一些短篇小说和散文仍散佚在集外。刘增杰先生和我互通信息，发现散佚的师陀作品不在少数，稍后就有意编辑《师陀全集》的续编。

《师陀全集续编》的工作在2012年初正式启动。其中"补佚篇"400多页，收集了新发现的师陀短篇小说、散文、文学杂评等近60篇，而最重要的是补全了长篇小说《雪原》、补收了长篇小说《争斗》。《雪原》在原刊上是发表完了的，现在据刊物补全即可；《争斗》则完全是新发现的师陀长篇小说，它的前七章，自1940年11月至12月在香港《大公报·文艺》和《大公报·学生界》连载，此后停载了，停载的原因，据香港《大公报·文艺》和《大公报·学生界》的编者启事所言，是"《争斗》作者现在病中，续稿未到，此文暂停发表，敬希读者见谅"。其实真正的原因可能是《争斗》的抗日内容不能见容于港英当局，所以报纸被迫停止刊载。但师陀并未放弃这部小说，随后在1941年7月"孤岛"上海出版的《新文丛之二·破晓》上发表了《无题》，那其实是《争斗》的另外两章。《争斗》的前七章是裴春芳发现的，《无题》两章则是我发现的。我们读后觉得这两部分应该是同一部小说《争斗》的不同章节，经裴春芳录入、缀合、校勘后，交付《师陀全集续编》补佚篇收入。我和裴春芳也都写了考释文章，认为1941年底太平洋战争爆发，"孤岛"上海完全沦陷，师陀自然不能继续写作和发表这部抗日小说了，所以《争斗》可能是一部未完成的长篇小说。抗战胜利后的1947年3月9日，师陀在《文汇报·笔会》第190期发表了一则寻稿启事——

师陀启事

长篇小说《雪原》（刊于上海出版之《学生月刊》）、《争斗》（刊于香港《大公报》），及短篇《噩耗》（亦刊于香港《大公报》）存稿遗失，如有愿移让者，请函示条件，寄笔会编辑部。

按，启事所谓"存稿"应该指的是小说手稿，由于时隔多年，师陀找不到这些存稿，自以为遗失了，但师陀此时要向公众征求的却并非他所遗失的手稿，而是公众保存的《雪原》和《争斗》在战时报刊上的刊发本——由于当时上海完全沦陷，作为知名作家的师陀为防止日伪的检查，不能保存这些刊发本，抗战胜利后他想继续完成包括《雪原》和《争斗》在内的"一二·九"运动三部曲的写作，便公开向保存有这两部小说刊发本的公众征求出让刊物（一个作家或一个刊物机构未能保存此前已出版的某些刊物，事后向公众征求转让刊物，这种事在现代文坛上不止一次发生过），以便自己接续写作。只是随着解放战争的迅速发展，师陀的创作别有关怀，《争斗》以至整个"一二·九"运动三部曲就未能续写。

出乎意料的是，2017年5月中国现代文学馆的慕津锋君在该馆手稿库整理资料时，偶然发现一部无名手稿，这些手稿用蓝黑色钢笔书写在"开明B20×20"的稿纸上。该稿没有作品标题，没有落款时间和作者署名。进一步检索，发现是师陀捐赠的手稿。从章节上看，该残稿只有第十章（一〇）、十一章（一一）、第十二章（一二）和第十三章（一三）四个部分。这四章正是《争斗》的手稿，除第十章与已发表过的，其余三章都是未刊稿。这是一个非常重要的发现，表明师陀当时已基本完成《争斗》的写作，只是由于太平洋战争爆发，"孤岛"沦陷，余稿未能继续刊发，积压的年头久了，晚年的师陀自己也忘记了它们的存在，却幸运地被慕津锋君发现。慕津锋君很快就在《传记文学》杂志2017年第8期上发表了他的整理成果——《师陀四章残稿与其长篇小说〈争斗〉之间的关联》。我看到该期刊物，非常高兴，立即向该刊编辑部多索要了一本，转呈正在南京大学儿子家中休养的刘增杰先生，与他分享这个好消息。而好消息还不止于此，随后的2019年3月，慕津锋君又检索到师陀当年复写的一部手稿，共有11个章节（第三、四、五、六、七、八、九、十、十一、十二、十三章），缺第一、第二章，经过艰难通读，发现该复写稿与收录在《师陀全集续编》补佚篇中的《争斗》九章及慕津锋 2017 年所发现的四章手稿内容高度吻合。其中最重要的是第八章，这个新发现的第八章与收录在《师陀全集续编》补佚篇中的《争斗》第八章完全不同。慕津锋君细检上下文，发现该章情节当在《师陀全集续编》补佚篇中的《争斗》之第七章和第八章之间。换言之，这个新发现的第八章才是真正的第八章，原来被我们缀合在《争斗》里的第八章当顺推为第九章。慕津锋君随即在《中国现代文学研究丛刊》2019 年第 7 期上公布了他的新发现——《师陀长篇小说〈争斗〉：从"未完稿"到"完成稿"——中国现代文学馆馆藏〈争斗〉档案的发现与考辨》。

所以，应该感谢慕津锋君细心检点文献，才使师陀未刊发且被他遗忘的《争斗》手稿失而复得，终于以完整的面目重见天日。慕津锋君真可谓师陀之功臣！

从师陀日后的一些回忆可知，《雪原》与《争斗》原是他筹划创作的长篇小说"一二·九"运动三部曲中的两部，这是师陀一生最重要也最庞大的创作计划。虽然这三部曲的最后一部不见眉目，但前两部《雪原》和《争斗》确已完成。如今我们重读这两部小说，不能不承认它们在师陀的创作中以至于中国现代文学史上，的确是很重要的创获。按：自"九一八"以来，中国的社会矛盾和民族危机日甚一日，到 1935 年华北危机之际，中国当真到了民不聊生、国将不国的地步，这不能不激起广大知识青年强烈的关怀和义愤。可是国民党当局却不作为，自由主义知识精英亦颇"冷静"，这反过来促使知识青年的思想比较普遍地并且相当迅速地向"左"转，从而掀起了汹涌澎湃的"一二·九"运动。在这场运动中成长起来的一代青年知识分子，也自称为"一二·九"的一代。这一代人的崛起对随后的抗日战争和解放战争，是至关重要的准备或预备。所以，"一二·九"运动标志着中国现代思想运动和革命运动的重大分化与转折，影响相当深远。当年的一些作家就敏锐地意识到"一二·九"运动的重大意义，从而迅速地在文学上予以表现。如齐同（高滔）的长篇小说《新生代》（第一部："一二·九"）于1939年9月出版，立即得到茅盾的高度评价；20世纪50年代杨沫推出的长篇小说《青春之歌》，也着力描写了"一二·九"运动和知识分子的分化。这些都是人们耳熟能详的事情。不过，《新生代》只完成了一部，篇幅比较简短，未能将这场运动充分展开写，艺术上也比较粗糙——在生活经验、思想修养和政治态度上，高滔和师陀都不相伯仲，只是高滔长期从事文学翻译和理论工作，《新生代》乃是他的创作处女作，所以，他的创作还处在比较生涩的初级阶段，但20世纪30年代末40年代初的师陀，已是颇为出色、风格独特的小说家了，他的艺术经验和驾驭能力自然要胜于高滔。至于杨沫的长篇小说《青春之歌》，则过于讲求政治正确而不无压抑自我感受之处。所以，比较而言，师陀的这两部长篇小说不论从艺术经营的规模、贴近历史的真实，还是从开掘人物思想心理的深度来看，都令人刮目相看。

此前的学界由于不知有《争斗》的存在，因而对《雪原》也往往孤立地看，很少有人注意到师陀有个描写"一二·九"运动的长篇小说三部曲的宏大创作计划。事实上，作为"一二·九"运动的参加者，师陀对这场运动既有着切身的体验，更对其意义与局限性有深切的体认和反思，而用文学的方式反映这一运动，在他可能早就念念在心了。抗战的全面爆发显然激发了师陀的创作热情，促使他回顾不久前的这场运动，从而开始酝酿、构思，逐渐形成了三部曲的写作计划，乃于1939—1941年蛰居"孤岛"期间，集中精力于这个三部曲的创作。这对创作态度一向严谨、作品数量并不很多的师陀来说，无疑是少见的雄心勃勃的创作大工程。虽然这个"一二·九"运动三部曲的全部计划，因为"孤岛"沦陷而被迫中途停止，但现存的《争斗》和《雪原》两部小说，不论在师陀的创作生涯中，还是在现代文学史上，都可谓非同小可的存在。从现存的《争斗》和《雪原》两部小说来看，师陀创作这个三部曲确实下了功夫。他显然不满足于历史真实的记述，而在艺术上苦心经营，在思想上深入开掘，达到了相当高的水准。作者努力融抗日救亡、社会改造的宏大叙事与个性解放、人性关怀的日常叙事于一体，的确是别具匠心、手眼不凡。作品一方面写出了"一二·九"运动从爱国救亡向发动民众的社会改造扩展的过程，另一方面则始终围绕具体的人物来写，尤其对青年学生形象的刻画，可谓多侧面地细致着笔而又循序渐进地逐步深入——他们的爱国情操固然可爱可敬，他们个人的个性解放情怀和苦闷也让人同情，而当他们一腔热情地深入农村、宣传抗日，却不仅经历了自然的考验和生活的磨炼，而且常常遇到与农民群众格格不入、与农村社会实际脱节的问题，这完全出乎他们当初自以为是"播种者"而农民群众"正是等着他们播种的没有开垦过的良好土地"的预想，双方的距离竟是那样大……这正是反帝反封建的中国社会革命的难题之一。而作者在冷静地审视着这些年轻"播种者"的缺点的同时，也饱含同情地描写着他们的隐秘情感和相互之间的感情纠结，细腻地展现了人性的复杂性。并且，这个三部曲在结构安排上也相当自然妥帖，叙事转换颇为从容自如，不像《马兰》和《结婚》那样因为过求紧凑而给人促迫之感。如今遥想师陀当年心怀亡国奴之牢愁，蛰居"孤岛"上海悉心创作这部"一二·九"运动三部曲的苦心孤诣，仍令人感动和敬佩，而不能不叹惋其功败垂成。应该说，"一二·九"运动与中国现代文学以至中国现代革命之关系，是一个特别值得关注的大问题，却至今被现代文学研究界所忽视。师陀的三部曲无疑是"一二·九"运动最重要的文学见证和文化反思，在此略为申说，希望能够引起研究者的进一步关注。

鉴于《师陀全集续编》补佚篇所收《争斗》仍不完整，所以慕津锋君对《争斗》的刊发本和未发表稿进行了细心的考订与缀合，并与他自己的研究成果合并为一书，交由河南大学出版社出版。这无疑是对师陀文学遗产的重要补充，也是对寂寞的师陀先生和病逝的刘增杰先生的最好纪念，当然，对师陀的读者和研究者来说，更是令人欣欣鼓舞的好事，相信此书的出版，一定会推进师陀研究的深入开展。正是因为对师陀作品的共同爱好，我与慕津锋君相识并且熟悉起来，他因此希望我能为这本书写几句话，我很愉快地答应了他的邀约。只是近来诸事纷扰，为文不免有些拖拉，直到现在才勉强写了上面的话，就权作介绍吧。

2023 年 7 月 25 日于清华大学蒙民伟人文楼
（本文作者解志熙系清华大学中文系教授）

目 录
Contents

一、《争斗》创作的时代背景及其发表过程 / 3

二、对《争斗》的文学初探 / 30

三、《争斗》佚稿的发现 / 38

四、探寻《争斗》的完成 / 63

五、师陀对《争斗》的修改 / 67

六、难得的《争斗》复写稿 / 77

七、《争斗》的另一部早期残稿 / 105

八、浅谈杜若 / 169

九、结束语 / 170

附《争斗》全文 / 173

《争斗》的发表及出版历程 / 257

有关《争斗》的研究 / 259

师陀遗作《争斗》全貌重现 / 261

后 记 / 263

按语：《争斗》被认为是师陀没有完成的一部长篇小说。但笔者在 2017 年、2019 年先后发现《争斗》4 章手稿（十、十一、十二、十三章）和三～十三章的复写稿（第八章最为重要），再加上另一部只有 6 章残稿（一、二、二、三、六、七章）的出现，让这部小说变得极为完整起来。

1979 年 10 月 5 日，师陀在《师陀自述》中谈到，抗战期间自己有三部未完稿。

> 其间曾发表而未能写完的作品计有：(1)《雪原》（这是应香港《大公报》副刊主编杨刚之约，以北平"一二·九"学生运动为题材的三部曲，后因香港沦陷于日寇之手，《大公报》停刊，仅写成一部半），(2)《荒野》（这是应《万象》月刊主编柯灵之约，以土匪为题材的长篇小说，后因柯灵离职中止），(3)《夏后杞》（这是一部散文诗，以康了斋笔名投稿《文汇报·世纪风》，后因《文汇报》停刊，未写下去）。①

1980 年 12 月 3 日，师陀在致刘增杰的信中对之前提到的《雪原》情况又给予了修正：

> 这里有两点应给更正和说明。其一，《小传》说应香港《大公报》杨刚之约写的北平"一二·九"学生运动的三部曲仅写成一部半，是不确的，现在回忆起来（最近经上海文学研究所提供资料），它的第一部是发表在上海出版的《学生月刊》上的，由李健吾约稿，李沙威编辑。其二，《夏侯杞》在《文汇报》停刊后，经上海文研所查出，还继

---

① 师陀：《师陀自述》，载刘增杰编《师陀研究资料》，北京出版社，1984，第 34 页。

续在《华美晚报》和《万象》上发表过若干则。①

相隔一年，师陀就对《雪原》有了不同的表述，其理由是自己晚年"记忆力坏极"。

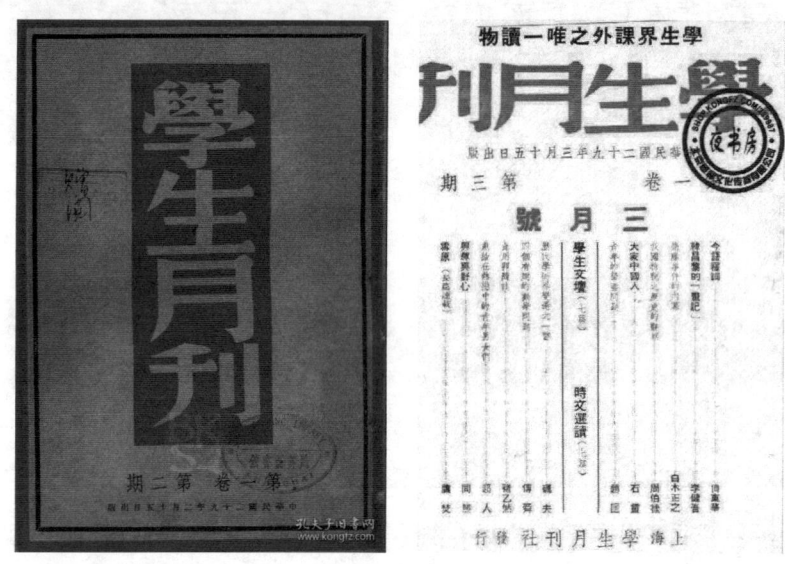

根据《芦焚的"一二·九"三部曲及其他——师陀作品补遗札记》所说，"另一部收入《全集》的长篇小说《雪原》……我在 2010 年 7 月的一天偶然翻阅《学生月刊》，发现该刊竟有 11 期之多，而从第 1 期到第 11 期都有《雪原》在连载，并且最后的第 11 期也明确标示《雪原》连载已完"②，及《师陀全集续编》补佚篇中收录的小说《雪原》③，我们可知《雪原》是师陀

---

① 师陀：《师陀谈他的生平和作品》，载刘增杰编校《师陀全集·第五卷·书信日记论文附编》，河南大学出版社，2004，第 9 页。

② 解志熙：《芦焚的"一二·九"三部曲及其他——师陀作品补遗札记》，《河南大学学报》（社会科学版）2012 年第 5 期。

③ 参见：刘增杰、解志熙编校《师陀全集续编》（补佚篇），河南大学出版社，2013，第 75-201 页。

1940年7月12日创作完成的一部18章小说。它被认为是师陀"'一二·九'学生运动三部曲"中最早创作并唯一完成的作品。1940年1月至11月，《雪原》由李健吾约稿、李沙威编辑，完整连载于上海《学生月刊》第1卷第1期至11期，并非师陀1979年所说的连载于香港《大公报》。

1979年、1980年，师陀两次谈到自己的三部曲中"仅写成一部半"。其中，"一部"指的便是《学生月刊》完整连载的《雪原》；而"半"，则是师陀稍晚创作并部分连载于香港《大公报》的小说《争斗》。

一、《争斗》创作的时代背景及其发表过程

《争斗》是师陀1940年"应香港《大公报》副刊主编杨刚之约"，创作的"以北平'一二·九'学生运动为题材的三部曲"中的另一部小说。讲述了1935年"一二·九"学生运动在北平爆发前后，革命青年杜兰若、革命教师马己吾，以及进步学生杜渊若、胡天雄、李文多、瑞莲等人在筹划以及进行和平游行示威时遭遇血腥镇压的故事。小说还描写了女学生瑞莲因遭受国民党反动军警残酷殴打而不幸去世，她的母亲董太太进城得知消息后悲痛欲绝的情景。

这部小说是作者师陀根据自己亲身经历创作而成。早在开封上河南省立第一中学时，师陀便受到革命进步思想影响。因爱好文艺，他曾与高中志同道合的同学一起办过进步刊物《金桥》。1930年，师陀结识中国共产党党员赵伊坪，深受其影响。1931年九一八事变爆发前，为寻找自身出路，也为寻找共产党，师陀前往北平求学。不久，九一八事变爆发。师陀跟随北平学生积极参加了游行示威，当时称之为"请愿"。为抗日救国，经朋友张宏道介绍，师陀在北平参加了"反帝大同盟"（中国共产党的外围革命组织）。他积极参加小组活动，写粉笔标语、散发传单、游行宣传、去工厂宣传、与工人交朋友。但随着时间推移，"反帝大同盟"渐渐名存实亡，师陀也放弃了参

加一些实际革命运动，开始转向文学创作。1931年11—12月，暂住银闸胡同北口小公寓的师陀，本着爱国心，开始创作以自己亲身参加游行示威活动为背景的短篇小说《请愿外篇》《请愿正篇》，并以"暴徒"的英文"ruffian"音译"芦焚"作为自己的笔名。这一年，师陀结识了远在上海的丁玲，并在年底经丁玲介绍，认识了在北平的汪金丁、徐盈、杜若。1932年，师陀与汪金丁、徐盈合办进步同人刊物《尖锐》。同年5月，他以"芦焚"为笔名在创刊号上发表了散文诗《MY DAY》。1933年春天受好友赵伊坪委托，师陀还曾前往太行山辉县考察在当地打游击的实际情况。正是因为受到进步思想的影响，师陀1933年再次回到北平，在得知自己曾经参加的"反帝大同盟"小组已经解散后，他决定从事写作，而且给自己定下一条原则：绝不向国民党创办的报刊投稿。他给自己规定每天写三千字，写完一篇就用牛皮纸卷起，当作印刷品向进步报刊投稿。从那时起，师陀开始认真观察周边的人、周边的事及自己身处的社会。

1935年底，师陀在北平参加了"一二·九"学生运动。

"一二·九"学生运动是中国共产党领导的一次声势浩大的爱国革命运动。1931年九一八事变爆发，以蒋介石为首的南京国民政府却奉行"攘外必先安内"的所谓国策，对日本侵略者一味退让，很快日本帝国主义便侵占了我国东北三省。1933年3—5月，爆发长城抗战，热河随后被日本占领。同年5月31日，南京国民政府和日本秘密签订《塘沽协定》。之后，日本着手全面实施分离中国华北。1935年6—7月间，日本又通过《秦土协定》控制察哈尔省。三个月后，日本指使汉奸殷汝耕在河北建立"冀东防共自治政府"，指使汉奸李守信与德王筹备蒙古军政府。腐败无能的南京国民政府一让再让。中华民族已经到了最危险的时候。为反对华北自治，反抗日本帝国主义的军事侵略，保全中国领土的完整，中国共产党带领民众开始掀起抗日救国高潮。1935年8月1日，中共驻共产国际代表团发表《为抗日救国告全体同胞书》（即《八一宣言》），号召全国军民团结抗日救国。1935年8月，北平中共外围组织北平民族武装自卫会在西山成立，参加者包括负责人周小舟，成员彭涛、黄敬、郭明秋、姚依林等人。1935年11月18日，北平蒋梦麟、梅贻琦、胡适等各大学校长、教授，联名公开发表宣言：

> 近有人假借民意，策动所谓华北自治运动，实行卖国阴谋。天津、北平国立学校全体教职员二千百余人，坚决反对。同时并深信华北全体民众均一致反对此种运动。中华民国为吾祖先数千年来披荆斩棘艰难创造之遗产，中华民族为四万万共同血统，共同历史，共同语言文化之同胞组成，绝对不容分裂。大义所在，责无旁贷。吾人当以全力向政府及地方当局请求立即制止这种运动，以保领土而维主权。并盼全国同胞一致奋起，共救危亡。

12月7日，由中国共产党领导的北平学联召开各校代表会议，准备发动规模空前的学生运动。在会议上，代表们议定了请愿游行的集合时间、行动路线和口号等。随后，各校学生自治会紧张地进行动员和准备工作。

12月9日清晨，在黄敬、姚依林、郭明秋等中国共产党党员的组织和指挥下，北京大学、东北大学、中国大学、北平师范大学等校的学生结队向北平国民政府所在地出发，进行请愿活动。北平国民政府当局事先得知学生要请愿游行，清晨即下达戒严令。上午10时许，上千名学生冲破军警阻拦，汇集到新华门前。学生高呼"停止内战，一致对外！""打倒日本帝国主义！""反对华北五省自治！""收复东北失地！""打倒汉奸卖国贼！""武装保卫华北！"等口号，向国民政府和民众表达全国人民抗日救国的意愿。各校临时推举董毓华、宋黎、于刚等12人为代表，向国民政府军事委员会北平军分会代委员长何应钦递交请愿书，提出6项要求：

一是反对华北成立防共自治委员会及其类似组织；二是反对一切中日间的秘密交涉，立即公布应付目前危机的外交政策；三是保障人民言论、集会、出版自由；四是停止内战，立刻准备对外的自卫战争；五是不得任意逮捕人民；六是立即释放被捕学生。何应钦避而不见。

请愿无果，各校代表当即决定改为示威游行。队伍由新华门出发，经西单、西四，然后奔向沙滩、东单，再到天安门举行学生大会。不久，法商学院、北平大学医学院、中法大学等大中学校的学生加入游行行列，队伍逐渐扩大到五六千人。行进中，学生们向沿街的群众宣讲抗日救国的道理，散发传单，得到群众的鼓掌和支持。当游行队伍前锋到达王府井大街，后尾尚未走出南池子时，大批北平警察手执大刀、木棍、水龙头，对付手无寸铁的爱国学生。爱国学生不畏强暴，队伍仍继续前进。这时，警察打开水龙头，冰冷的水柱喷射在学生们身上，接着又挥舞皮鞭、枪柄、木棍殴打学生。学生们与军警展开英勇的搏斗，有百余人受伤与被捕，游行队伍被打散。

12月10日，北平各大中学校发表联合宣言，宣布自即日起举行总罢课。他们提出罢课的具体目标是：誓死反对分割中国领土主权的傀儡组织；反对投降外交；要求动员全国抗日；争取救国自由。

北平爱国师生呼吁全国各界立即响应，一致行动，要求北平当局立即释放被捕学生，撤回封锁各校的军警。同日，北平学联发布《宣传大纲》，指出在目前形势下，首先要打倒日本帝国主义，反对危害民族生存的残暴内战，反对一切出卖民族利益的政策和行动。强调要实现中华民族的自由解放，必须联合全国民众，结成统一战线。在罢课中，各校学生建立和健全了自己的组织。

在这次学生运动中，师陀不仅目睹了北平爱国师生的英勇行为，还看到了腐败无能的国民政府对于爱国民众的凶残与无情。这些经历深深地印在了他的脑海中。这为其后他在《大公报》的邀约下，创作长篇小说《争斗》和《雪原》打下了坚实的基础。

1939年8月，《大公报》副刊主编萧乾接受伦敦大学东方学院的邀请，在《大公报》的资助下，离港赴英讲学，同时担任《大公报》的驻英特派记者。职位空缺后,《大公报》属意一名因循守旧的北方作家,但萧乾坚持推荐杨刚,《大公报》负责人胡政之对杨刚的中共党员身份很有顾忌,认为这与《大公报》"不党不私"有悖。萧乾以"商业报纸赢利需求"劝胡政之:

> 杨刚爱国,她笔头快,判断力远比我强,三六年你不是说过"兼容并蓄"吗?如果把你那位请来,刊物会马上回到二三年以前的学院派老样子,而今天已经抗战了!我保证所有多年来同刊物保持联系的作家们,都会同报纸分道扬镳。

作家萧乾

第二天,胡政之便要萧乾发电报请当时还在塔斯社上海分社担任英文翻译的杨刚前来香港。收到萧乾的电报之后,杨刚立即向党组织做汇报。中共上海地下党负责同志听后,主张杨刚不要去。因为上海成为"孤岛"后,非常需要骨干力量继续坚持斗争。杨刚个人虽想去,但作为中共党员,她首先要服从党的需要,听从党的安排。杨刚立即电告萧乾,告知他自己无法前往香港就职。但电报刚发出不久,从香港到上海的南方局负责同志获悉这一情况后,力主杨刚前去《大公报》。杨刚接受党的指挥,立刻给萧乾发出第二封电报，告知自己接受邀请并马上束装就道。8月底，杨刚到达香港。

女作家杨刚

1939年9月1日，杨刚正式接替萧乾开始在香港《大公报》工作，担任《文艺》和《学生界》两个副刊的主编。上任后第四天，杨刚发表了《重申〈文艺〉意旨》，她决心将《大公报·文艺》打造为文化战士，她要为《大公报》副刊"擐上甲胄，披上战袍"。她提出：《文艺》副刊在这风雷剧变的局势下，……永远是帅字旗下的"一名小兵"。

为让《大公报·文艺》香港版摆脱以往"尽量不登杂文""不参加文艺界任何斗争"的传统，杨刚决定扩大副刊的刊登范围，尽可能多地刊登符合中共革命思想的各种作品以影响社会。为此，杨刚曾说过：凡可以称为文章的东西，在《文艺》的哨位上应该是一位击不倒的勇士。他可以明攻，暗袭，奇动，各中要害。《文艺》一向在抗战上没有躲避宣传，今天也无所谓标榜。

正是在杨刚的主持下，《文艺》《学生界》两个副刊增加了来自敌后游击区作家的战地生活报告等内容。据统计，《大公报》香港版《文艺》副刊共发表延安作品118篇，其中萧乾主持期间发表44篇，其余74篇都是由杨刚编辑发表的。

1939年10月，《文艺》在纪念鲁迅先生逝世三周年时，在香港文艺界发起了一场关于"民族文艺"问题的讨论。许地山、刘火子、黄文俞、郁风、刘思慕等十多人参加了座谈会。这次座谈会的纪要在《文艺》副刊上发表后，引起强烈的社会反响，"民族文艺"一度成为了香港文艺界的热门议题。1940年，杨刚又发起了一场"反对新式风花雪月"的大讨论。为此，她发表文章《反对新式风花雪月——对香港文艺青年的一个挑战》，旗帜鲜明地反对弥漫在香港的"世外桃源"气息，并批判香港文学界迷茫的个人主义倾向和对祖国空虚的呼喊。这场讨论再次在香港文学界引起了更为热烈和广泛的反响。此外，杨刚在主编《学生界》时，非常关注香港学生的学习和思想状况。她常通过互动方式将《学生界》与学生之间的距离拉近再拉近。

除正面宣传中国共产党的政策方针，歌颂敌后军民的感人事迹之外，杨刚在主编《文艺》和《学生界》副刊期间，还积极邀请解放区、沦陷区作家创作敢于大胆揭露反动派的黑暗统治和腐败黑幕以及中国人民积极抗日救亡的作品。正是在这一时期，师陀受杨刚邀请，特地创作了这部《争斗》小说。

根据《师陀著作年表》（刘增杰编）、《师陀著作年表（增订稿）》（刘增杰、潘国新编）和《〈师陀全集〉中〈师陀著作年表（增订稿）〉勘误》（作者黄思颖，《新文学史料》2022年第1期，第193—199页）可知，1939—1941年，师陀还在香港《大公报·文艺》先后发表了以下文章：

《颜料盒》（短篇小说），1939年8月21日作，发表于1939年8月21日的《大公报·文艺》第686期。

《方其乐》（散文），发表于1939年7月21日的《大公报·文艺》第668期。

《归途》（散文），发表于 1939 年 7 月 26 日的《大公报·文艺》第 671 期。

《上海的难民》（散文），发表于 1939 年 9 月 8 日的《大公报·文艺》第 697 期。

《战时一景》（散文），发表于 1939 年 9 月 27 日、9 月 29 日的《大公报·文艺》第 708 期、第 709 期。

《桃红》（短篇小说），1939 年 10 月 10 日作，发表于 1939 年 12 月 8 日的《大公报·文艺》第 748 期。

《风波》（散文），发表于 1939 年 11 月 1 日的《大公报·文艺》第 727 期。

《恶梦》于 1940 年 4 月 25 日和 4 月 27 日发表于《大公报·文艺》第 824 期和 825 期。

《招顶》（散文），发表于 1940 年 7 月 15 日的《大公报·文艺》第 882 期。

《住了》（散文），发表于 1940 年 8 月 5 日的《大公报·文艺》第 897 期。

《淑女》（散文），发表于 1940 年 10 月 26 日的《大公报·文艺》第 955 期。

《贺文龙的文稿》（短篇小说），1941 年 5 月作，发表于 1941 年 7 月 12 日《大公报·文艺》第 1136 期。

《塔》（短篇小说），1941 年 5 月 18 日作，发表于 1941 年 8 月 2 日和 1941 年 8 月 4 日的《大公报·文艺》第 1151 期和 1153 期。

由此可见，那一时期师陀对于杨刚的邀约十分积极。杨刚对于师陀的文章也是全力支持。谈及师陀与杨刚的交往，最早还要追溯到 1935 年。晚年的师陀在 1988 年第 3 期《新文学史料》曾发表回忆文章《两次去北平》（续

篇)。在文中,他两次提到杨刚:

  约在一九三五年冬天,萧乾同志已经从燕京大学毕业,在《大公报》主编《文艺》普通版,前来北平宴请写稿人。被宴请的人全住在北平,却分为两批:头一批是周作人、俞平伯、杨振声等人,第二批是冯至、吴组缃、屈曲夫、刘白羽、杨刚等人,其中也有我。总之,除了冯至同志三十来岁,第二批全是二十多岁的年轻人。年轻人未必个个都进步。但是在当时的北平,写稿人进步与否,大体上是以年龄分的。并非说年老人全不爱国,只是讨厌年轻人"胡闹"。在我们那批人中,杨刚是活跃分子,到处跟人碰杯,到处找人谈话,并教我以后多跟她联系。以后她到我住的大丰公寓看过我,我也应约,跟她约的几个年轻人去她家开过几次文艺讨论会,前往参加的人,现在能记得的只有屈曲夫同志了。屈曲夫我本来认识,所以直到今天,还时常想起来。杨刚大约是地下党员,跟顾颉刚合编过一份综合性刊物,我曾写过稿。

  我第二次去北平,就现在还记得的,还有下列几件事。首先是开高尔基逝世纪念会,地点是海甸燕京大学,通知我前去参加的是杨刚。随着时代的推移,五四时期先进的北京大学,已经死气沉沉,进步思想便转入远处城外的燕京大学,还有清华大学。纪念高尔基逝世,显然是地下党组织的,会场是"燕大"小礼堂,因为参加的限于进步文艺界的少数,出席的约有两百来人,报告人有好几位,现在能记得的只有曹靖华了。

  由此可见,杨刚与师陀 1935 年冬便已相识,1936 年当杨刚与丈夫郑侃帮助顾颉刚编辑中国早期社会综合刊物《大众知识》时,就已向师陀约稿。1937 年 6 月 20 日,杨刚还在上海《大公报·文艺》第 351 期发表了《里门拾记》一文。在文中,她对好友师陀1937年1月在文化生活出版社新近出版的短篇集《里门拾记》进行了中肯的点评。《里门拾记》是巴金主编文学丛刊第四集之一本,该书共收录师陀《毒咒》《过客》《秋原》《受难者》《巨人》《村中喜剧》《路上》《雾的晨》《酒徒》《倦谈集》《巫》《百顺街》等12篇短篇小说。在文中,杨刚认为:

> 这是位出过一册《谷》和一本《里门拾记》的人,还有一些他自己所谓的"鸡零狗碎"。……里门拾记是辛酸的,哭哭笑笑的,但也掩不了它字里面的和善,那使他在恶骂的时候并不见出刀笔,以及他自来自去无所依赖的笔锋,那初读来,令人想到鲁迅,细究究,却以为鲁迅近于宫笔,芦焚则瀹云点染,取其神似而已。①

对师陀收录在《里门拾记》中的12篇小说。杨刚有这样的印象:

> 他在这十二篇小说所盖的广大原野上,为和合于那片原野的气质的人物,他是那里自然的空气,未经毒恶气围的搅屡。然而多可怜呀,这酸涩的作者,他所能给我们的这类人却少到几乎只有一、二个!②

在文中的最后,杨刚对师陀有过这样的评价:

> 在这一册书中除作者无意去写的之外,所经描绘的人物大抵都是典型,确切的个人,若没有抓,好象(像)就不易看见。在抓,也似乎只有那一段极精美的人和猫狗对话是唯一的烙印,印上了这个人。作者写人写物是中国水墨画的风味,是山水楼阁画的铺排,所取只在

---

① 杨刚:《里门拾记》,载刘增杰编《师陀研究资料》,北京出版社,1984,第210页。
② 杨刚:《里门拾记》,载刘增杰编《师陀研究资料》,北京出版社,1984,第212页。

其意境和神韵,和西洋油画之心理人物妙肖浓重纯为两路,……

芦焚不在颜色上做功夫,也不好作比喻。偶书几笔,似乎特意避免用譬辞,全赖景物自身的色象传达它本质的美。这情形在《倦谈集》里描写浅湖之处有满足的表现,但他们得记住他在白描之中,也未曾应用刻画,他囫囵而笼统,一串串复一串的将动作形色堆起来令其自成一番景物,散播在《秋原》里,在《赌咒》里,在《村中喜剧》里,在各处,几乎无处不是,他极爱好自然,对自然有隐癖的贪恋,不欲以人工的譬辞太损了它似的。

倘若中国的农村小说有它的前途,芦焚正在试着一条中国的有些迷惑性的路径,这条路可以向晦涩诡僻回去,也可以把这个懵懂的尚不曾十分明白自己的民族性揭发出来。①

由此可见,杨刚对于师陀的写作是十分认可的。这也为师陀在香港《大公报》连载《争斗》打下了坚实基础。

1937 年 6 月 1 日,著名作家、翻译家、评论家李健吾以刘西渭为笔名在《文学杂志》第 1 卷第 2 期发表了《读〈里门拾记〉》。在文中,李健吾首先谈了自己对师陀作品最初的印象:

我记得第一次芦焚先生抓住我的注意的,是他小说的文章,一种奇特的风格。他有一颗自觉的心灵,一个不愿与人为伍的艺术的性格,在拚(拼)凑、渲染、编织他的景色,做(作)为人物活动的场所。我欣赏这种旨趣,我欣赏这种风格。②

---

① 杨刚:《里门拾记》,载刘增杰编《师陀研究资料》,北京出版社,1984,第215页。
② 刘西渭:《读〈里门拾记〉》,载刘增杰编《师陀研究资料》,北京出版社,1984,第205页。

作家、评论家李健吾

他认为芦焚以后的文学创作必大有可为：

> 让我再来冒失一句：芦焚先生渐渐要走出他的诗意，回到他真正的自我。就在如今，读到他的《莱亚先生的泪》，我越发增强了这种感觉。那时他会成为一位大小说家，没有张天翼先生的风格的轻快和跳动，因而没有他所引起的烦躁的感觉，却有他的讽刺。①

在这篇评论文章中，李健吾对沈从文和芦焚的作品进行了对比，他认为：

> 沈从文先生和芦焚先生都从事于织绘。他们明了文章的效果，他们用心追求表现的美好。他们尤其晓得文章不是词藻，而是生活，他们把文章塞得满满的，叫我们体会不是买空卖空，而是一桩下血本的生意。②

---

① 刘西渭：《读〈里门拾记〉》，载刘增杰编《师陀研究资料》，北京出版社，1984，第206页。
② 刘西渭：《读〈里门拾记〉》，载刘增杰编《师陀研究资料》，北京出版社，1984，第204页。

在文章最后，李健吾对自己尚未谋面的芦焚有了这样一句评价：

> 诗是他的衣饰，讽刺是他的皮肉，而人类的同情者，这基本的基本，才是他的心。①

自 1940 年 11 月至 12 月，香港《大公报·文艺》和《大公报·学生界》连续刊载《争斗》前七章。

---

① 刘西渭：《读〈里门拾记〉》，载刘增杰编《师陀研究资料》，北京出版社，1984，第 208 页。

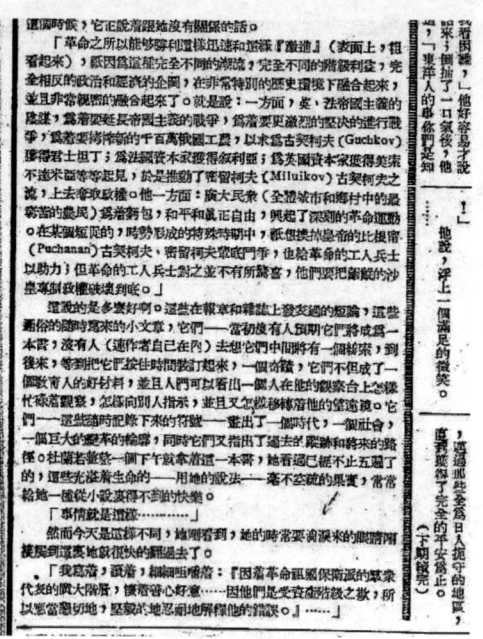

《争斗》第一章连载于1940年11月2日香港《大公报·文艺》第960期、1940年11月4日香港《大公报·文艺》第962期、1940年11月5日香港《大公报·学生界》第239期、1940年11月6日香港《大公报·文艺》第963期、1940年11月7日香港《大公报·文艺》第964期、1940年11月8日香港《大公报·学生界》第240期。

第二章连载于1940年11月9日香港《大公报·文艺》第965期、1940年11月11日《大公报·文艺》第966期、1940年11月12日香港《大公报·学生界》第241期、1940年11月13日香港《大公报·文艺》第967期。

第三章连载于1940年11月14日香港《大公报·文艺》第968期、1940年11月15日香港《大公报·学生界》第242期、1940年11月16日香港《大公报·文艺》第969期、1940年11月18日香港《大公报·文艺》第971期。

第四章连载于1940年11月19日香港《大公报·学生界》第243期、1940年11月20日香港《大公报·文艺》第972期、1940年11月21日香港《大公报·文艺》第973期、1940年11月12日香港《大公报·学生界》第244期、1940年11月25日香港《大公报·文艺》第976期、1940年11月26日香港《大公报·学生界》第245期、1940年11月27日香港《大公报·文艺》第977期、1940年11月28日香港《大公报·文艺》第978期。

第五章连载于1940年11月30日香港《大公报·文艺》第979期、1940年12月2日香港《大公报·文艺》第981期、1940年12月3日香港《大公报·学生界》第246期、1940年12月4日香港《大公报·文艺》第982期、1940年12月5日香港《大公报·文艺》第983期、1940年12月6日香港《大公报·学生界》第247期、1940年12月7日香港《大公报·文艺》第984期。

第六章连载于1940年12月9日香港《大公报·文艺》第985期、1940年12月10日香港《大公报·学生界》第248期、1940年12月11日香港《大公报·文艺》第986期、1940年12月12日香港《大公报·文艺》第987期、1940年12月13日香港《大公报·学生界》第249期。

第七章连载于1940年12月14日香港《大公报·文艺》第989期、1940年12月16日香港《大公报·文艺》第991期、1940年12月17日香港《大公报·学生界》第250期、1940年12月18日香港《大公报·文艺》第992期、1940年12月19日香港《大公报·文艺》第993期、1940年12月20日香港《大公报·学生界》第251期、1940年12月21香港《大公报·文艺》第994期、1940年12月23日香港《大公报·文艺》第996期、1940年12月24日香港《大公报·学生界》第252期、1940年12月25日香港《大公报·文艺》第997期、1940年12月27日香港《大公报·学生界》第253期、1940年12月30日香港《大公报·文艺》第1000期、1940年12月31日香港《大公报·学生界》第254期。

在《大公报》连载七章后，《争斗》却因故停载。至于原因，师陀在自述中说是"因香港沦陷于日寇之手,《大公报》停刊"。可据相关文献研究资料:《争斗》第七章最后一部分发表时间是"1940年12月31日",而香港《大公报》停刊时间是日军即将攻陷香港前夕的"1941年12月13日"。《争斗》的停载与《大公报》的停刊相差有近一年的时间。可见,师陀的这个说法并不准确。对于停载《争斗》的原因,1941年1月4日香港《大公报·文艺》第1002期给出了自己的解释:

启 事

《争斗》作者现在病中,续稿未到。此文暂停发表,敬希 读者见谅 编者

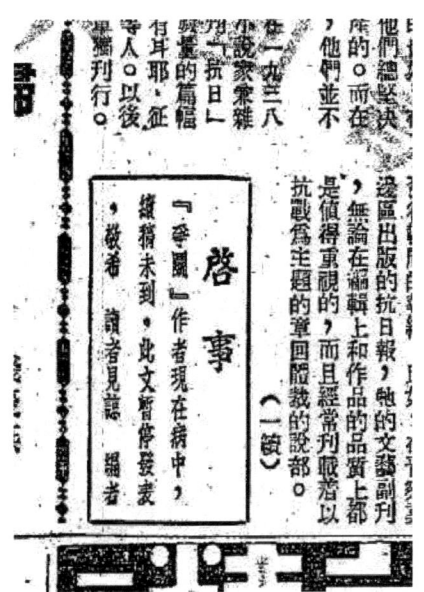

笔者认为这种说法并不足信。因为，师陀当时生活较为贫困，他常常为生计发愁。对此，师陀在《师陀谈他的生平和作品》和《师陀自述》中曾分别有过忆述：

> 战争久了，我房租付不起，就只好搬到了一个亭子间，还在花园别墅。后来这个也住不起了，我就在花园别墅前面临马路的一个白俄二房东那儿租了小小的一间，一张床之外，有一张小写字台和一个小橱。我将它叫为八尺楼，一直住到胜利以后。后来我就把这个八尺楼改为"饿夫墓"。①
>
> 日寇发动太平洋战争前后，曾任苏联上海广播电台文学编辑（直

---

① 师陀：《师陀谈他的生平和作品》，载刘增杰编校《师陀全集·第五卷·书信日记论文附编》，河南大学出版社，2004，第396页。

到该台 1947 年秋冬之间结束文学节目），赖以维持最起码的生活。由于伪币通货膨胀，虽有稿费、剧本上演费的补贴，仍不免时常挨饿。①

可见师陀在抗日战争时期，蛰居上海的生活很是清苦，而稿费是其重要的生活来源。为了生存，师陀需要不间断地写小说、散文、诗歌、戏剧，而且小说《争斗》已写到第七章，师陀不大可能"因病"轻言放弃该小说的创作。这背后的原因，笔者赞同解志熙教授在《芦焚的"一二·九"三部曲及其他——师陀作品补遗札记》中所分析的："所谓'在病中'，可能是皮里阳秋的说法，窃疑真正的原因可能是《争斗》的抗日内容不能见容于港英殖民当局的对日绥靖政策，所以不容许继续刊发。"②正是因为《争斗》直接体现了中国人民反抗日本侵略者的民族精神，这让港英政府十分紧张，它们害怕得罪日本而强令《大公报》不许再发表该小说，而香港《大公报》只得遵办。

但南通大学文学院胡斌副教授在《关于师陀的"'一二·九'运动三部曲"——与解志熙先生商榷》一文中认为，《争斗》在香港《大公报》停载的原因是"师陀没能如期交出续稿"，主要是当时作者太忙，并不是《大公报》受港英政府的压力。当时《大公报·文艺》的负责人是极富斗争精神的中共党员杨刚，也正因为她的出色工作，《大公报·文艺》改变了之前的"绅士"形象，成为了一名"'打击敌人而不被敌人打倒'的'勇士'"。但是，笔者认为：作为我党长期从事新闻工作的无产阶级革命家，杨刚在面对港英政府和《大公报》上层压力时，为了守住《大公报》副刊——这个来之不易的宣传我党抗日救亡的舆论阵地，不得已最后选择暂时停止连载《争斗》是很有可能的，而真实原因又不能对读者言明，故只能编造一个理由。

但师陀并未放弃，时隔 6 个月，1941 年 7 月师陀将与《争斗》前七章一

---

① 师陀：《师陀自述》，载刘增杰编《师陀研究资料》，北京出版社，1984，第 34 页。
② 解志熙：《芦焚的"一二·九"三部曲及其他——师陀作品补遗札记》，《河南大学学报》（社会科学版）2012 年第 5 期。

脉相承的后两章，以《无题》为名，在上海租界的《新文丛之二·破晓》上继续发表。文末有编者按语：

> 本文为芦焚先生长篇小说中有独立性之两章，今应编者之请，在此发表。

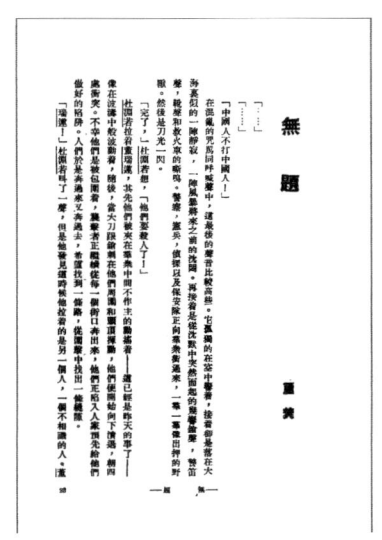

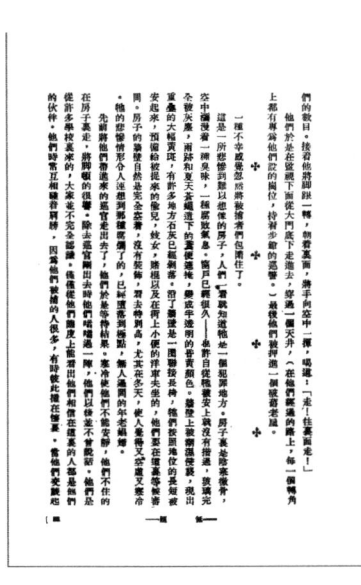

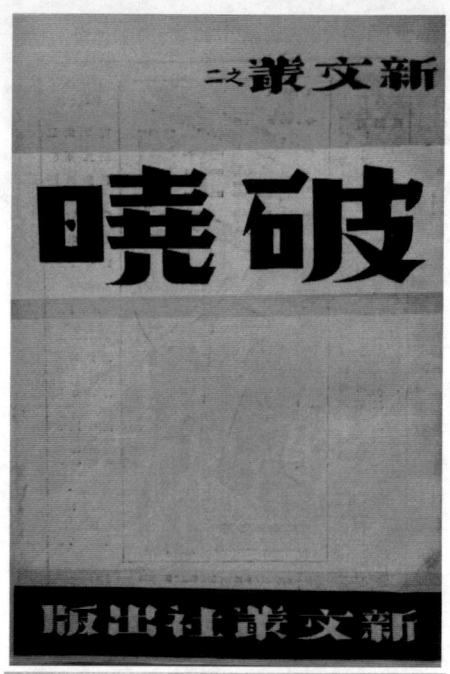

《新文丛之二·破晓》是上海"新文丛社"编辑出版的文艺丛刊，32开方形本，该刊名称《破晓》取自本期发表的凤子散文《破晓》。同期除芦焚的《无题》、凤子的《破晓》外，还刊登有耿济之翻译的俄国作家果戈理剧本《官员的早晨》，海客小说《旧案》，司马文森小说《英雄的感伤》，闻歌小说《洞天》，石杨小说《绯色行进》、散文《神马》，耿夫的短论《作家和批评家》，蒋锡金诗歌《向着喷泉》，朱维基翻译的英国诗人拜伦的诗作《一个断片》，周芳信翻译的俄国作家涅克拉索夫诗歌《路上》，胡山源撰写的传记《陈国宝》，以及林淡秋连载的中篇小说《寒雪》。

翻看本期版权页可知该刊是"民国三十年七月十五日出版"，编辑者、出版者均为"新文丛社"，总经售"五洲书报社"，代定处由"亚美书社、青年图书公司、中国图书杂志公司"三家联合负责，本辑售价一元四角。特价预定：三辑三元。在最后一页，还附有投稿简章。

一、本刊欢迎投稿。

二、稿末请注明姓名地址，以便通信，至揭载时如何署名，听投稿者自定。

三、投寄之稿，本社收到后概不答复，如不登载，附足邮票者一律退回。

四、投寄之稿，一经登载，以每千字三元至五元现金奉酬。

五、来稿经本刊登载后，其版权仍归作者保留；惟本刊编辑会刊或选刊时，亦得自由采入。

六、投寄之稿，本刊得酌量增删之，但不愿增删者，请预先注明。

七、投寄之稿，以未在他处发表者为限。

八、投稿请寄邮政信箱三四〇号。

经笔者查阅相关资料，《新文丛》只出版了三期。

第一期《新文丛之一·兽宴》，1941年6月15日出版，名字取自该期王西彦小说《兽宴》。除此之外，该期还刊登了小说《江边》（姚雪垠）、《燕尔新婚》（吴岩）、《陈妈》（方晓白）、《魔》（罗洪），论文《活的语言》（李广田），杂文《溃羽杂记》（凤子）、《走了样的纪念》（宋扬），诗歌《生辰》（朱城碧）、《红风灯》（白曙）、《黄昏》（子婴译，波特莱尔诗）、《生命的歌颂》（羊），散文《浮尘》（柯灵）、《旅客及其他》（辛劳）、《读曲小记》（赵景深）、《谈诗小札》（锡金）、《电花》（石杨），剧本《牺牲》，以及林淡秋的中篇连载《寒雪》。第一期在版权页上只写有编辑者、出版者为"新文丛社"，总经售"五洲书报社"，本辑售价一元四角。

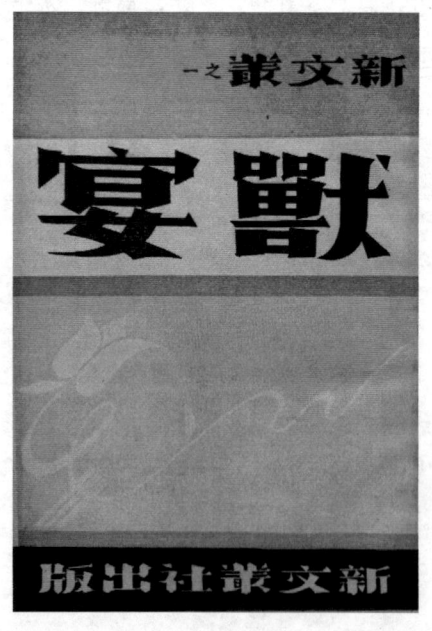

第三期《新文丛之三·割弃》，1941年8月31日出版，名字取自司马文森的文章《割弃》。该期发表有小说《凑巧》（魏金枝）、《哓舌者》（钟望阳）、

《安墟》(吴岩)、《父子之间》(何其琰),论文《论新现实主义》(李宗绍),"报告·通讯"《江南牧歌》(霍亭),杂文《短刺》(方典)、《不是"冷箭"》(韦伟),散文《关于〈浮世杂拾〉》(柯灵)、《剑的故事》(白曙)、《作家先生》(康了斋)、《渑池》(吴伯箫),诗歌《镜子》(石杨)、《文学的教养》(洛雨)、《帆》(罗昔),以及林淡秋的中篇连载《寒雪》。该期最后是"纪念周木斋先生逝世特辑"(收录了唐弢的《哀辞》、列车的《回忆周木斋先生》)。第三期的版权页与第二期大部分一样,只是代定处改为了"亚美书社、青年书店、兄弟公司",本辑售价变为一元五角,特价预定不变,依旧是三辑三元,只是添加了"截止期九月二十日"。

这一期中有位作者叫"康了斋",其实就是师陀,这是他的又一个笔名。为何取这个笔名,师陀有自己的见解:

康了斋，这是从宋朝人笔记小说中来的。据说当时有一个人屡考不中，最忌"落了"，因为"落了"会使他联想到"名落孙山"或"落榜"。因此，无论家人、朋友、仆人，当着他的面，凡事要讲"落了"均以"糠了"代替。例如树叶落了，便讲树叶"糠了"。我当时并不考试，但觉得很滑稽，《百家姓》中又似乎没有姓"糠"的，便找一个谐音字"康"。日本人侵略东北后，中国文人似乎日趋风雅，凡写文章，往往用什么"庵"什么"斋"作笔名刊出，我便用最庸俗的"康了斋"奚落他们。①

在刘增杰 1985 年编撰的《师陀著作年表》和 2004 年刘增杰、潘国新编撰的《师陀著作年表（增订稿）》中，都写了：《作家先生》（散文诗），1941 年 8 月 24 日作，发表处不详；初收 1981 年 1 月江苏人民出版社版《芦焚散文选集》。

这次因查阅《新文丛》，居然在《新文丛之三·割弃》中找到该文，也算是填补了一个小小的空白。

通过阅读这三期可知，该文丛发表了很多中共党员及进步人士的作品，这是一个进步刊物。其代定处亚美书社应是亚美书店，亚美书店前身为青鸟书店。青鸟书店是 1939 年 5 月中共上海市委（地下党）委派徐达筹备成立的一个由党直接领导的进步书店。该书店一方面以内部发行的形式出版毛泽东的《论持久战》《论新阶段》、刘少奇的《论共产党员的修养》、斯诺的《西行漫记》和党刊等；另一方面，还公开出版郭大力翻译的《资本论》，孙冶方翻译的《简明哲学辞典》；同时，还出售生活书店、读书生活社出版的各种宣传马列主义的著作和文艺书籍，如《鲁迅全集》、艾思奇的《大众哲学》、《钢铁是怎样炼成的》、楼适夷翻译的日本小说和许多进步作家的文艺

---

① 师陀：《师陀谈自己的生平与创作——致刘增杰信摘抄》，载刘增杰编《师陀研究资料》，北京出版社，1984，第 184 页。

作品。这些书刊的出版，深受广大读者的欢迎，对于马列主义、毛泽东思想的传播起到了一定作用，对于推动上海革命发展产生了积极影响。

除了政治性以外，"新文丛"编辑者还将刊物定位为"大型纯文艺丛刊"，它的自我评价为"有巨型杂志之风格，有文学丛书之内容"，他们希望刊登的作品给读者感觉是"巨大！结实！瑰丽！"

可再之后，该小说又不见踪影。是作者未创作完成，还是创作完成后未再有机会发表？

随着1941年12月太平洋战争爆发，日军攻占上海租界，"孤岛"沦陷，师陀开始了近4年的沦陷区生活。虽然师陀继续在苏联上海广播电台当文学编辑，但外在形势的改变，让他这部直接反映中国人民抗日救亡的小说《争斗》，没有了在上海继续发表的任何可能。

当《争斗》再次在报纸上出现，已是抗战胜利后的1947年。那年3月9日，师陀在上海《文汇报·笔会》第190期发表了一则寻稿启事：

师陀启事

长篇小说《雪原》（刊于上海出版之《学生月刊》）、《争斗》（刊于香港《大公报》），及短篇《噩耗》（亦刊于香港《大公报》）存稿遗失，如有愿移让者，请函示条件，寄笔会编辑部。

笔者最初认为：在该启事中，师陀所说的"存稿"，应该是手稿，他明确告知读者《争斗》手稿遗失，他希望通过"条件交换"找回。这表明，该小说很有可能之前已创作完成，但不知什么原因，作者却找不到这部作品。但清华大学教授、师陀研究专家解志熙老师与笔者多次交流，他认为此稿指的是发表过《争斗》的刊物。

20 世纪 40 年代的师陀

可惜这之后,关于这部小说的"存稿"是否找到并无下文,也没有任何资料显示师陀最终是否找到了这部作品。在其后近 40 年,师陀未再提及《争斗》。直至 1986 年 11 月 27—28 日、12 月 4 日,在与上海社会科学院文学研究所工作人员谈话时,师陀才又一次谈到这部他已经"记不起名字"的作品:

　　……另外还有一个三部曲,我写了二部,第三部没写完。这是在杨刚接《大公报》副刊时写的。当时我用钢笔复写,很难复得清楚,所以后来叫什么题目我也记不得了。第二部快结尾时,日本人占领了香港，《大公报》因此停刊，我也就没写下去。①

在该文中，师陀讲到的"一个三部曲"，指的就是他以"北平'一二·九'学生运动为题材"所要进行创作的三部曲。除了在《师陀自述》以及 1980 年 12 月 3 日致刘增杰教授信中谈到这三部曲外，师陀还在自己撰写的另一篇《师陀》中提及：

> 上海沦陷其间，"心怀亡国奴之牢愁"，……应香港《大公报》副刊主编杨刚之约写过以"一二·九"北京学生运动为题材的三部曲《雪原》（后因日寇发动太平洋战争，香港沦陷，《大公报》停刊，仅写完一部半）。②

《争斗》后来没有被师陀收入任何著作中，再加上相关史料的缺乏，这部小说自发表后很少被现代文学史及师陀研究者提及与重视。即使师陀研究专家刘增杰教授在 2004 年编辑出版 8 卷本《师陀全集》时，也没有将这部小说收录其中。对此，他在 2012 年 5 月 1 日创作的《前言》中，不无遗憾地说："师陀生前虽然曾经向我提供过线索，但在他逝世 15 年后着手编《师陀全集》时，我竟把这件事完全忽略了。"③

---

① 师陀：《师陀谈他的生平和作品》，载刘增杰编校《师陀全集·第五卷·书信日记论文附编》，河南大学出版社，2004，第 399 页。
② 师陀：《师陀谈他的生平和作品》，载刘增杰编校《师陀全集·第五卷·书信日记论文附编》，河南大学出版社，2004，第 235 页。
③ 刘增杰、解志熙编校《师陀全集续编》（补佚篇），河南大学出版社，2013，《前言》第 1 页。

二、对《争斗》的文学初探

刘淑玲《〈大公报〉与中国现代文学》

直到 21 世纪初,《争斗》这部作品才开始慢慢走入中国现代文学研究的视野。最早谈到这部作品的是 2004 年河北教育出版社出版的《大公报与中国现代文学》,作者刘淑玲在文中讲道:

> 芦焚在抗战时期的《文艺》上发表短篇小说、散文 12 篇,……以及未完成的长篇小说《争斗》,反映北平"一二·九"时期青年人的思想和爱情。《争斗》在《文艺》上以连载的形式刊出,由于作者生病没能续完。①

---

① 刘淑玲:《〈大公报〉与中国现代文学》,河北教育出版社,2004 年,第 128 页。

其后 2007 年，解志熙教授与裴春芳博士相继发现 1940 年底在香港《大公报》副刊《文艺》《学生界》发表的《争斗》前七章，和在上海《新文丛之二·破晓》上以《无题》为名发表的两章。根据裴春芳的校读，确证《无题》两章与《争斗》前七章一脉相承。

对于《争斗》前七章与《无题》两章的发现，刘增杰在 2012 年 5 月 1 日撰写的《师陀全集续编·前言》中，给予了积极评价。

> 《师陀全集》出版不久，一批师陀作品的新发现，就让我萌生了着手编作品续编的冲动。后来，解志熙寄来了他和他的弟子裴春芳辑校的芦焚长篇小说《争斗》（连载于 1940 年 11 月 2 日至 1941 年 11 月 8 日香港《大公报》）及《雪原》（载《学生月刊》第 1 卷第 1 期至第 11 期，1940 年 1 月至 11 月）。师陀生前虽然曾经向我提供过线索，但在他逝世 15 年后着手编《师陀全集》时，我竟把这件事完全忽略了。……解志熙的发现与言说，明显地给《师陀全集续编》工作的开展带来了新的推动。……《师陀全集续编》新收入的长篇小说《争斗》、《雪原》，我们同样期待着能够唤起读者阅读的新兴趣。①

在《河南大学学报》（社会科学版）2012 年第 5 期，解志熙的论文《芦焚的"一二·九"三部曲及其他——师陀作品补遗札记》第一节 "'一二·九'三部曲之聚合：《争斗》的发现与《雪原》的补遗" 中，详细介绍了《争斗》前 9 章的发现和自己的研究。

> ……在 2007 年的冬天吧，裴春芳同学在阅读 1940 年的香港《大公报》时，发现了连载于那上面的芦焚长篇小说《争斗》7 章，觉得可

---

① 刘增杰、解志熙编校《师陀全集续编》（补佚篇），河南大学出版社，2013，《前言》第 1 页。

能是散佚集外之作，于是录呈给我看，而我稍前些时候也偶然发现了芦焚的一部长篇小说的两章，以《无题》之名发表在1941年7月15日"孤岛"上海出版的《新文丛之二·破晓》上。稍读这两个部分，即不难发现它们在主题和情节上颇多关联，很可能是同一部长篇小说的两个部分，因此，我嘱咐裴春芳同学抽空一并过录，仔细看看是不是同一部小说。随后，裴春芳对《争斗》和《无题》的校读，确证《无题》就是《争斗》的另外两章。现在就将这两部分接续起来，统一以《争斗》为题，可惜的是这部小说并未写完。①

随后，解志熙又对同属"三部曲"的《争斗》与《雪原》关系进行了分析。他认为：

> 回头再来看《争斗》和《雪原》，它们之间存在着紧密的关联——事实上它们乃是师陀计划创作的旨在反映"一二·九"运动的长篇小说三部曲中的两部……
>
> 《雪原》完稿较早，并从1940年1月起在上海出版的《学生月刊》杂志第1期上开始发表，至第11期全部连载完毕。《争斗》似乎创作稍晚，前7章连载于1940年11月至12月间香港《大公报》的"文艺"栏及"学生界"栏……
>
> 据师陀的回忆，已完成的《雪原》是这个三部曲的第一部，则未完成的《争斗》自然是第二部了。对此，我多少有点疑议。因为《争斗》描写北平学生眼看华北岌岌可危，愤然掀起了声势浩大的抗日爱国救亡运动，却遭到军警的残酷镇压等情况，这其实是"一二·九"运动的第一阶段，所以，《争斗》作为这个长篇小说三部曲的第一部，

---

① 解志熙：《芦焚的"一二·九"三部曲及其他——师陀作品补遗札记》，《河南大学学报》（社会科学版）2012年第5期。

显然更为合情合理;而较早发表的《雪原》则描写这些爱国的学生走出城市、到乡下宣传抗日、扩大救亡运动的悲壮经历,这正是"一二·九"运动的进一步发展,所以,《雪原》似乎该是这个三部曲的第二部。我们从《争斗》和《雪原》的情节关联,也可以推知它们的前后关系①。

在文中,解志熙不仅认为"《争斗》并未能完稿"②,同时,他还提出:

应该说"一二·九"运动与中国现代文学以至中国现代革命之关系,是一个特别值得关注的大问题,却至今被现代文学研究界所忽视;而师陀的这个三部曲无疑是"一二·九"运动最重要的文学见证和文化反思,故此,在这里略为申说,希望能够引起研究者们的进一步关注。③

同年9月15日,《汉语言文学研究》2012年第3期发表了裴春芳《在人性的温情和生命的对抗之间——芦焚长篇小说〈争斗〉校读札记》的论文。在文中,作者首先谈到《争斗》前7章与《无题》两章的关系:

我对《争斗》和《无题》两篇小说的校读,断断续续的完成了,确证《无题》正是《争斗》的续篇,这样,两篇小说就合而为一,统名之曰《争斗》。④

---

① 解志熙:《芦焚的"一二·九"三部曲及其他——师陀作品补遗札记》,《河南大学学报》(社会科学版)2012年第5期。
② 解志熙:《芦焚的"一二·九"三部曲及其他——师陀作品补遗札记》,《河南大学学报》(社会科学版)2012年第5期。
③ 解志熙:《芦焚的"一二·九"三部曲及其他——师陀作品补遗札记》,《河南大学学报》(社会科学版)2012年第5期。
④ 裴春芳:《在人性的温情和生命的对抗之间——芦焚长篇小说〈争斗〉校读札记》,《汉语言文学研究》2012年第3期。

紧接着,她又分析了《争斗》与《雪原》在三部曲中的关系:

> 《争斗》应该是第一部,而最早发表,且已经收入《师陀全集》的《雪原》,应该是第二部,至于第三部则还未能确知。至于《无题》,则当是《争斗》一篇违碍于愈来愈严酷的香港文学审查政策的部分文字的残存。①

对于《争斗》,裴春芳博士也认为"现在所发现的《争斗》本身显然就是未完稿"②。

2012 年在编辑《师陀全集续编》时,刘增杰曾收到解志熙寄来的书信。在信中,解志熙谈道:

> 关于《争斗》的辑校稿,……我需要仔细校订一遍,再呈给您吧。
> 另,我忘记了是否告诉过您,我后来发现《全集》里所收《雪原》,只是前九节,刊物上还有十~十八节,是完整的。您当初是否没有看见后九节?……

2013 年 5 月,由刘增杰、解志熙编校,河南大学出版社出版的《师陀全集续编》补佚篇收录了裴春芳博士校订的《争斗》前九章,这为小说《争斗》的研究提供了珍贵资料。但根据当时资料,《争斗》无疑是一部"未完成"的长篇小说。

---

① 裴春芳:《在人性的温情和生命的对抗之间——芦焚长篇小说〈争斗〉校读札记》,《汉语言文学研究》2012 年第 3 期。
② 裴春芳:《在人性的温情和生命的对抗之间——芦焚长篇小说〈争斗〉校读札记》,《汉语言文学研究》2012 年第 3 期。

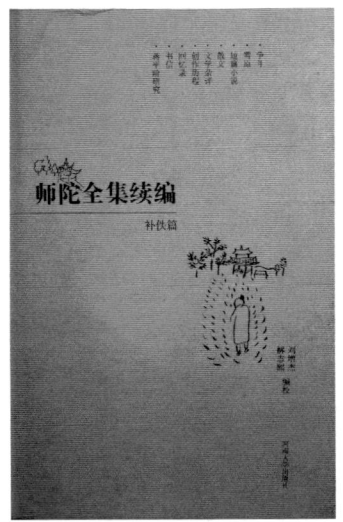

2013年9月,《南京师范大学文学院学报》第3期发表了南通大学文学院胡斌副教授的论文《关于师陀的"'一二·九'运动三部曲"——与解志熙先生商榷》。胡斌认为"三部曲"的中断是因为《争斗》的停载。

> 在师陀的记忆中,《雪原》(即"三部曲")未完成的原因是"香港沦陷于日寇之手,《大公报》停刊",这显然是不确切的。现在我们知道,《雪原》是一部完整的作品,而第二部《争斗》仅在香港《大公报·文艺》上连载过7章,后来不明原因突然中断了。那么,《争斗》连载的中断大体可看作"三部曲"未完成的主要原因了。①

其后,他对解志熙在《芦焚的"一二·九"三部曲及其他——师陀作品补遗札记》中提及的《争斗》"停载原因"谈了自己的不同见解,他认为"停

---

① 胡斌:《关于师陀的"'一二·九'运动三部曲"——与解志熙先生商榷》,《南京师范大学文学院学报》2013年第3期。

载"不是杨刚的原因。

1941年1月4日《大公报》上的一则重要"启事"作了如下解释："《争斗》作者现在病中,续稿未到,此文暂停发表,敬希读者见谅。"解志熙说这"可能是皮里阳秋的说法,窃疑真正的原因可能是《争斗》的抗日内容不能见容于港英殖民当局的对日绥靖政策,所以不容许继续刊发",之所以作出如此"窃疑",大概是因为《争斗》是由其学生裴春芳发现的,而解先生并没有亲自查阅《大公报》,对杨刚的编辑风格不甚了解。杨刚早在1930年就加入中国共产党,是北方左翼作家联盟的发起人之一,自1939年9月接手《大公报·文艺》后,她一改该刊的"绅士"形象,使之变成一名"打击敌人而不被敌人打倒"的"勇士"。为了证实这一点,笔者再次翻《大公报》,发现该刊在1941年元旦前后没有明显的变化,其"勇士"姿态依然,战斗的内容有增无减。①

随后,胡斌开始阐述自己认为《争斗》停载的原因:"当时作者太忙了。"

既然原因不在《大公报》,那么只有一个可能,就是师陀没能如期交出续稿。当时作者有无抱病,现在已难以考证了,但我们可以设法从一些原始资料中得到点旁证。据笔者考查,"患病"应该是师陀的托辞,主要原因是当时作者太忙了。《争斗》是1940年11月2日开始在《大公报》上连载的,然而就在十余天后的11月14日,作者又应柯灵之约在《正言报·草原》上开始了《无望村的馆主》的连载。此前,师陀已有《阿嚏》《到底"看人"云云》《夏侯杞》(共六章)等短章发

---

① 胡斌:《关于师陀的"'一二·九'运动三部曲"——与解志熙先生商榷》,《南京师范大学文学院学报》2013年第3期。

表于此，但柯灵仍索要"长篇"，"作为一个报纸的副刊，需要一个长篇，有了这么一个长篇，它有方便之处。稿子不够，若有一个长篇可以编排自如"。同时在两份日报上连载长篇小说，在现代文学史上虽说并非罕见，但对创作态度认真严谨的师陀而言，实在难以应付。然而，不久后柯灵又要师陀接编《草原》，这无疑更是雪上加霜，"编此副刊，虽然只干了几个月，我却吃足了苦头而干不下去了。那样，柯灵再接过去。"如果《大公报》和《正言报》二者不能兼得，要师陀作出取舍的话，作者肯定更倾向于后者。从私交上说，当时师陀与《正言报·草原》主编柯灵的关系远比《大公报·文艺》主编杨刚密切，师陀曾说过，"这期间，真称得上'朝夕相见甘苦与共'的朋友，只有一个柯灵。"《大公报》远在千里之外的香港，而《正言报》就在师陀所"蛰居"的孤岛上海，当然近水楼台。"这部小说，是为柯灵所编副刊写的，他叫我接编副刊时，我继续在写；直到他又接编时，我还是接着写。"由此可见，正是在这"吃足了苦头"之时，师陀"顾此失彼"，不得已放弃了《争斗》的写作。于是，《争斗》在《大公报》上连载至1940年12月31日就停止了。①

胡斌通过分析认为，当时的师陀不仅要为香港《大公报》写长篇小说《争斗》，而且还要为好友柯灵的《正言报·草原》赶写中篇小说《无望村的馆主》。当《无望村的馆主》连载结束后，柯灵又希望他继续写一篇长篇，而且还要师陀接编《草原》。这对师陀而言"无疑更是雪上加霜"，正因为"顾此失彼"，师陀不得已"放弃了《争斗》的写作"。

再之后，胡斌又谈到与《无题》两章有关的一些情况：

---

① 胡斌：《关于师陀的"'一二·九'运动三部曲"——与解志熙先生商榷》，《南京师范大学文学院学报》2013年第3期。

实际上，在这段时间内，师陀仅续写了《争斗》中的最重要的两章——整个"三部曲"中唯一正面描写"一二·九"学生运动真实情景的两章，碍于脸面没有寄给香港《大公报》，而是交由《新文丛》以《无题》为名于 1941 年 7 月单独发表。①

对于胡斌所说"碍于脸面没有寄给香港《大公报》"的这一个观点，笔者有不同看法。在该文中，胡斌也认同《争斗》未完稿的事实，"由于时过境迁，师陀创作《争斗》的热情再也提不起来了"②。

由于当下研究者只能看到《争斗》九章，与《争斗》相关的研究也因史料缺乏而深受影响。

三、《争斗》佚稿的发现

2017 年 5 月，笔者在中国现代文学馆手稿库整理资料时，偶然发现一部无名手稿。这部手稿用蓝黑色钢笔书写在"开明 B20×20"的稿纸上。该稿没有文章标题，没有落款时间和作者署名。从章节上看，该残稿只有第十章（一〇）、第十一章（一一）、第十二章（一二）和第十三章（一三）四个部分。这明显是一部残稿。

其中，第十章共 13 页，4459 个字，内容完整，有 24 处修改；第十一章共 16 页，5802 个字，内容完整，有 26 处修改；第十二章共 7 页，2463 个字，内容完整，有 13 处修改；第十三章则只有短短的 2 页，721 个字，内容完整，共 5 处修改。在第十章第 1 页右上角和第十一章第 1 页右上角，作者分别写

---

① 胡斌：《关于师陀的"'一二·九'运动三部曲"——与解志熙先生商榷》，《南京师范大学文学院学报》2013 年第 3 期。
② 胡斌：《关于师陀的"'一二·九'运动三部曲"——与解志熙先生商榷》，《南京师范大学文学院学报》2013 年第 3 期。

有一句话：

"第⑨节已寄上——焚"

"日前有航信两件收到否？写的很顺利，或可于期前交清。希释念。芦"

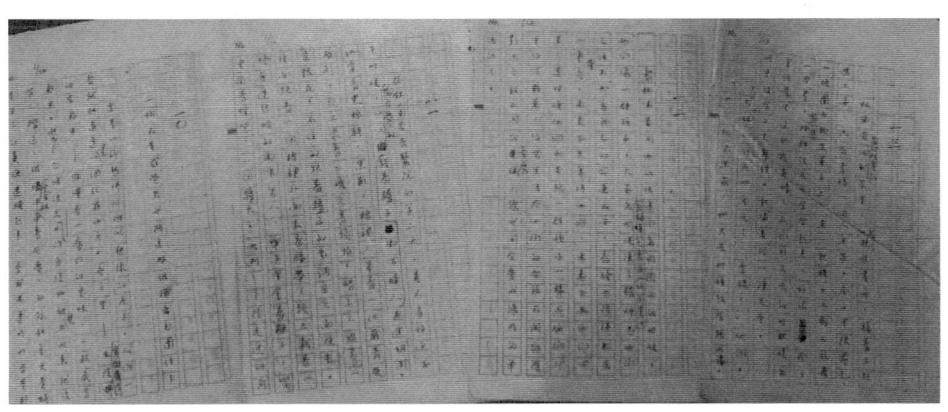

1946年之前，师陀主要采用"芦焚"作为笔名，该笔名自他1932年6月10日在《文学月刊》创刊号发表短篇小说《请愿外篇》开始使用，一直到1946年8月12日在上海《文汇报·笔会》第28期发表《致"芦焚"先生们》后方才停用。

作者之所以用"芦焚"作笔名，是因为"'芦焚'二字是英语的音译，意译则为'暴徒'。我所以爱'暴徒'这两个字，是由于蒋介石背叛革命后，吴稚晖即大喊大叫：对于暴徒，格杀勿论！他所说的'暴徒'就是指当时的共产党员。从那时以后，我便用芦焚笔名陆续投稿给《现代》（前期）、《文学》、《文学季刊》、《申报·自由谈》、《大公报·文艺》、《文季月刊》、《太白》、《中流》、《文丛》等刊物，并为自己规定一条戒律：决不向国民党官办报刊投稿"①。

笔者在查阅了馆藏收据资料后,发现有关师陀的捐赠主要有两次。

1986年10月31日,我馆登记师陀本人捐赠资料4条,为手稿、书信:1934年12月创作的20页《寒食节》,1962年3月创作的116页《〈西门豹〉(四幕历史话剧)》,14页的《〈西门豹〉后记》,以及3封15页的李健吾致师陀书信。

1997年5月9日,再次登记师陀家属捐赠资料112条。其中包括82件手稿,157封书信,150多件简报、合同书、说明书等,此次征集人为文学馆副馆长吴福辉和周明。其中第79条便为"杂稿、原稿",共52页,《争斗》佚稿便在此中。

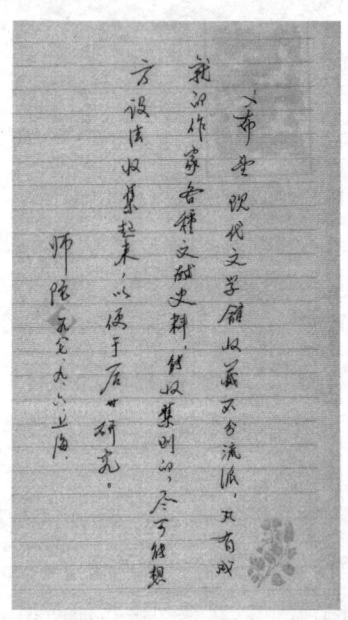

1985年,中国现代文学馆在北京西郊万寿寺成立后,师陀积极响应好

---

① 师陀:《师陀自述》,载刘增杰编《师陀研究资料》,北京出版社,1984,第33页。

友巴金号召,将自己的文学资料捐赠给文学馆。1987年,他还特地为文学馆题写寄语,以表达他对这个文学宝库的期许:

希望现代文学馆收藏不分流派,凡有成就的作家各种文献史料,能收集到的,尽可能想方设法收集起来,以便于后世研究。

师陀

一九八七、九、六 上海

师陀先生去世后,其夫人陈婉芬、独子王庆一继续向文学馆捐赠了大量师陀文献资料。

在该手稿第十章第1页右上角和第十一章第1页右上角,作者分别写有的那两句话结尾分别有一个"焚"、一个"芦",合起来正好是"芦焚"。这从一个侧面进一步说明该稿是师陀以"芦焚"为笔名创作的一部作品。

通过对该稿的阅读,笔者发现这4章内容连贯、情节衔接顺畅、结构合理,应属同一部作品。

"一二·九"运动中,学生集会演讲

第十章主要讲述了杜渊若、胡天雄、李文多等被国民党当局关进监狱后,在狱中斗争的相关情况。[因此章与收录在《师陀全集续编》补佚篇中的《争斗》第九章(第66—72页)几乎一致,这里不再全章收录。]

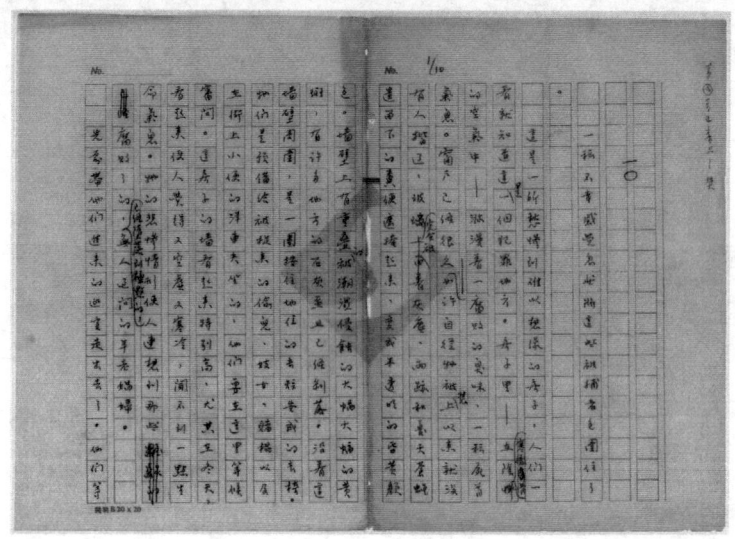

第十一章主要讲述了杜兰若如何在家中接待连夜从乡下赶来的董瑞莲(弟弟杜渊若女友)的母亲董太太,及杜兰若、董太太在医院看到已经死去的董瑞莲的相关场景。

在杜兰若去医院的第二天,差不多将近正午时候,一个满身尘土的骑着驴子(的)乡下妇人走进胡同。她穿着黑棉袄、黑靴、棉袄上罩着一件藏青布衫,头上蒙着一块元青头帕、帽子上缀着一朵银花、不住的跟着驴子的步调在上面摇动。后面跟着一个棉袄外面束着腰带,头上带(戴)着一顶无边毡帽的乡下男人,手里拿着鞭子,嘴里衔着烟袋,一个驴夫。他们——从走进胡同起——一路上数着门牌号数,最后他们在杜家的门外停住。从以上的情形可以(看出)他们是从来没有到这里来过的客人。

杜兰若这一天上午曾经到医院里去过。现在她正坐在房子里，茫然向空中望着，颜色很暗淡、样子看起来很空虚。李妈就在这时候走进来，她跟她说外面有一个董太太等着见她。这事情是杜兰若想得到的，事实上她正在等待这个客人。不过不知道什么缘故，她听见这话感到惊异，并且有些踌躇。

"只有董太太一个人吗？"她望着李妈问道。

"不是她一个人，"李妈回答。"还有一个赶脚的。"

"她骑着牲口来吗？"

"她骑一匹小驴。"

杜兰若吩咐李妈请董太太到书房里坐，并按着乡下习惯让她给驴夫送一盏茶。她自己仍旧坐着，似乎并没有马上要出去的意思。"现在什么都完了，"她想。"人能够怎么办呢？比起毁灭来，人们是这样无力。当事情发生的时候，没有人能够挽救……"杜兰若不安的用一块小手帕慢慢揩着鼻子，然后是脸蛋，然后是嘴唇。她的思想和感情中有一种疲倦，一种仿佛她已经努过大的力气，什么都没有得到，或是哭泣的空虚。其实她这种思想是没有意思的，它顶多不过是一种不自觉的自慰。接着她站起来，在房子里徘徊一下，最后她又失神似站住，好像在思想一个问题，忽然决然做一个手势，仿佛说："算了，要解决的事情终归必须解决！"于是她勉强支持着自己走进书房，她的模样很冷淡，也许不能说是冷漠，因为这时候她根本没有热情和力量。

客人站起来。现在她已经扑去身上的尘。"您就是董家伯母？"

杜兰若凄然笑着并向客人点头。"我姓杜，是瑞莲的朋友。"

"我就是瑞莲的娘，"客人答道。"给我写信的就是你吧？"

杜兰若又点了点头。她们在沙发上坐下。

"天气这样冷，董伯母走很长的路时很苦的。乡下比城里冷。"杜兰若接着说。

"没有什么苦,"董太太笑道。"我昨天接到你的信。谢谢杜小姐关心瑞莲,这样远的路亏你派人送信给我。话虽是这么说,我们乡下人风吹雨打,走这一点路早就惯了。"

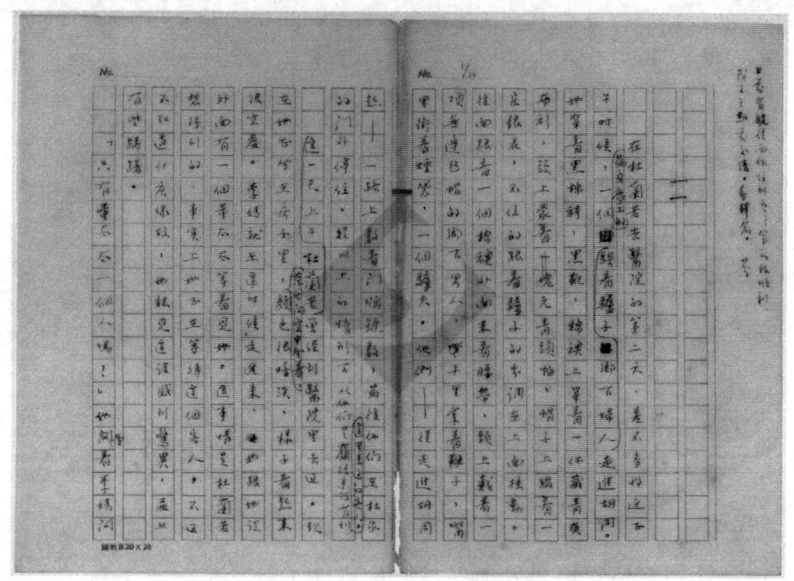

杜兰若跟客人间的谈话很冷落,她心里感到不安。

"现在怎么跟她说呢?"她想。

她向周围望着,想找到救援。

"李妈,李妈!"她喊道。"你怎么把茶都忘记泡了?"

董太太大约有四十多将近五十岁年纪,她的模样跟她的女儿稍微不同,脸蛋比较长些,因为生活在乡下,皮肤比较粗、比较黑。她的嘴唇很严密的盒(合)着,她的鼻子和额头生的都很明显,眉毛离开眼睛很高,长长的像两双满弓,当她将眉毛更高的扬上去的时候,她的额上很混乱的显出无数细小的皱纹。她的眼皮很薄,但是很松,眼睛仍旧清明,他们在她的脸上给她增加很多慈善。这些特征表明她是一个女中丈夫,并且为着她的生活曾经日夜思虑,耗去无数心血。而事实也正是这样,董太太的丈夫去世很早,当她二十多岁的时候,他便将她抛下,另外他给她抛下一个女儿,极可怜的一点田产,他自己合上眼睛很放心似的跟世界长别了。这在一个没有儿子的年轻女人是一种难以猜想的打击,一种举世无匹的重罚,正如她在她丈夫的灵前所哭的一样:天从她的头上塌下来了,它毫不慈悲的压在她一个人身上,并且没有一个人分担她的痛苦,除去幸灾乐祸者散布的流言,世界上没有人肯给她扶助。至于她丈夫的亲族们,他们在她的丈夫未死之前就想得到遗产,他们劝她改嫁,并且时常加以凌辱。但是她支持着不断落下来的打击;她守护着她的女儿——她的唯一的希望;她把自己当做无用的仅能替别人吸取养料和幸福的老根,她把女儿当做一株嫩芽,看着她向上生长,希望(从她这个无用的老根起)有一天她看见她女儿的树枝上结满果实。假如她知道她女儿将受到危险,她无疑的会一身当前,毫不踌躇的用她自己的身体庇护住她,让灾祸一个一个落到自己身上。

"我差不多有两年没有到城里来过,"董太太说着低下头在一个蓝布口袋里摸了一下,从里面取出一个白铜水烟袋。(这口烟袋就放在她们前面的脚凳上。)两端都装满了圆圆的东西,在先杜兰若没有看见。

"我忘记拿烟了,"杜兰若抱歉的说。"董伯母不要笑我慢待。(接着她喊道,)李妈,李妈……"

"你不要拿,杜小姐,洋烟我吸不惯。"董太太兴致很好,她说每一句话帽子上的银花便快活的在上面摇动。"我有一个这种坏毛病,"她补充一句。接着又指着口袋道:"这是送给你的,杜小姐,这一头是枣,干枣,那一头是胡桃。"

"怎么好让董伯母送礼,"杜兰若很不好意思的说,"伯母到我这里来,不笑话我不会照应就够了。"

"说是礼其实不能算礼,都是家里现成的,"董太太点着纸捻。"昨天下午我接到你的信,晚上我在床上想:杜小姐既然是瑞莲的朋友,我得送她点什么。可是送什么呢,在城里卖的你都尝过,你不稀罕。我还想给你带几个柿子;柿子不好拿,临来的时候又放下了。"

董太太说着就低下头去吸烟。烟袋咕噜咕噜响着,只有它才知道董太太的话并不完全真实,虽然她没有说谎。昨天夜里——当她接到她女儿害病的消息之后——她怎样不停地用力将它吸着,直到烟汤红的像酱油一样;她怎样思念着她的女儿,并且几乎整整一夜都为她祷告。

"我昨天下午接到你的信,杜小姐,"她喷出一口烟,接着说道,"你信上说瑞莲病了,要我来一趟,你一直住在城里,不知道乡下事情有多么难,家里又只有我一个人,平常很难出来。得到你的信,我心里说这可正好,趁侄(着)这个机会也好到城里看看。"

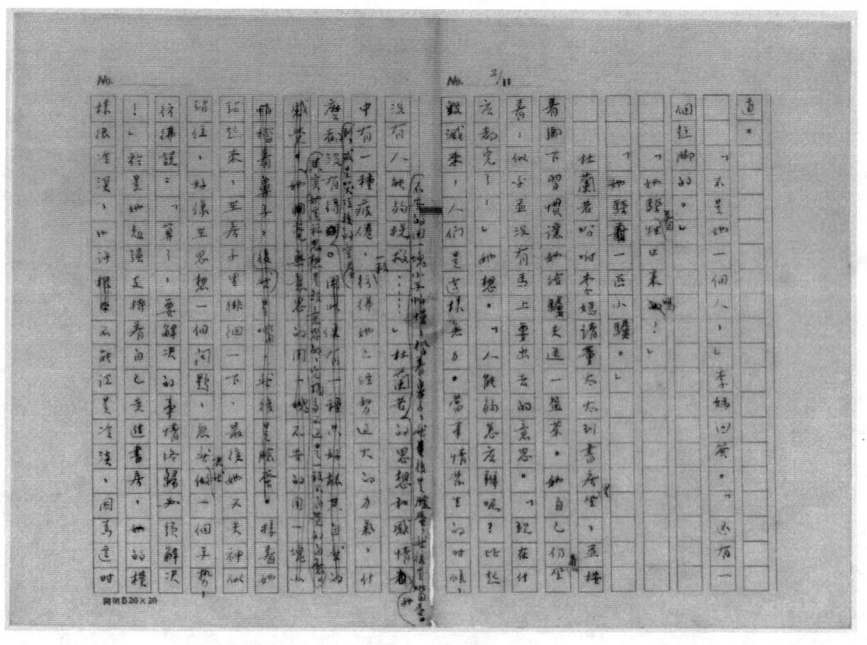

杜兰若从旁边望着董太太,在先她们没有见过。直到这时她才明

白董瑞莲时常向她说的"我妈吃一辈子苦"的意思。不过因为这缘故，她更加害怕她的客人，当董太太坦然瞅着她的时候，她便恐慌的将眼睛避开，或是低下去瞅着下面。

"现在怎么办呢？"她第二次不安的想。

董太太自然是什么都不知道，示威，受伤，病况，杜兰若的信上全都不曾提起。杜兰若很少话，她不会应酬客人，不会——假如她能够想出，她很愿意装出欢笑，即便是这个太太暂时间得到安心，暂时间不致疑心到她的不幸，她也甘心撒谎。不幸她没有这种习惯，连她所记得的一点敷衍话这时候也离开了她。董太太不住的吸烟，她们的局面很冷，空气令人很不舒服，连董太太都失去先前的兴致，竭力——即使从表面也可以看出她在竭力使自己不显出局促。"我忘记问一句，"董太太吸足了烟，忽然问道："瑞莲害的什么病，杜小姐可知道吗？"董太太直直的望着她；杜兰若在瞬间满脸通红。

"瑞莲害的病吗？"她的眼睛望着别处，混乱的支吾着说，好像她正在想。但是她什么都想不出。"她的病……她的病我不大清楚，伯母，我没有问过大夫。"杜兰若要掩饰的意思反而引起董太太的怀疑。

"据你看，杜小姐，她的病状不十分重吗？"董太太紧接着问。

杜兰若感到一阵晕眩，她已经失去支持自己的力量，觉得再掩饰下去是一种罪恶。但是她怎么能跟她讲呢？她怎么能将这种不幸，对于一个除去她的女儿没有第二个希望足以维系她的残生的母亲，她预感到这种不幸简直等于一只可怕的铁锤，她怎么能用自己的手将这铁锤放在这可怜的老妇头上？她回答她，据她看董瑞莲的病相当沉重。

"伯母，现在快要晌午了，你不如等到吃过午饭再到医院里去，"杜兰若惶恐的坐在沙发里，她的声调几乎是向董太太乞求。

董太太听说她的女儿病势沉重，不，她连烟都吃不下去了。她把烟袋放到脚凳上，忽然变得又固执又坚决，颜色也变冷了。

"谢谢你，杜小姐，"她慌乱的说。"瑞莲的病既然很不好，我想应该先去看看她。杜小姐要是方便,我想现在请你陪我走一趟。"

"现在快晌午了,伯母,"杜兰若第二次向董太太乞求,她的脸上显出绝望。

"你不知一个做娘的心,杜小姐,"董太太决然从沙发上站起来,好像马上就要往外面走。"要是不先去看看,这一顿饭我都吃不下去。"

杜兰若看出乞求没有效用,不得已的站起来。她跟着董太太走出去,她的头脑发热,眼睛晕眩,不知道应该怎么办好。她们雇了洋车直奔医院。她们一路上都不说话。

"可怜的太太,"杜兰若糊里糊涂的在路上想,一面让洋车摇摆前进。"你的女儿已经死了。不管你现在是怎样热情,你怎样一下飞到她旁边,你愿意将全生命交付给她,现在都是空的,说什么已经晚了。"她在这时候向前面望了一望,董太太毫不动弹的在洋车上坐着。黑头帕的两端被风吹起来,像两只鸟翼似的在空中飞动,帽子上的银花随着洋车的颠簸摇动得更快活。"她还什么都不知道,"她接着想。"你还什么都不知道。你的女儿是受了伤染了连(链)球菌死的,你即便飞到她旁边也没有用;你的心自然早已飞到她旁边了,早已在绕着她的床转了,但是这也没有用,她已经不会喊你,她已经不知道看你,纵然她有一腔心思她已经不会再向你诉说。刚才在不久以前我曾经看见她,她的呼吸早已经停止,她的手像冰一样冷,没有人知道她最后的言语和愿望是什么,她是在早晨五点钟时候断气的。她又禁不住往前面瞅了一眼,这个老太太一生是怎样辛苦,现在她这样奔波,她将来的生命是怎样空虚!"

她们到了医院的时候,杜兰若已经比较镇静,她让董太太留在外面,自己走进账房。账房的管事人按了按铃,随后有一个看护走进来,管事人简单地向看护交代一句,看护向杜兰若做一个手势,杜兰若跟着她从账房里走出来。她们走了几步,看护一面走一面看了看董太太又看了看杜兰若。"你们就是她的家属吗?"她向杜兰若问道。

杜兰若向她使一个眼色，她会意的没有再讲下去。董太太跟着杜兰若，看护走得很快，她们比较落后一步。不过她觉得她们中间有些神秘，这种心理虽然毫无来由，看护的话和杜兰若的故意不作声引起她的疑虑。"什么家属？"她恐慌的问。

杜兰若为着镇静这个太太，便匆忙的随便回答一句："没有什么。"事实上她们也没有时间谈论。她们穿着一个过道。杜兰若觉得这走道很长，好像她们永远没有穿出去的希望，后来她忽然间又觉得走道太短，她的腿是又酸又软，好像她刚才爬过一座高山，不住的在下面战栗。但是她们仍旧竭力支持着，忍耐着，不使自己露出慌乱。最后她们终于在一个房子外面停下来了。杜兰若的脸这时候是青灰色的，她的眼里充满了恐怖，嘴唇在微微动弹。董太太没有注意她，她全副精神都注视着面前这个可怕的房子的门。在这一瞬间她也许已经有过不止一种预感，这是很可能的，不过她没有工夫思想。这个门上遮着很厚的黑绒，人们很容易想到绝望、不幸、死亡都在这黑绒后面。走道上这时候是静寂的，只听见不知道是谁的急迫的呼吸声和看护手中的钥匙响声。接着门鸣动着被打开了，看护平静的毫无感应的回过头来望着她们，好像说："走进去吧，你们要看的都在这里。"她的模样像一个掌管库房的女仆，这里的东西并不属于她，她的管理它们只是一种责任，它们既不使她快乐也不使她烦恼。

"伯母！"杜兰若颤抖着喊了一声，在这时候她忽然想阻止这个可怜的母亲，她希望她永远不看见这种不幸。

杜兰若现在已经来不及了，这时候没有人能阻止这个母亲。她已经冲进房子里去了。但是她看见的是什么呢？这房子的窗户上同样遮着厚厚的黑绒窗帘，仅只从缝隙中透进一线光亮，房子里是黑暗而又寒冷，犹如一个冰窖。董太太其实并没有看见窗户，她甚至都没有看见，仅仅房子中间有一片白在她眼中亮着：这是一个床，上面蒙着一块洁白的被单。这难道就是她的女儿吗？难道人家就将她放在这地方吗？董太太事实上并没有想，这或者只是一阵酸辛一种油然而起的感觉。她摸索着向床走过去，令人战栗的寒冷和静寂包围着她；她从被单下面摸到一只手，一只冰冷的将要完全僵硬的手。

"莲儿，妈来看你来了，"她弹抖着这样喊了一声，人们可以听出这时候她的心也正在这样弹抖，眼泪已经在她眼里。但是包围着这个可怜母亲的仍旧是先前的，或者人们要觉得比先前的更加静寂。谁还会回答她，即使是比一个母亲的声音更温柔，更亲切，谁又能听得见呢？

现在董太太似乎全明白了，同时她的心似乎也掉到比这小屋黑暗更寒冷的冰窖里了。这只有一个母亲能做得出，一种不顾一切的非常勇气，她很快的将被单揭开，一个少女的脸和肩膀从下面露出来。这脸蛋像蜡一样黄，嘴唇紧紧闭着，眼睛安静地闭着，浓浓的黛眉微皱起来，头发散在枕上的正是她的女儿。董太太一只手按住床边，一只手放到她女儿额上，然后慢慢地移下去，最后在鼻子和嘴唇上停住，一阵战栗通过她的全身，她的嘴慢慢的极可怕的向两边裂（咧）开，眼泪像骤雨一样沿着她的脸流了下来。她许久许久弹抖着，毫不移动毫无声息的这样站着。世界上谁能体会母亲的心碎是什么样呢？

杜兰若也许曾经想到这种情形，她站在门口并不走进来，眼里流着泪正默然向外面望着。

"我的儿啊，你就这样死了吗？"在许久的静默中董太太忽然发出呼喊，同时她支持不住，重重的跌到地上。她预备重新站起来，但是她已经没有力气。因此她一面摇着床一面喊："难道你连妈也不看一眼就死了？我的儿，你的命多苦啊！你一个人冷冷清清的死在外面，连你的亲娘都不知道。你一个亲人都没有看见，没有一个人侍候你，人家就让你孤零零的这样死了！"这个可怜的母亲这时候已顾不到她的话会伤害杜兰若的感情，她只是不住的号呼不住的摇动着床，满脸却是鼻涕和眼泪。"我的儿，你一点都听不见我一声都不喊我了吗？"

带她们到这里来的看护很不耐烦的走过来，她严厉的毫无同情心的谴责（这是当然的，医院里死一个人在她们看来只是一件无谓的事情）：你邪许什么？她早晨就死了，当然不会喊你。这里是医院，不准吵闹，你知道不知道？"

董太太自然不再管什么医院，当她从家出发的时候，她还想着她女儿的笑貌，她似乎还听见她的声音；在两天以前，她还计算着日子，算等着她女儿在假期里回去跟她一同过节；在差不多将近二十年中，她一直守护着她——她的唯一的女儿，她曾经把她想成一株嫩芽，一棵小树，日夜盼望着她长大起来，有一天在她的树枝上结满果实，现在她再希望什么呢？一场暴风，这期待中的小树被吹倒了，二十年的心血被吹去了，连她这个老根都被拔出来了，她的全部都毁坏了，一个孤苦的年老寡妇，她活着还有什么意思？她这时候还忙什么呢？

事实上她是什么都不知道，她根本没有想到那个看护。

"狠心的老天爷，你把她夺去了！"她伸出两只手向上面喊着。"你把她夺去了，人家都说你是公平的，我哪里得罪过你吗？她才是一个小孩子，哪里得罪过你吗？你狠心的，你不公平的，你把她杀了！她一点都没有罪你把她杀了，你为什么不先杀我呵！"

接着她又去拼命的摇动着床。

第十二章主要讲述了杜渊若等学生被当局无罪释放后或回家或回学校，而此时姐姐杜兰若则陪着董太太为死去的瑞莲发丧，以及在将瑞莲运回农村下葬时董太太的悲伤举动。

当杜渊若同他的伙伴们走到街上的时候，他们像一群孩子，大家忽然恢复了精神，互相嬉笑着并吵闹着。他们已经不必为自己的命运不安，肩膀上仿佛卸去一重重负。未来正在等待着他们，未来正在他们心里，这时候他们也正跟一群孩子一样，他们心里没有罪恶，没有生活给他们的各种不同的阴影，各种不同的忧虑，骤然间全变成清明的单纯了。

"老胡,你要跟我一路到兰若那边去吗?"杜渊若问胡天雄。

胡天雄想了一想道:"我现在先到学校里看看,要是没有什么事,我在下午或晚上去看她。"

杜渊若于是和他的伙伴们分别。

"他只想到家,他只想到家。"一个人向别人笑着,接着又转过来向他挥着手道,"你只想到家,去吧,快回到家里去!"

杜渊若很快的靠着有阳光的一面走着,世界上虽然并没有可以看得出的变化,在他看却是这样不同。阳光温暖的照在墙壁上,屋顶上,干枯的树梢上和马路上,冰正在阳光中融化。群鸽喔喔的在空中飞翔。行人和车马都匆忙的走着,他们各自在为自己的事情和生活忙碌。他的心暖和的规律的在胸中跳动着,仿佛一匹春天的鸟儿,它为快乐的欲望冲动,不住的想展开翅膀。

"我要吓一吓她,吓一吓兰若。"他想。"人家都说她是沉静的,什么都不会使她动心，我们这一回要试一试。"接着他想到董瑞莲看见他的时候将是怎样欢喜，他将竭力忍耐住自己的感情，让她知道他曾经到一个可怕地方去过，并且刚才从那里出来，他竟能像一切有丈夫气的人一样将这事看作无足轻重。

同时，一队葬仪渐渐远离城市，正在城外一条大道上向前进发。这是一队很少见的冷落葬仪，没有人为死者号哭，没有一个吹鼓手，甚至连一个穿丧服的孝子都看不见。柩架在前面走着，大路上浮土很深，他们走的很慢。在柩架后面有一辆送葬的马车，里面坐着两个女人，一个是董太太，另一个是杜兰若，她们前面的镜子上挂着一个花圈，是杜兰若送给死者的礼物。马车后面是一辆洋车，上面坐着一个男子，一个像私塾里的先生同时又有几分像小商人的中年人。这是死者的舅父，董太太的娘家兄弟。（他是昨天下午得到董太太的信，立即赶到城里替他的外甥女办后事来的。）

葬仪循着大路缓缓前进。杜兰若惆怅的望着前面，看着摆动着的马的臀部，高高的在空中摇动着的柩架上的尖顶，有时候她转到旁边，不经心的从车窗里望着路旁的村舍，荒漠的小林和远远的起伏着的一带山岭。董太太的眼睛睁得很大，空虚的茫然望着空中。这个不幸的母亲心已经完全碎了，已经完全麻木了，她什么都没有看见，什么都不曾想，什么都不知道。只在偶然间才惊异的转过来望一望杜兰若，仿佛是问："我们现在是做什么？"但是她什么都不曾讲。这个不幸的母亲，这时候她是盲目的，她的心已经碎了，已经完全麻木了。她什么都没有看见，什么都不曾想过，什么都不知道。她的生命正像瞎子一样处在浓密的苦闷的黑暗中间。什么是苦痛？什么是死亡？什么是人生的快乐与幸福？这些又跟她有什么关系？

他们在路上都不说话，只有领队的为着调整抬棺材者的步调在前面敲击的棒子声和偶然从空中飞过的乌鸦惊破死者的静寂，有一次杜兰若想到："这条到死去的路，我们几时才能走完？"

他们在下午将近一点钟的时候，在一个大坡下面停住。抬棺材的坐在路旁边的地上吸烟。董太太的兄弟到村里找来几个庄稼人，他们带着铁叉、木锨，铁铲，开始在土坡上挖掘墓坟。和他们同来的还有几个村童，他们惊异的围着柩驾和马车。"这是做什么的？你看，还有洋马车。"他们中间小一点的向比较大的询问。抬棺材的人一半开玩笑，一半恐吓，在旁边大声骂道："站开一点，撞翻了一个一个都捉你们到衙门里去！发丧的，还没有见过？"

孩子们并不理抬棺材的，虽然他们站得更远一些。他们中间的人把声音放低，继续向伙伴们问："这是谁？他们这样厉害？"

"这是莲姑娘；莲姑娘死了。你不看马车里坐着董大娘吗？"另外一个望了柩架又望了马车，这样低声回答。

"莲姑娘怎么死的？"

"不知道；自然是害病死的！"

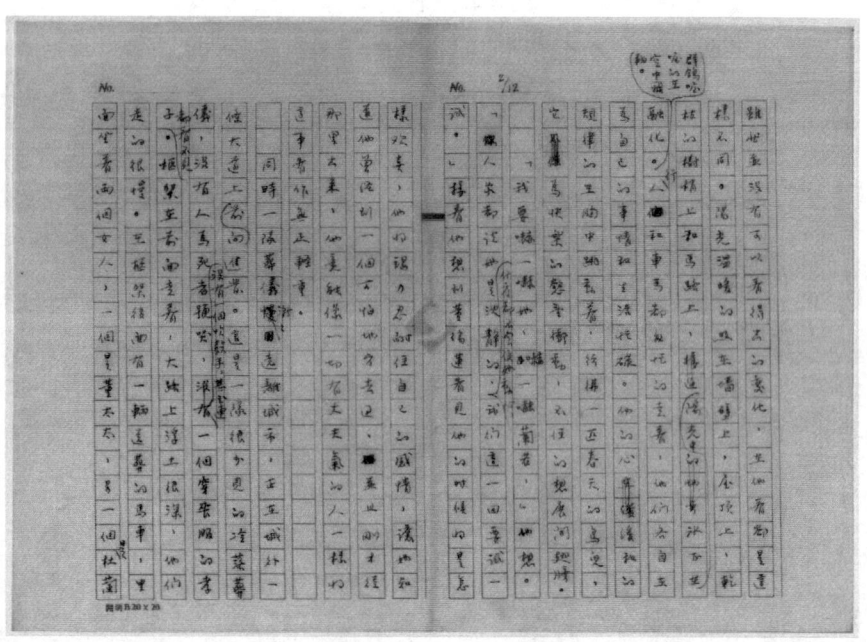

董太太毫不动弹的在马车上坐着，她既不看那些孩子也没有听见

他们讲什么话。最后掘墓的人已经将墓掘好,死者的棺材从柩架上卸下来,董太太的兄弟和杜兰若挽扶着她;他们跟着棺材走上土坡。这时候董太太的样子很衰老,她一步一步向前走着,已经完全没有力量,机械的像一个孩子似的听别人摆布。接着抬棺材的人发出喊声将棺材放下去,杜兰若和董太太的兄弟扶着董太太走到坟穴前面,让她作最后一次凭吊。她衰弱的弯着腰,微微的张着嘴,眼睛收缩得很细,好像她们很怕阳光。在这一刻,所有的声音都静止了。她不作声的瞅着下面,在她的眼角里有两滴极细小的眼泪,不过她没有哭泣,人们并且可以看出她看见的并不是棺材。

"这个老婆子现在疯了,她不知道这要埋下去的是她的女儿,她连哭都不知道哭。"人们这样想着。

现在所有的事情都已经完了。人们对于一个死人应该做的都已经做过了,铁叉与木锨于是开始活动,刚掘起来的潮湿的泥土沉重的落在棺材上面。就在这时候,董太太忽然冲开众人,向着坟穴跳下去。

"你没良心的东西,我把你养活这么大,你现在不要我了吗?"她喊着,咚咚的捶着棺材,并且用头在上面撞着。"我早知道你这样狠心,在你落地的时候我就将你挪(搦)死,你不会使我这样伤心。我喂你奶,看着你一天一天的长大,你这样对不起我,你一点也不挂念我,我生了你又埋了你,你抛下我自顾自的死了!你死了,你想过你娘有多苦吗?"

人们从下面把她拉起来,她的帽子和头帕都失落了,开始花白的头发散在她的背上和她的脸上。

"伯母!"杜兰若喊道。

"大姐!"她的兄弟同时喊。

他们用胳膊挽住她,人们将潮湿的散布着香味的泥土一下一下抛到坟穴里去。但是她什么都听不见,什么都不知道了。她的帽子和头帕都失落了,花白的头发散下来,血从她的嘴里流出来,混合着鼻涕、吐沫把头发贴在脸上。她不住的挣扎着,用头在别人身上撞着,预备重新扑下去。

"你们拉住我做什么?"她嘶哑的喊道。"你们这些坏东西,你们把她埋了。我要你们把我也埋下去,把我也埋下去。你们为什么不发发慈悲将我也埋下去啊!"

人们一下一下将泥土抛入坟穴,棺材渐渐消灭在泥土下面,最后连最后的棺材角也不见了,这个绝望的母亲仍在挣扎,仍在叫喊……

第十三章在仅有的两页手稿中讲述了杜渊若回到家中,与保姆李妈谈论家中这几天的情况。

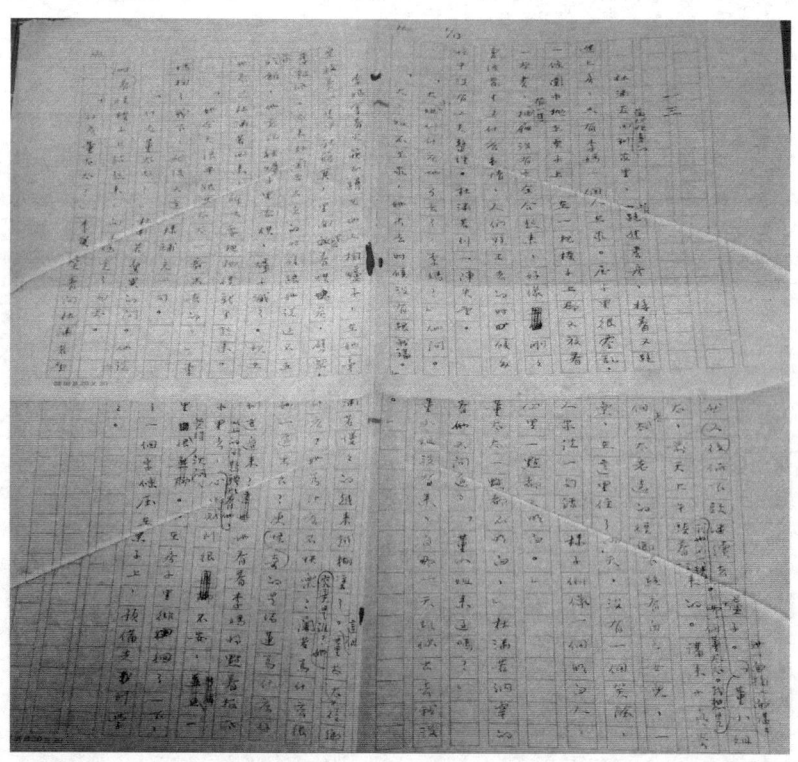

杜渊若满心欢喜的回到家里，他跑进书房，接着又跑进上房，只有李妈一个人在家。屋子里很零乱，一条围巾抛在桌子上，在一把椅子上却又放着一本书，有一只抽屉没有完全合起来，好像刚刚曾经发生过什么事情，人们跑出去的时候匆忙中没有工夫整理。杜渊若（感）到一阵失望。

"大小姐到什么地方去了，李妈？"他问。

"大小姐不在家，她出去时候没有跟我讲。"

李妈拿着火筷正蹲在地上掏炉子，在她旁边放着一支洋铁簸箕，里面盛着煤炭，劈柴，旧报纸。原来杜兰若出去的时候跟她说过不在家吃饭，她忘记往炉子里添煤，炉子灭了。现在她看见杜渊若回来，所以要把它重新生起来。

"她今天很早就跟董太太一起出去的，"李妈掏了几下，然后又这样补充一句。

"什么董太太？"杜渊若惊异的问。他说着时从椅子上站起来，向李妈走了两步。

"什么董太太？"李妈笑着向杜渊若望（看）了看，然后又低下头继续去掏炉子。她一面掏一面讲："我也不大清楚是哪一个董太太。我想是董小姐的老太太，前天上午骑着驴来的。讲来也真奇怪，这个老太太老远的从乡下跑（来）看自己女儿，一来就不乐，在这里住了两天，没有一个笑容，没有跟人家说一句话，样子倒像一个明白人。我看她心里一点都不明白。"

"董太太一点都不明白，"杜渊若纳罕的想。接着他又问道："董小姐来过吗？"

"董小姐没有来，自那一天跟你出去我没有看见她。"

杜渊若慢慢的越来越糊涂了。这个董太太究竟是谁？她从乡下来做什么？她为什么不快乐？兰若为什么很早就跟她一道出去？更奇怪的是瑞莲为什么好几天不到这边来？他看着李妈将点着（的）报纸送到炉子里去，以上的问题骚乱着他，心里感到很不安，一个人在家里觉得很沉闷。他在房子里徘徊了一下，接着写了一个字条压在桌子上，预备先到学校看看。

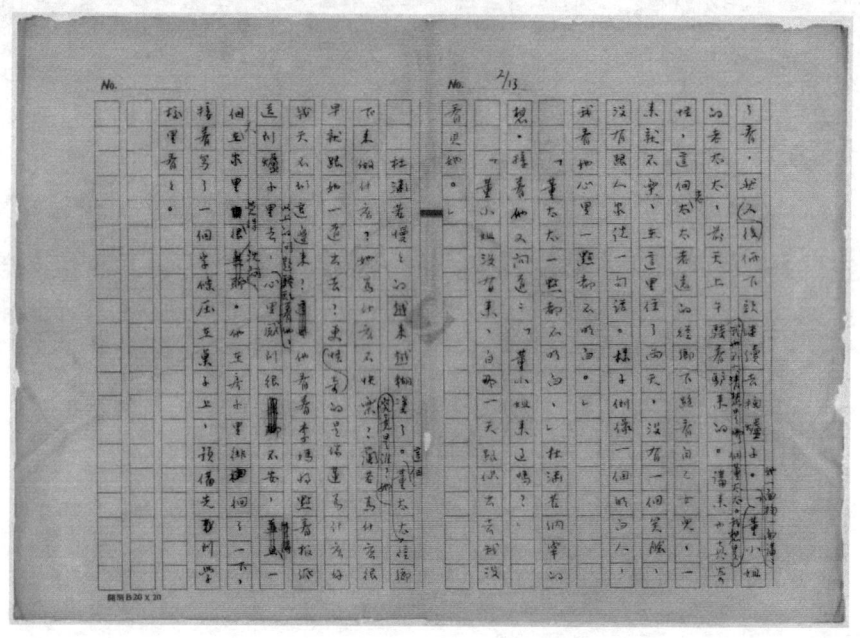

在这 4 章手稿中，先后出现了杜渊若、胡天雄、李文多、杜兰若、瑞莲、瑞莲的母亲董太太、保姆李妈等故事人物。通过查阅《师陀全集》第一卷、第二卷和《师陀全集续编》补佚篇，笔者发现：只有小说《争斗》全部出现过这些故事人物，《雪原》则没有一处提及"瑞莲的母亲董太太"。

通过该手稿与《师陀全集续编》补佚篇中的《争斗》《雪原》内容对比，笔者发现：除手稿第十章与《争斗》第九章在内容上几乎一致外，手稿第十一章、十二章和十三章在《争斗》《雪原》中都未出现。

《雪原》是一部已被证明完整发表了的作品，而《争斗》却是一部只发表到第九章的未完稿。其中手稿第十一章、十二章和十三章分别提到的"瑞莲的死""杜渊若被捕后出狱""瑞莲的母亲董太太进城"等情节,在小说《雪原》中几乎完全没有体现,但在《争斗》的前几章都有所提示或铺垫。

第一,手稿第十一章所描写的"董太太接信进城到杜家,与杜兰若会面",便源于杜兰若之前的写信。《争斗》第六章对此做了必要的铺垫。

"李妈,你到这边来,"她在台子前面坐下去。"我有一封信要差人送到乡下,你找到找不到这样一个便人?"
……
"不很远吧,小姐?"……
"出城有二三十里路?"
"出城有二三十里路找得到,小姐。我有一个兄弟……"
"……您只要吩咐一句……我现在就喊他来好吗?"①

当知道瑞莲的情况后,杜兰若询问李妈能否找到一个送信人到乡下送信。

当李妈说找送信人没有大问题后,杜兰若便打算赶紧给乡下的董太太写信。

"她在沙发上坐下,接着她想起应该给董瑞连的母亲写一封信,她预备站起来。"②

第二,手稿第十一章所讲"瑞莲的死",其实在《争斗》第二、三章,

---

① 师陀:《争斗》,载刘增杰、解志熙编校《师陀全集续编》(补佚篇),河南大学出版社,2013,第45页。
② 师陀:《争斗》,载刘增杰、解志熙编校《师陀全集续编》(补佚篇),河南大学出版社,2013,第46页。

作者就曾两次暗示她所受到的是严重的"致命伤":

> "董瑞莲,董瑞……"
> 马已吾想着,战栗着,热血像油一样在他的心里沸腾起来。董瑞莲是他的一个学生,一个圆圆的脸蛋的,大而黑的眼睛的少女,据说她是刚才被人家用枪刺刺穿了的。①

> 他不过想起他的一个学生——一个圆脸蛋的,大而黑的眼睛的少女受了伤了,董瑞莲躺在病院里了。……杜兰若也正跟马已吾一样想起一个圆脸蛋的大而黑的眼睛的少女,她感到的比马已吾更痛切些。不,确当的说应该是当那件人们捉不到的东西落下来的时候,她想起的是刺刀的白光一闪,接着,一阵晕眩,一阵战栗。②

第三,手稿第十二章在一开始就描述了杜渊若和同学们出狱后的心情。而对于杜渊若等人的被捕,《争斗》在第三章就已经提到:

> "你弟弟已经被捕了,你还不知道。"马已吾在心里说。"你还甚么都不知道。他在马路上被两个警察捉住肩膀,刚才有人看见,他们把他推上汽车;有许多人被推上汽车;他们用木棍打他。"③

第四,手稿第十二章、第十三章都描写了杜渊若出狱后依旧幻想着与女友再次相见。对此,作者在《争斗》第八章已做了铺垫。杜渊若、董瑞莲、

---

① 师陀:《争斗》,载刘增杰、解志熙编校《师陀全集续编》(补佚篇),河南大学出版社,2013,第18页。
② 师陀:《争斗》,载刘增杰、解志熙编校《师陀全集续编》(补佚篇),河南大学出版社,2013,23页。
③ 师陀:《争斗》,载刘增杰、解志熙编校《师陀全集续编》(补佚篇),河南大学出版社,2013,23页。

胡天雄、李文多等学生在游行过程中，遭受了国民党军警的血腥镇压和逮捕。正因如此，杜渊若与女友董瑞莲被混乱的人群冲散。这也使得入狱的杜渊若并不知道董瑞莲在游行中受了重伤，其后又在医院死亡的情况。这些情节的交代，也为杜渊若的"幻想"做出了合理解释。

> 想到董瑞莲看见他的时候将是怎样欢喜，他将竭力忍耐住自己的感情，让她知道他曾经到一个可怕地方去过，并且刚才从那里出来，他竟能像一切有丈夫气的人一样将这事看作无足轻重。（手稿第十二章）
> 杜渊若满心欢喜的回到家里，（手稿第十三章开端）

第五，手稿第十三章描写杜渊若回到家中，看到家中不同寻常的凌乱，又听李妈讲有位并不很高兴的董太太来过，而且瑞莲好几天都没来过，这些让杜渊若渐渐有了不好的预感。他慢慢地越来越糊涂了。这个董太太从乡下来做什么？她为什么不快乐？她究竟是谁？兰若为什么很早就跟她一道出去？更奇怪的是瑞莲为什么好几天不到这边来？

而这"不好的预感"是什么，作者在前面几章，尤其是手稿第十一章、十二章都做了交代。刚出狱的杜渊若，并不知道女友瑞莲已因重伤死去，并被送回乡下下葬，一旦他知道了真相，将会怎样？在紧接下来的小说《雪原》第一章，作者做了清楚的交代：失去董瑞莲的杜渊若，已变成一个万分孤独与伤心的年轻人。

> 杜渊若是一个瘦的看起来各部分好像都还没有发育完全的青年人，他灰白，无言，孤独，在这一群人中间他像唯一的可怜的外来者，在这一群人中他像一个不谐调的音符，他常常避开别人，自己失神的望着空中，别人也不去搅扰他。当别人快乐的时候他的嘴唇常常是寂寞的，没有人能引起他的注意，没有东西能引起他的兴趣；他沉浸在自

己的悲哀里面，不可捉摸的幻想里面，他不知道自己在做什么，他甚至连走着的是什么地方都不知道。在这些人中只有胡天雄对于他关切，但他只是在暗中监护着他，并不常常和他交谈。①

第六，对于《雪原》开端所描述的胡天雄带着杜渊若、李文多、朱英等学生冒雪前往农村的情景，其实作者在《争斗》第五章胡文敏与张小姐、刘之英在宿舍的交谈，以及手稿第十三章结尾处杜渊若最后准备回到学校都埋下了伏笔。

"没有什么关系，"她在枕头上转动着说。"你们开过会没有？有没有什么决议？"

胡文敏问的是学生会。她们在胡文敏没有回来前业已经过集议。在会议中曾经发生过争辩，有人说他们布置的不十分周密，否则不会有这么多受伤；有的主张马上组织宣传队到农村工厂中去……②

他在房子里徘徊了一下，接着写了一个字条压在桌子上，预备先到学校看看。（手稿第十三章最后一句）

第七，对于手稿第十一章、十二章所谈到的董瑞莲的死，作者在《雪原》第二章，杜兰若给叔父杜仲武的信中也得到了体现。

叔父……首先我向你禀告我们最近发现了一件不幸的事情。董小姐——我记得我曾经跟你说过，她是很有做你未来的侄媳的可能的，

---

① 师陀：《争斗》，载刘增杰、解志熙编校《师陀全集续编》(补佚篇)，河南大学出版社，2013，第80页。

② 师陀：《争斗》，载刘增杰、解志熙编校《师陀全集续编》(补佚篇)，河南大学出版社，2013,，42页。

但是我们是这样不幸,她上一个礼拜被人家用刺刀刺伤并且第二天就死在医院里了。……渊若自然比我更痛苦……①

上述所列情节的衔接与转承,不仅使小说人物感情的变化自然、顺畅、合乎情理,而且使小说在内容、结构上变得较为完整。可见这 4 章手稿应是紧随《争斗》第九章之后,为小说《争斗》的结尾部分。它们起到了结束《争斗》、开启《雪原》的作用。

四、探寻《争斗》的完成

这 4 章手稿的出现,不仅使小说《争斗》变得较为完整,还对《争斗》与《雪原》的前后关系做了很好的表述,其重要性不言而喻。那么,为何这几章手稿在创作完成后没有发表?它们有过怎样的经历?为了找寻答案,笔者阅读了《师陀全集》《师陀研究资料》及手稿等许多有关师陀的资料,但并没有找到直接证据。无奈之下,笔者只得重新回到该手稿中,试图从中能找寻出一些蛛丝马迹。这时,作者写在手稿第十章第 1 页、第十一章第 1 页右上角的那两句话("第⑨节已寄上——焚""日前有航信两件收到否?写的很顺利,或可于期前交清。希释念。芦")便显得十分重要。

这两句话在字里行间,为我们还是提供了一些重要信息:

---

① 师陀:《争斗》,载刘增杰、解志熙编校《师陀全集续编》(补佚篇),河南大学出版社,2013,第 86 页。

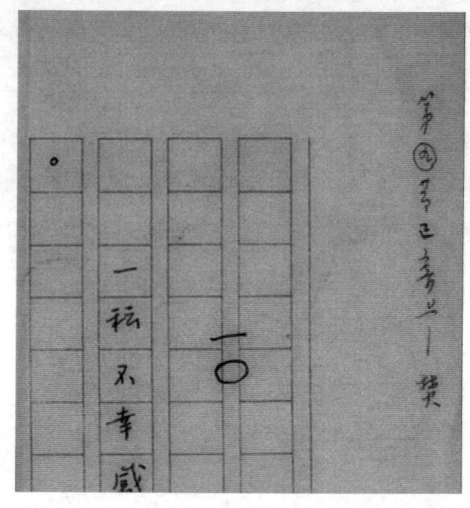

  1."第⑨节已寄上——焚",这里的"第九节"指的应是当年手稿中的第九章。因为4章手稿中的第十章与收录在《师陀全集续编》补佚篇中的《争斗》第九章(其后简称为《争斗》第九章)几乎是一致的,那当年手稿第九章就应与收录在《师陀全集续编》补佚篇中的《争斗》第八章(其后简称为《争斗》第八章)一致。

  "日前有航信两件收到否?"表明师陀在创作完成手稿第九、一〇节(《争斗》第八章、第九章)后,为了让对方在最短时间内收到手稿,使用了当时中国极为快捷的航信将其寄出。这种方式,不仅可以保障手稿的安全,还能保证传递效率。

  《争斗》第八章、第九章即手稿第九章、第十章,1941年7月以《无题》为名发表在上海《新文丛之二·破晓》上。师陀当时住在上海自己的"饿夫墓"中,同处一城,生活清苦的作者完全不可能用航信这种方式给同城编辑部寄稿件。使用航信只有一种可能,师陀是要将手稿九、一〇、一一这三节寄给远在香港的《大公报》编辑部,而且九、一〇这两节已经寄出。

手稿第十章后来以《无题》发表在上海《新文丛之二·破晓》上,这说明,香港《大公报》在收到师陀寄来的第九、一〇节手稿后,因无法发表,便将这两节手稿退回给上海的师陀。师陀在收到退稿后,还是希望能将这两章发表。上海《新文丛之二·破晓》发表这两章的文末有一段编者按语,似可证明这一点:

> 本文为芦焚先生长篇小说中有独立性之两章,今应编者之请,在此发表。

为避免给《大公报》带来不必要的困扰和压力,师陀在发表时没有沿用旧名《争斗》,而是改为《无题》。也许正是由于在上海出版,师陀未在其后创作的第十二章、十三章手稿再写有关"邮寄"的信息。可能是遭遇与前七章同样的原因,《无题》发表后,该小说第十一章、十二章、十三章无法继续发表。

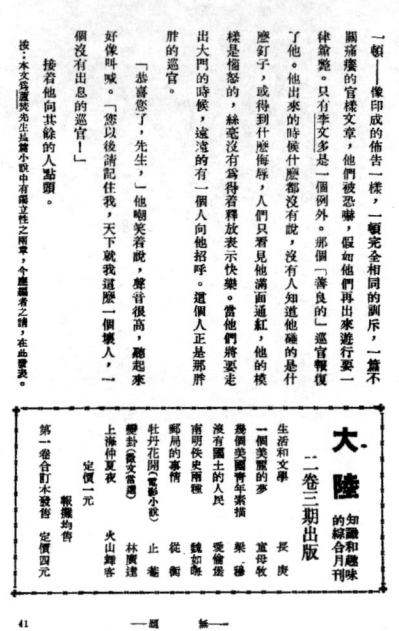

为什么笔者认为当时师陀很有可能已经创作完成第十二章、十三章？师陀在第十一章第一页右上角写的后半句也许可以给我们答案：

> 写的很顺利，或可于期前交清。希释念。

这表明师陀在将第十一章准备给《大公报》寄出时，很可能已经开始着手小说收尾的创作，而且他有把握在约定的日期前，将余稿尽快交付编辑部，他希望《大公报》编辑部放心。只是不知，当师陀收到《大公报》退稿时，这第十一章是否已经寄出。当然，如果作者寄出，其结果仍是会被退回。

无法继续发表的手稿，随着时局的变化与作者生活的动荡，后来很有可能被师陀不小心遗失了，这也才有了后来1947年的寻稿启事。但启事发表后，师陀是否找回了《争斗》手稿？如找回，那又为何没再发表？如没找回，作者为何没再续写？毕竟续写对作家而言，并不是一件很困难的事情。这诸多疑问，现在都已很难回答。

五、师陀对《争斗》的修改

在阅读这4章手稿中，笔者发现师陀对稿中语句进行了不同程度的修改。

（一）第十章的修改主要体现在以下三个方面：

1. 语句的删除和添加。

位置	原句	删除部分、添加部分	最后的语句
第一页第一段最后一句	它的悲惨情形使人连想到那些龌龊的已经腐败了的，无人过问的年老娼妇。	删除"龌龊的已经"；添加"已经堕落到极点的"	它的悲惨情形使人连想到那些腐败了的，已经堕落到极点的，无人过问的年老娼妇。
第九页最后一段	守夜的靴声时时在外面响着。杜渊若想着董瑞莲和他的姐姐，他想她们这时候也许正在家里等他。	全部删除	

2. 对语句先删除后修改。

位置	原句	删除与修改	修改后的语句
第一页第二句	房子里——在阴惨的空气中——弥漫着一腐败的臭味，	删除"惨"，改为"寒彻骨"	房子里——在阴寒彻骨的空气中——弥漫着一腐败的臭味，
第一页第三句	玻璃上留着灰尘，	删除"上留着"，改为"完全被"	玻璃完全被灰尘，
第五页第三句	直到后来他几乎变成难以忍受的激动。	删除"几乎变成难以忍受的激动"，改为"的态度渐渐奋激"	直到后来他的态度渐渐奋激。
第五页第五句	他的肥肥的脸上慢慢的好像蒙上一层雾，或是一种不可捉摸的可怕东西，	删除"肥肥"改为"胖胖"；删除"慢慢的"改为"忽然"；删除"可怕"改为"丑恶"	他的胖胖的脸上忽然好像蒙上一层雾，或是一种不可捉摸的丑恶东西，
第六页倒数第二段	"他是无意的；他是无辜的。"许多人——有的声音高，有的声音低	删除"许多人"，改为"大家"	"他是无意的；他是无辜的。"大家——有的声音高，有的声音低
第八页第五段第二句	天慢慢地黑下来了，这个"善良的"巡官仍旧没有办法。	删除"这个'善良的'巡官"，改为"他"	天慢慢地黑下来了，他仍旧没有办法。
第十二页倒数第三句	"你知道这是捣乱份子操纵，要不是当局宽大为怀，要重重办你们罪的吗？"	删除"要不是当局宽大为怀，"改为"按住法律"	"你知道这是捣乱份子操纵，按住法律要重重办你们罪的吗？"

3. 语句的添加

位置	原句	添加的语句	添加后的语句
第二页第六句	他们大家并不完全认识，	"是从许多学校里来的，"	他们大家是从许多学校里来的，并不完全认识，
第三页第二部分第三句	他的样子很瘦，很不健康，背有些驼	"眼睛很大"	他的样子很瘦，眼睛很大，很不健康，背有些驼
第四页第二句	巡官的声音是"既不冷也不热"，以一种"办公事"的态度说，"你们享福享惯了……"	"所谓""这样""算是他的回答。"	巡官的声音是所谓"既不冷也不热"，以一种"办公事"的态度这样说，算是他的回答。"你们享福享惯了……"
第五页第二部分第二句的结尾处	他全身都战抖着用他的短短的肥胖的手指着李文多的脸骂。"我一看就知道你不是好家伙！……"	在第二局结尾处添加"同时纸在他手里哗啦哗啦的响着"，在第三句开始添加"你不用看你神气，"	他全身都战抖着用他的短短的肥胖的手指着李文多的脸骂。同时纸在他手里哗啦哗啦的响着。"你不用看你神气，我一看就知道你不是好家伙！……"
第六页第二部分第一句	这时候别的人——他们全体都围上来（其实他们早就围上来了），他们一起问：……	添加了"显然他们想替自己的伙伴打开僵局。"	这时候别的人——他们全体都围上来（其实他们早就围上来了），显然他们想替自己的伙伴打开僵局。他们一起问：……

续表

位置	原句	添加的语句	添加后的语句
第六页第二部分第二句	"啐,什么回事!"巡官仍旧在发抖。	"这个善良的"	"啐,什么回事!"这个善良的巡官仍旧在发抖。
第十一页第一句	这些一生中不曾跟现代文化接触过的先生们,他们做出来的时常出人意料,……	"除去坐汽车吃洋酒""从不曾想到这世界上还有所谓疾苦,人们还需要所谓自由和幸福"	这些除去坐汽车吃洋酒一生中不曾跟现代文化接触过,从不曾想到这世界上还有所谓疾苦,人们还需要所谓自由和幸福的先生们,他们做出来的时常出人意料,……
第十一页最后一段	在中国的几个大城市里曾有这样一个完全类似的传说,据说有许多乞丐,……	"并且事实是每年冬天也正有许多这种相同的事件发生。"	在中国的几个大城市里曾有这样一个完全类似的传说,并且事实是每年冬天也正有许多这种相同的事件发生。据说有许多乞丐,……

(二)第11章的修改主要体现在以下四个方面。

1.语句顺序的调整。

位置	原句	语句的调整	顺序调整后的语句
第一页第一句	一个骑着驴子乡下妇人走进胡同。	将"乡下妇人"与"骑着驴子"进行了顺序调整,并在"乡下妇人"前添加了"满身尘土的"	一个满身尘土的乡下妇人骑着驴子走进胡同。

2. 语句的添加。

位置	原句	添加的语句	添加后的语句
第一页第一段最后一句	最后他们在杜家门外停住。	"从以上的情形可以（看出）他们是从来没有到这里来过的客人。"	最后他们在杜家门外停住。从以上的情形可以（看出）他们是从来没有到这里来过的客人。
第一页第二部分第二句	现在她正坐在房子里，颜色很暗淡，样子看起来很空虚。	"茫然向空中望着，"	现在她正坐在房子里，茫然向空中望着，颜色很暗淡，样子看起来很空虚。
第二页	"……当事情发生的时候，没有人能够挽救……"杜兰若的思想和感情中有一种疲倦，	"不安的用一块小手帕慢慢揩着鼻子，然后是脸蛋，然后是嘴唇。她"	"……当事情发生的时候，没有人能够挽救……"杜兰若不安的用一块小手帕慢慢揩着鼻子，然后是脸蛋，然后是嘴唇。她的思想和感情中有一种疲倦，
	仿佛他已经努力过大的力气，什么都没有得到。	"一种""或是哭泣后的空虚"	一种仿佛他已经努力过大的力气，什么都没有得到，或是哭泣后的空虚。
第四页第一句	她的模样跟她的女儿稍微不同，脸蛋比较长些，她的鼻子和额部生的都很明显，	"因为生活在乡下，皮肤比较粗比较黑。她的嘴唇很严密的盒着。"	她的模样跟她的女儿稍微不同，脸蛋比较长些，因为生活在乡下，皮肤比较粗比较黑。她的嘴唇很严密的盒着。她的鼻子和额部生的都很明显，

续表

位置	原句	添加的语句	添加后的语句
第四页第二句	她的额上显出无数细小的皱纹。这些特征表明她是一个女中丈夫，	"她的眼皮很薄，但是很松，眼睛仍旧清明它们在她的脸上给她增加很多慈善。"	她的额上显出无数细小的皱纹。她的眼皮很薄，但是很松，眼睛仍旧清明它们在她的脸上给她增加很多慈善。这些特征表明她是一个女中丈夫，
第四页第四句	另外他给她抛下一个女儿，然后合上眼似乎很放心似的跟世界长别了。	"极可怜的一点田产，他自己"	另外他给她抛下一个女儿，极可怜的一点田产，他自己合上眼似乎很放心似的跟世界长别了。
第七页第二句	不过她很害怕她的客人，当董太太坦然瞅着她的时候，	"因为这缘故，"	不过因为这缘故，她很害怕她的客人，当董太太坦然瞅着她的时候，
第八页第六部分	杜兰若感到一阵晕眩，她已经失去力量，……对于一个没有第二个希望足以维系她的残生的母亲	"支持自己的""除去她的女儿"	杜兰若感到一阵晕眩，她已经失去支持自己的力量，……对于一个除去她的女儿没有第二个希望足以维系她的残生的母亲
第十页第一部分倒数第二句	"……她是在早晨五点钟时候断气的。"这个老太太一生是怎样辛苦，	"她又禁不住往前面瞅了一眼。"	"……她是在早晨五点钟时候断气的。"她又禁不住往前面瞅了一眼。这个老太太一生是怎样辛苦，
第十二页	这门上挂着很厚的黑绒，走道上这时候是静寂的，	"人们很容易想到绝望、不幸、死亡都在这黑绒里面"	这门上挂着很厚的黑绒，人们很容易想到绝望、不幸、死亡都在这黑绒里面，走道上这时候是静寂的，

续表

位置	原句	添加的语句	添加后的语句
第十三页最后一句	这只有一个母亲能做得出，一种非常勇气，	"不顾一切的"	这只有一个母亲能做得出，一种不顾一切的非常勇气，
第十四页倒数第二句	你一个人死在外面，连你的亲娘都不知道。	"冷冷清清的"	你一个人冷冷清清的死在外面，连你的亲娘都不知道。
第十六页第二部分	"老天爷，你把她夺去了！"她伸出两只手向上面喊着。	"狠心的"	"狠心的老天爷，你把她夺去了！"她伸出两只手向上面喊着。

3. 语句的删改。

位置	原句	删改后的语句
第二页	因此便有一种只好听其自然的感觉。她因毫无意思的用一块不安的用一块小帕揩着鼻子，然后是嘴，然后是脸蛋。接着她站起来，……	其实她这种思想是没意思的，她顶多不过是一种不自觉的自慰。接着她站起来，……
第五页第二部分第一句	"我差不多有两年没有到城里来过。"董太太说着转过去摸一个蓝布口袋。	"我差不多有两年没有到城里来过。"董太太说着低下头在一个蓝布口袋里摸了一下，从里面取出一个白铜水烟袋。
第五页第四部分第一、二句	董太太兴致很好，她说话的时候帽子上的银花便快活的在上面摇动。	董太太兴致很好，她每说一句帽子上的银花便快活的在上面摇动。
第八页第四部分	杜兰若的掩饰恰恰引起董太太的怀疑。	杜兰若要掩饰的意思反而引起董太太的怀疑。

续表

位置	原句	删改后的语句
第九页第二部分第一句	"谢谢你，杜小姐，"她从沙发上站起来，好像就预备往外面走。	"谢谢你，杜小姐，"她慌乱的说。
第九页第五部分	杜兰若看出乞求没有效用，她自己便不得已的站起来。她在董太太后面走出去，不知道应该怎么办好。她们都不说话雇了洋车直奔医院。	杜兰若看出乞求没有效用，不得已的站起来。她跟着董太太走出去，她的头脑发热，眼睛晕眩，不知道应该怎么办好。她们雇了洋车直奔医院。
第十五页第一句	这个可怜的母亲并不知道她的话会伤害杜兰若的感情，	这个可怜的母亲这时候已顾不到她的话会伤害杜兰若的感情，

4.语句的删除。

位置	原句	删除部分	删除后的语句
第六页第一句	……杜兰若不好意思的说，"是礼不能算礼，都是自己家里现成的。"董太太点着。	"'是礼不能算礼，都是自己家里现成的。'董太太点着。"	……杜兰若不好意思的说。
第十一页最后一部分开始	事实上她们也没有什么时间谈论。看护在前面走得很快。	"什么""看护在前面走的很快。"	事实上她们也没有时间谈论。
第十四页第二句	这正是她的女儿。	该句全部删除	

（三）第十二章的修改主要体现在以下三个方面。

1. **语句的添改**。

位置	原句	添改后的语句
第一页第一句	大家忽然恢复了精神，他们已经不必为自己的命运不安，	大家忽然恢复了精神，互相嬉笑着并且吵闹着，他们已经不必为自己的命运不安，
第一页最后一句	杜渊若靠着有阳光的一面走着，	杜渊若很快靠着有阳光的一面走着，
第二页第二句	阳光中的冰正在融化。	阳光中的冰正在融化。群鸽喔喔的在空中飞翔。
第二页第二部分第二句	"人家都说她是沉静的，我们这一回要试一试。"	"人家都说她是沉静的，什么都不会使她动心，我们这一回要试一试。"
第二页第三部分第二句	没有人为死者号哭，没有一个穿丧服的孝子。	没有人为死者号哭，没有一个吹鼓手，甚至连一个穿丧服的孝子都看不见。
第三页第一句	马车后面是一辆洋车，	她们前面的镜子只挂着一个花圈，是杜兰若送给死者的礼物。马车后面是一辆洋车，
第四页第三部分第一句结尾	他们在下午将近一点钟的时候在一个土坡下面停住。	他们在下午将近一点钟的时候在一个土坡下面停住。抬棺材的坐在路旁边的地上吸烟。
第四页最后一句	他们中间的人继续向别人问：	他们中间的人把声音放低，继续向伙伴们问：
第七页	他们用胳膊挽住她。但是她什么都听不见，	他们用胳膊挽住她。人们将潮湿的散布着香味的泥土一下一下刨到坟穴里去。但是她什么都听不见，

2. 语句的删除。

位置	原句	删除部分	删除后的语句
第三页第二部分	董太太的眼睛睁的很大，空虚的茫然望着空中。这个不幸的母亲心已经完全碎了，已经完全麻木了，她什么都没有看见，什么都不曾想，什么都不知道。 这时候她是盲目的，她的生命像瞎子一样在黑暗中，她的心已经碎了，	"这个不幸的母亲心已经完全碎了，已经完全麻木了，她什么都没有看见，什么都不曾想，什么都不知道。" "她的生命像瞎子一样在黑暗中，"	董太太的眼睛睁的很大，空虚的茫然望着空中。 这时候她是盲目的，她的心已经碎了，
第六页最后一句	她的帽子和头帕都失落了，开始花白的头发散在她的背上和她的脸上。	该句全部删除	

3. 语句的删改。

位置	原句	删改后的语句
第五页	接着抬棺材的人发出喊声将棺材放下去，他们扶着董太太走到坟穴前面，……她微微张开着衰弱的弯着腰，	接着抬棺材的人发出喊声将棺材放下去，杜兰若和董太太的兄弟扶着董太太走到坟穴前面，……她衰弱的弯着腰，

（四）第十三章的修改主要体现在以下两个方面。

1. 语句的添加。

位置	原句	添加的语句	添加后的语句
第一页第一句	杜渊若回到家里，他跑进书房，接着又跑到上房，	"满心欢喜的""首先"	杜渊若满心欢喜的回到家里，他首先跑进书房，接着又跑到上房，

续表

位置			
第二页第二句	"董小姐的老太太，前天上午骑着驴来的。……"	"她一面掏一面讲：'我也不大清楚是哪个董太太。我想是'"	她一面掏一面讲："我也不大清楚是哪个董太太。我想是董小姐的老太太，前天上午骑着驴来的。……"
第二页第三部分第二句	董太太从乡下来做什么？	"这个""究竟是谁？她"	这个董太太究竟是谁？她从乡下来做什么？
第二页最后一段	他看着李妈将点着报纸送到炉子里去，心里感到很无聊不安，	"以上问题骚乱着他"	他看着李妈将点着报纸送到炉子里去，以上问题骚乱着他，心里感到很无聊不安，

2. 语句的删改。

位置	原句	删除、修改词语	删改后的语句
第一页第二段第一句	里面放着煤块，劈柴，旧报纸。	删除"放"，改为"盛"；删除"块"，改为"炭"。	里面盛着煤炭，劈柴，旧报纸。
第二页最后一段	他看着李妈将点着报纸送到炉子里去，心里感到很无聊不安，并且一个人在家里很无聊。	删除第一个"无聊"；删除"并且"，本改为"觉得"，后又删除；删除第二个"无聊"，将之改为"沉闷"。	他看着李妈将点着报纸送到炉子里去，心里感到很不安，一个人在家里很沉闷。

六、难得的《争斗》复写稿

随着这 4 章手稿的出现，笔者当时认为《争斗》已变成一部完整的小说。可 2019 年 3 月笔者再次发现一部师陀没有题目的复写手稿后，这个观点得到了部分否定。

  这部复写稿共有 11 个章节（第三、四、五、六、七、八、九、十、十一、十二、十三章），缺第一、二章。其中，第三章 10 页，第四章 16 页，第五章 15 页，第六章 11 页，第七章 14 页，第八章 16 页，第九章 15 页，第十章 13 页，第十一章 16 页，第十二章 7 页，第十三章 2 页，每一章内容都非常完整。但因为是复写，有些章节的字迹已经极其模糊，几乎无法辨认。在这部复写稿中，作者对一些语句亲自用蓝黑墨水进行修改。

  经过艰难通读，笔者发现该复写稿与收录在《师陀全集续编》补佚篇中的《争斗》9 章及笔者 2017 年所发现的 4 章手稿内容高度吻合。

  通过与 2017 年发现的 4 章手稿逐页比对，笔者看到作者在复写稿第十、十一、十二、十三章所做的修改，不仅在位置上，而且在内容上都与 4 章手稿完全一致。而且在稿纸尺寸上，复写稿与 4 章原稿大小相差无几。

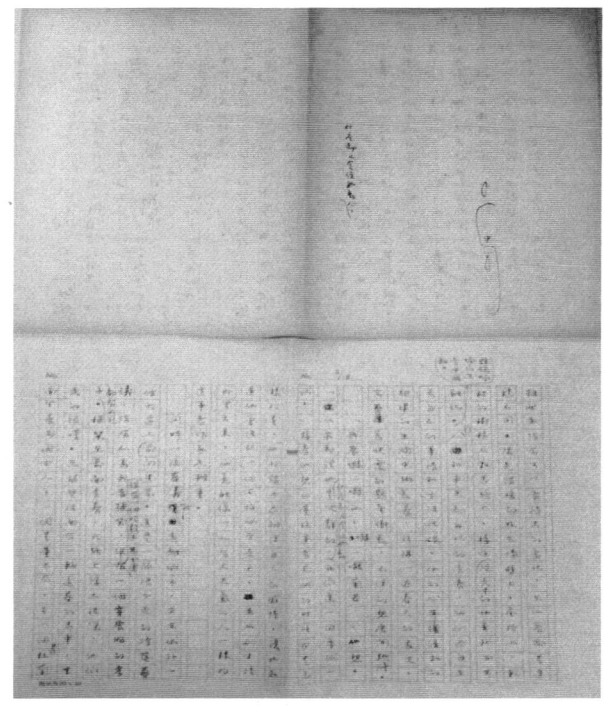

（上方为复写稿，下方为《争斗》原稿）

对于《争斗》的复写稿，师陀在1986年谈及：

> 另外还有一个三部曲，我写了二部，第三部没写完。这是在杨刚接《大公报》副刊时写的。当时我用钢笔复写，很难复得清楚，所以后来叫什么题目我也记不得了。第二部快结尾时，日本人占领了香港，《大公报》因此停刊，我也就没写下去。

据文中师陀所说"当时我用钢笔复写，很难复得清楚"，2017年笔者发现的4章手稿确实是用钢笔书写的，笔者认为这部复写稿很有可能就是师陀当年在创作《争斗》时留下的。而且这部复写稿也再次证明"一二·九"运动三部曲"第二部快结尾"了。

在这部复写稿中，最让笔者感到意外与惊喜的是第八章的内容。该章字迹非常模糊（尤其是第1页），极不好辨认。在经过多次辨认审读后，笔者发现该稿的第八章与收录在《师陀全集续编》补佚篇中的《争斗》第八章完全不同。该稿第八章（共 5276 个字）讲述了杜兰若到医院看望伤重的董瑞莲，并与之交谈，但最后董瑞莲还是死去的情形。

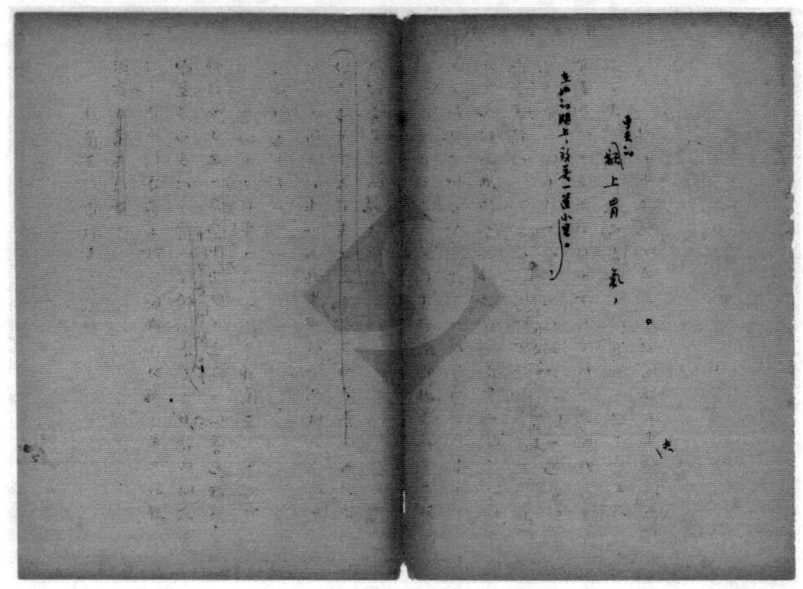

　　一辆洋车在路上奔跑。汗开始在车夫的头上滚下来，车夫的额上冒着白气。显然这一趟生意并没有讲价，他希望拉到地方，能够得一点酒钱，车上面坐着一个年轻女人，在她的腿上放着一筐小果。她的被大衣领遮着的脸是沉静的和冷淡的。以为她闭着嘴唇，看起来感觉上有一些麻木。她的眼睛毫不移动的望着上面。人们可以看出烟有些涣散，她的思想并不集中。

　　"密司杜，"一个骑着脚踏车的学生模样的青年人问她。但是她没有留心，因为洋车和脚踏车去向方向相反。只有一会儿就远去了。

　　这个坐在洋车上的女人是杜兰若，十三分钟后，她已经在一家医院里的病房出现。这是一个普通病房，墙壁是白色的，窗户全都关着，中间装有一个帘子，一共有四个床位。有一个看护工给一个病人把脉，并且记录温度，杜兰若没有作声。

她在门口停留了一下，一股酸素的气味扑过来，因为光线很耀眼，她忍不住霎动着眼睛，并且把眼睛缩小。接着她向靠里边的一架浴着阳光的病床走过去。在数分钟前，当她在病房外面的走道上踌躇着的时候，她以为她看见董瑞莲在她是一种苦刑，她以为她自己将不能支持。不，这种忧虑完全是多余的，倘使她这时候她能看见她自己是怎样平静，她将忍不住惊叹。唉，你看这个瘦小的女人，她的模样就像她是一个到礼拜堂里去做祈祷的寡妇。这是一种怎样大的力量。她的瘦小的两肩好像将整个世界放上去都不会把她压倒。另一方面，无疑的，她会惊讶她的心肠为什么竟会有这样硬。它为什么没有一点情热，没有一点悲伤，它好像被什么东西塞着，为什么一点也不跟外界交通的呢？为什么她思想的跟她将来要体验的往往不同的呢？

杜兰若自然并不曾这样想过。她的脚步很轻，模样很冷静，看起来正跟她这时候的心境一样虔诚，或者应该说，她的心正跟她的模样一样虔诚。

她慢慢的向她要看的人走过去，病人正安静地睡着。从窗户透进来的阳光正光亮的照到她的在被窝下隆起的脚上。她的放在枕上的头有些向外面倾侧，微微张开着嘴唇，在急促的深沉的一口一口喘气。这时候——从这个病人的样子看来，好像世界上没有一样值得注意，她没有想到有一个人会来看她。不知道这里正进行着什么事情，甚至没有想到她自己的命运，她的样子仿佛说：放在这里的是一个简单的生命，你们不要打扰她……你们去做你们自己的事，现在她什么都不知道。她现在是在很大的困难里面，空气是这样稀薄，她需要的只是呼吸。但是当杜兰若在她的床前停住的时候，她好像是在梦呓里似的，动着嘴唇，她接着忽然睁开眼睛，她骇异的瞅着杜兰若。

她的眼睛是睁得很大，仿佛她并不认识这个站在她前面的女人，不知道,她在昨天早上还约过她到她家里午饭。

杜兰若骤然间有些失措。

"是我,瑞莲。"她不安的动了一下说。"难道你不认识我了吗?"

"是你,是的,这是你。"

病人喃喃的应着杜兰若,一面仍旧毫不动弹的看着她,显然她只是在重述杜兰若的言语。接着,她似乎明白过来,她预备用笑容欢迎并安慰她的客人。不幸她徒然努力,人们仅仅能看出她的嘴角和面颊的极不自然的动弹。她们好像要笑同时又好像要哭。

"是的,这是你,兰姐。"她反复地喃喃着。同时困难的从被窝下面拿出手,她的意思大概是要指给杜兰若,她的床前有一个小凳。

杜兰若于是就把这手握住,她没有想到要坐。没有人能料到甚至能想出这种变化,在这里,人们将要惊异:"唉,这难道就是董瑞莲,就是那个活泼的大眼睛的像一朵有朝阳的花朵。这躺着的难道就是她吗?她的脸看起来是蜡一样的,嘴唇比原来的厚,她有一点浮肿,并且干燥的像枯萎的花瓣,她的放在杜兰若手中的手是软弱的,烫的仿佛有一种火正在里面燃烧,慢慢的它烧软了她的骨头,至于她的眼睛,它包含着一种杜兰若从来没有见过的东西。杜兰若这样向病人望着,忽然一阵战栗通过她的全身,为着把持自己,于是她将病人的手握的更加紧些。

"瑞莲!"她叫了一声。

董瑞莲把手从杜兰若的手里抽出来,

"你坐下,"她指着杜兰若旁边的小凳说。

杜兰若直到这时才知道自己还在站着。她把水果放在旁边的小几上,按照病人的意思坐下。随后,她又将凳子向后挪开了一些,使她可以看见病人的脸的全部,不致直接对着眼睛。

"你不知道,兰姐。"董瑞莲望着她在凳子上坐定,精神似乎比先前充足,比之前活泼一些,同时她还勉强做出笑容,"我好久好久都在等着你。我做了一个梦,也许是许多梦……你没有想到我们有一天会这样见面。你不是没有想到吗?"

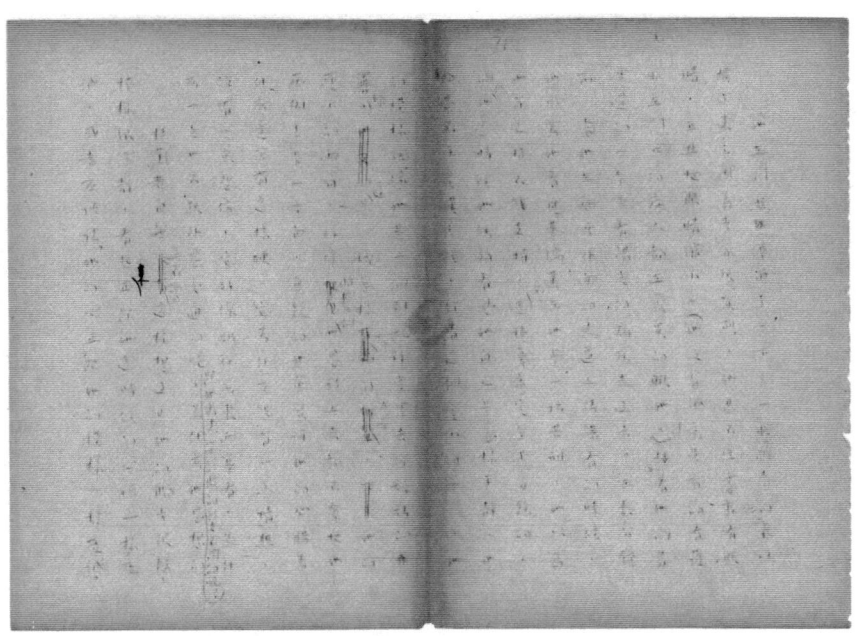

杜兰若不明白现在在她面前躺着的这个少女的意思,她不知道应该怎样回答。况且所有的言语,所有用言语表示的同情,在这里,至少是对着这个人,她觉得都是不必要的,多余的,它倒不能——它们从来就不会替她服务,从来就不能替她表达思想。她想做的活泼一点,快乐一点,借此使病人感到安慰。不幸她负担的似乎是这样沉重,她没有成功。

"没有想到,"她勉强的应着。这是当然的,她自己也觉得无谓。

"并且你还想到这吗,兰姐?我并不害怕,我不能确定到底是不是这样。"董瑞莲说到这里忽然停住,好像找寻什么似的,望着杜兰若背后。

杜兰若起初低着头,因为病人说到"我不能确定",她感到一阵悲伤。这时候她也回过头去,跟着病人往背后看,她以为后面有一个人,但是什么都没有。

连先前的看护也早已不在这里,大概是到别的病房去了。

"你看什么,瑞莲?"她诧异地问。

"没有看什么,我想也许……"病人闭住眼睛,一面急促的喘着气说,"刚才我讲什么?"

杜兰若看见病人的精神不好,心里很为病人担心,却又想不到好的办法。因此,她以为不如让她多讲几句,让她稍微安静一点,

"没有什么,瑞莲。"她从(重)新抓住病人的手,"你没有讲什么,你不大舒服吗?"

"是,是很不舒服?"董瑞莲仍旧闭着眼睛,这时候她的颜色——在杜兰若看来似乎比先前惨淡。她的声音很微弱,并且只在喉咙里响,听的人会以为她是在说梦话。

"不过我说过的,兰姐,现在我记不起来了,我忘了。"她接着讲,"现在我很难过,空气这样热……不是,我是说我自己,我的脑大概坏了,你不觉得吗,兰姐?我连一口气都吸不到——"

杜兰若感到一阵恐慌,她仿佛看见一堆火,守着这火并使它不灭是她的责任,她希望它烧的慢一点,烧的更长久一点。她也许可以找到救援,不幸这火却疯狂地在大风中燃烧,生命在慢慢减少,火焰在渐渐低落。现在,她怎么办呢?她用什么方法使它维持一个固定烈度,她怎么能使它永远不息?

"现在它要定了?"她失望的想。一方面,她仍旧希望她能够把它抓住,因此她用力摇着病人的手说:"我觉得,我觉得,瑞莲,你停一下就会好起来的。"

但是杜兰若在这里错了。这火还不到熄灭的时候,它还要挣扎。没有烧到它的余烬。反过来,或者谁可以这样说。有时候,于一些人

过于和善，对待另外一些人，有时候又特别残酷，现在命运跟死，它们并不想马上完成它们的工作。它们要慢慢的动手，细细的进行。这个生命还没有受尽痛苦？董瑞莲似乎觉得她的手是被杜兰若握着。

你觉得你在这里。她说："现在我很糊涂，兰姐，你替我想想，我刚才想的是什么？"

杜兰若自然也知道这话里面有错，这是一个思想混乱的人讲的。她并不替她订正，她考虑有别的地方。

"我在这里守着你。"她俯在病人的耳边说。

"你在这里守着我。"病人回答她。

"你刚才什么都没有想，你应该休息，什么都不想，你就好了。"

"什么都不想。"病人转动了一下。

"刚才我想到家，"她接着说，"先前我让你到我们家里去，你答应过我，我们家里——我们大门外有一口井，井上有一棵柳树……兰姐，你说我母亲会不会到这里来？"

杜兰若怜恤的望董瑞莲，董瑞莲仍旧闭着眼睛，不过没有先前喘的厉害。当她想到这个少女现在正在想家，在热切的怀恋着她家里的一草一木，她很容易的连想到一个临死者的最后希望，一阵悲哀忽然占领了她，她怎样才能安慰这个可怜人，怎样来满足这种她明明知道不能满足的空虚。

"你想见伯母吗，瑞莲？"最后，她在无可奈何中想起这样一个空话。在平时，她会害羞，她没有想到她会这样拙笨。

但是，这是不必要的。

"不，兰姐，"董瑞莲微微摇着头说："我不要见她，她看见我要难过。"

接着，她已经比先前平静，呼吸已经没有先前活泼——接着她睁开眼，她第二次，好像很远的地方站着一个人似的，她第二次向杜兰若背后瞅着。

杜兰若看见病人比先前平静是一种安慰，同时她感到更大的惊异，也许可以说是恐慌。不过两分钟——不，一分钟后她已经明白过来。这醒悟给她增加了更强大的负担，更大的痛苦。

"瑞莲，你看什么？"她极为难的问。自然的，她同时还准备着撒谎。没有人能明白她现在做的是什么角色。没有人知道她现在的情况有多么坏，她受的是什么打击，连她自己也不知道，她根本就没有去估量过。

"我没有看什么，兰姐。"董瑞莲把眼睛挪开，望着空中想了一想。接着她问起外面的情形，问起昨天示威的结果，并且问是不是伤了很多人，捕去很多人。

杜兰若不想对病人谈昨天的事。因为有许多事情她颇难于回答。有的事情不应该让病人知道。因此，她很可笑的在这里摆出一个大姐的神气，她带几分严厉地说道："瑞莲，你知道你现在有病，"杜兰若把手放在病人膀上。

"你应该知道留心自己，他们都很好。我想都很好，听说他们正在筹备应付办法。不过你可以不管，你现在在床上病着，即使你知道你也不能帮助作什么事。为什么你要白白的打扰自己？你现在需要安静，需要休息，然后你会慢慢的好起来。"

"你看我会好起来吗？"董瑞莲试探的瞅着杜兰若。

杜兰若很快的逃避开病人的眼睛。

"会的，会好起来的。"她望着旁边说。

"你放心，兰姐，我以后不再想了。"

董瑞莲仍旧恢复原来的样子，眼睛望着空中说："你昨天等我们一定等的很长久……我们正往前走着，忽然我们看见从前后左右跑出许多人，他们一片喊声向我们杀过来……"

杜兰若很怕知道董瑞莲的伤势，但是她又不能不有这一问："于是，你们被冲散了？"她截着董瑞莲，不让她往下讲。

"我们被冲散了。"

"你的伤在什么地方？厉害不厉害？"

董瑞莲向杜兰若瞥了一眼。

"我不知道，"她平淡的说，"在下面，在腿上。"

"你要让伯母来吗？"

"不，兰姐，我不想让她知道，家里又没有别的人。天气这样冷，让她知道不过是白白的让她跑一趟，还是不让知道的好些。"

接着是一阵静寂，房子里很平静，可以听见董瑞莲的呼吸声。另外一个病人的咳嗽声，人们从门外走过时的轻轻的脚步声。她们都不说话，好像她们都知道，彼此心里都明白将来要发生的事情，她们用不着讲了。

这时候无疑的使人觉得比别的时候更可怕，比别的时候更痛苦，因为对着别人人们可以说谎，可以逃避，这时候所要对的却是自己。

"兰姐，你跟我说昨天受伤的人多吗？"董瑞莲好像想起来一件重要事情，她忽然转过来第二遍问杜兰若。

"不，不多。"杜兰若支吾地说。

董瑞莲显然并不相信她。她怀疑的望着杜兰若，接着又极自然的，好像不作主似的望着杜兰若背后。杜兰若感到有一阵慌乱，同时，她的所以慌乱自然是因为她是生来的特别细心，她平常连一些小事都不肯放过，她很怕给病人什么刺激。这时候，她想起胡天雄，特别想起杜渊若。但是，她自己没有办法诉说。这里并且有一个病人，一个受伤者，她却又没有别人足供商量。昨天晚上，她曾感到不如自己被捕，这是真的。现在她又觉得不如替别人受伤，这也是真的。然而这种思想不管是怎样真实，它们仍旧无用。许多困难她仍旧必须自己动手解决。否则，她便只能责备自己。这时候她仿佛忽然抓住一件解脱自己的东西。一件可怜东西。她忽然想起她来的时候买的水果，先前她把它们忘了。直到这时候，它们还在病人前面的小几上放着。

"唉，瑞丫头，"她特别装着快活的笑道："我给你买的苹果，你要吃吗？"说着，她把水果筐打开，并且从大衣袋里取出一把小刀。

董瑞莲毫不动弹的向杜兰若望着。这是很明白的，杜兰若早就知道，这个可怜的女孩子无疑的早就准备着。她所说的各种话都不过是一本书的序言，真正的意思是在这里，她不想说出来。因此，她很早就等待着。

"兰姐，谢谢你，我不要。"她仍旧瞅着杜兰若，"今天只有你自己到这里来吗？"

杜兰若低着头，装作一心都注意在水果上面，她很留心的削着果皮。

"是的，是的。"她说着满脸通红。于是病人更进一步的问："渊若呢？他为什么不来？"

"他没有来，"她说，接着她很快的又加上一句："他有事情。"

"他是不是在学校里？"

"是的，他在学校里。"

董瑞莲一直注视着杜兰若埋着的眼睛，接着又慢慢把视线移下去，看着她的很好看的比较一般人的稍微尖一点的鼻子，看着她的紧紧闭着的嘴唇，仿佛说："我从来没有留心，你长的很好看，你是一个美人。但是，你的话是真的吗？我很怀疑你在这里没有说谎？"

就在这时候，杜兰若抬起头来，她遇着的恰恰是病人执拗的向她瞅着的眼睛。在这以前，她自然早已注意到它，并且它一直都在恐吓着她，同时又吸引着她。但是现在，即使在这个病人满怀着希望的时候，它们仍旧是可怕的空虚、怪异、无光，仿佛是两片沙漠。

杜兰若感到一阵恐怖。

"瑞莲，"她好像一个在路上用吹哨破除冷寂，同时来安慰自己的惊恐的夜行人，这样喊了一声。

"先前你说你做了一个梦，你让我听听你做的是什么梦？它是不是有点蹊跷？"

"我不知道它蹊跷不蹊跷？"董瑞莲说着合上眼睛，仿佛她是什么都知道了。她永远不再将它睁开来了。她说她曾经梦见一次大火，杜兰若被烧在火焰里。

这一章的出现，不仅让《争斗》这部小说变得极为完整，而且还与师陀在《争斗》第三章、第六章、第十一章所提及的杜兰若想去医院看望董瑞莲，以及去过医院这些情节前后呼应，从而使得《争斗》整个故事发展变得合乎情理。

《争斗》第三章在结尾处曾写到当杜兰若从马已吾那里得知弟弟爱人董瑞莲受伤在医院时，她当时就想去探望。

> 杜兰若戴着手套；她发现她戴错了，接着她改换另一只说：
> "我想去看看她。"
> "你要看胡——"
> "我想去看看瑞莲。既然她现在在医院里，我想我应该去看看她。"
> ……………
> "你可以明天上午到医院去，"马已吾勉强笑着说。
> ……她苍白的茫然站了一刻。不，她无论怎样都必须到医院看看。……

在《争斗》第六章，当杜兰若从马已吾那里回到家中，简单吃了几口本来是她和李妈为弟弟杜渊若和董瑞莲准备的午饭后，她想应该给董瑞莲母亲写信告知瑞莲受伤住院的事，但又拿不定主意。此时，杜兰若在内心里对自己说了一句：

> 我几乎弄错了。事情还不知道究竟怎样，应该明天到医院里看看再说。

如果没有第八章,那作者设计的以上两个情节,其用意何在?有些不得而知。

在《争斗》手稿第十一章一开头,作者直接写道:

> 在杜兰若去医院的第二天,……

在第十一章第二段,作者这样写:

> 杜兰若这一天上午曾经到医院里去过。

既然去过医院,那在医院里她是否见到了董瑞莲?如果见到,那受伤的董瑞莲到底情况如何?见面时,她们之间又发生了什么故事?董瑞莲在死之前有没有说些什么?这一切的疑问如果没有第八章,便无法找寻出答案。

纵观这部逐渐被发掘出来的 12 章小说,在已知的章节中,我们都没有看到作者师陀对多次被提到的"董瑞莲"进行正面描写。作为马已吾的学生,杜渊若的爱人,杜兰若的小妹妹,胡文敏、朱英的同学,母亲的女儿,她所处的位置极为关键。她串联起很多人物之间的交往。这样一个重要人物从没有被正面描写,而总是借他人之口说出来,这无论如何有些说不过去。

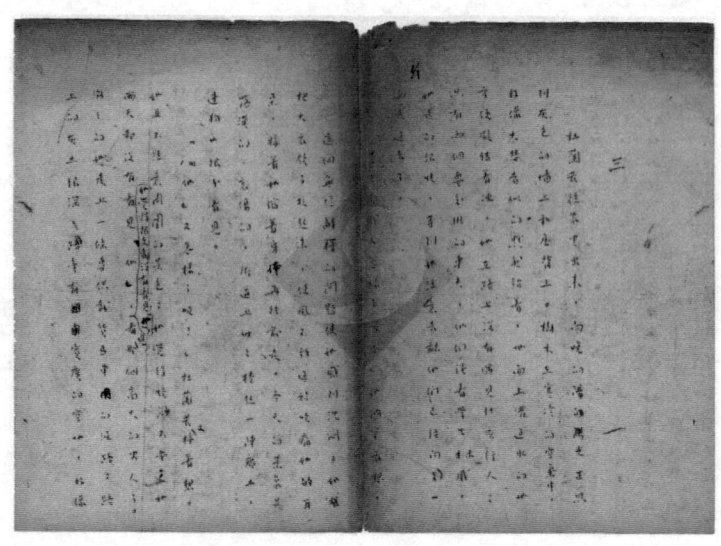

当笔者将复写稿第三～七章与收录在《师陀全集续编》补佚篇中的第三～七章进行对比时,发现在最后发表时文章还是进行了一些修改。其修改主要体现在以下方面:

1. 将写颠倒的词语、语句进行修正。

该词语在复写稿位置	修改前	修改后
第四章	接着她想起——或者恰更当些说——	接着她想起——或者更恰当些说——
	……接着是一场哮咆,呼喊和争吵。	……接着是一场咆哮,呼喊和争吵。
第五章	拥雍州之地,秦公据崤函之固,君臣固守,以窥周室。	秦公据崤函之固,拥雍州之地,君臣固守,以窥周室。
	我有一句要紧话跟你说。文敏,你起来,	我有一句要紧话跟你说。你起来,文敏,
	刘之英不烦耐的把手一挥道。	刘之英不耐烦的把手一挥道。
第三章	马吾己先生不过是随便想起来随便说说。	马己吾先生不过是随便想起来随便说说。
	一阵沉深的静寂。	一阵深沉的静寂。
	你知道发生一件事情,	你知道发生一件事情,
第七章	她的脊背落到软软的温暖的床上,手无力慢慢手的从胸部滑下去了。	她的脊背落到软软的温暖的床上,慢慢手无力的从胸部滑下去了。
	于是这热闹马上吸引住她。	这热闹于是马上吸引住她。
	人们在议论着,哄动着,失望的踌躇着,仿佛是不能决定怎么办才好。	人们在议论着,哄动着,失望的踌躇着,仿佛是不能决定怎么办才好。

2. 对原有语句的删除。

位置	复写稿原句	发表稿
复写稿第三章	这事情有些奇怪。马已吾走开一步，接着他又走回来。	这事情有些奇怪。
复写稿第四章	怒冲冲的一直向朱英奔过去，就像他受了一种从来没有过的伤害。	朱老爷怒冲冲的一直奔向朱英。
复写稿第五章	张小姐拉住胡文敏一只手腕，同时请求刘之英道："你来帮帮来，我们把他拉起来！"用力扯了两下却扯不动，	张小姐拉住胡文敏一只手腕，用力扯了两下却扯不动，
复写稿第五章	人们说这是一个没有什么特色的女人，没有迷人的地方，也没有看出什么有作为的特征。	人们说这是一个没有什么特色的女人，没有迷人的地方，
	大概她早已猜出没有人来过，"有人来过吗，李妈？"她明知道没有人来，她仍旧忍不住要这样问。	大概她早已猜出没有人来过，因此她有些失望。
	"你找着少爷他们吗，小姐？"她——李妈笑着问，仿佛特意为补上一个空隙，淡淡的一个可怕的使她不安的空隙似的。	"你找着少爷他们吗，小姐？"她——李妈笑着问，
复写稿第六章	她的好像骤然荒凉起来空虚起来的小院子给她的也正是这丧亡感觉。她的李妈顿住去谈谈她时常都仿佛听见有一个急促的在外面敲门。每一次她得到的都是失望。谈起来回到上房里，她连饭的快乐都不知道，并且连究竟吃过饭没有都不知道。她的舌头失去了味觉，心灵失去了注意力量。	她的好像骤然荒凉起来空虚起来的小院子给她的也正是这丧亡感觉。……仿佛正有一个人急促的在外面敲门。但这仅仅是她自己疑心，仅仅是一种错觉，她每一次得到的都是失望。

续表

位置	复写稿原句	发表稿
复写稿第六章	她轻轻地在西边的厢房门上扣了两下，接下去是一阵静寂，里面没有应声。	她轻轻地在西边的厢房门上扣了两下，里面没有应声。
	杜兰若莫名其妙的望着马已吾，	杜兰若望着马已吾，
	"闹出一个乱子？"杜兰若大惊失色，她坐着好久没有动。	杜兰若大惊失色，她坐着好久没有动。
	……这个小姐真个有福的。她停了一下，杜兰若一直不说话，她感到不安，好像她做错了事，我是不知道要做什么似的，因此她又笑着问道，我讲疯话，她将来一定会嫁给（你找着少爷他们吗？小姐）一个好女婿，	……这个小姐真个有福的。不是我讲疯话，她嫁过来一定会嫁一个好女婿。

3. 对原有语句的较大修改。

复写稿修改位置	复写稿原句	复写稿修改	发表稿句
第四章结尾处，在描写朱太太面对丈夫叱责女儿时的心理活动	朱太太一直都在担心的望着她的丈夫，她怜惜女儿。这时候是她该替女儿辩护的机会，她们已经有偏袒之情。	朱太太一直都在担心的望着她的丈夫，她怜惜女儿。觉得丈夫骂的有些过分，太太们一觉得她们的丈夫对待子女过于苛刻，便表明她们已经有偏袒之情。	同复写稿修改句

续表

复写稿修改位置	复写稿原句	复写稿修改	发表稿句
第五章，在描写胡文敏同寝室的刘之英的外形时	她们中间有一个是壮大的像是可以跟男人角力的，人家都喊她作"大哥"或"闯将军"的女子。	她们中间有一个是壮大的运动员样的，脸蛋又红又黑，人家都喊她作"大哥"或"闯将军"。当她站起来的时候，胸部就像一个军官一样挺出来，好像甚么事情都做得出。模样——连说话以及走路都像男人。	她们中间的一个是壮大的，运动员样的，脸蛋又红又黑，人家都喊她作"大哥"或"闯将军"。当她站起来的时候，胸部便高高的挺出来，好像甚么事情都做得出，模样——连说话以及走路都像男人。
第三章	"血已经流了！"她念着题目，文稿在她手里索索的响。接着她想起"他"，想起胡天雄，她有两天没有看见他了。她想起王府井大街，想起大街两边的槐树，想起步道上的小小方砖……最后是刺刀的白光一闪。	"血已经流了！"她念着题目，文稿在她手里索索的响。将"接着她想起'他'，想起胡天雄，她有两天没有看见他了。她想起王府井大街，想起大街两边的槐树，想起步道上的小小方砖……最后是刺刀的白光一闪。"全部删除。	将本已删除的语句全部恢复
	那时候，没有人想到一个沉静，看着自信力极强，看起来有几分近乎自负的，	没有人想到一个用红绒绳扎着发辫，自信力极强，看起来有几分近乎自负的，	同复写稿修改句

续表

复写稿修改位置	复写稿原句	复写稿修改	发表稿句
第三章	"不，我想，"马已吾支吾着说，"你还没有来的时候，胡文敏刚才曾经来过——"	"不，我想，"马已吾支吾着说，"胡文敏刚才曾经来过——"	"不，我想，"他支吾着，一面坐下去说，"胡文敏刚才曾经来过——"
第五章	这些让人想起乡下的街道跟往日并没有什么不同。	这些很少行人，令人想起乡下的街道，跟往日并没有什么不同。	这些很少行人，令人想起乡下的街道，它们是空虚的，灰色的，跟往日并没有什么不同。

4. 语句的添加。

位置	添加前	添加后	发表稿
复写稿第三章	她并不注意周围的景色；她觉得烦闷不安，她两天都没有看见"他"，看见那个高大的男人了。	她并不注意周围的景色；她觉得烦闷不安，她觉得很久没有看见"他"，看见那个高大的男人了。	保留了修改后的语句
	马已吾不知道是做什么的，他今天还没有出门。	马已吾有些惊异，他的脸呆板，好像忽然凝结住了。不，他不知道是做什么的。	保留了修改后的语句
	杜兰若拿着马已吾的文稿，她什么都不知道。	杜兰若拿着马已吾的文稿，文稿在她的眼中是迷乱的，模糊的，她什么都不知道。	保留了修改后的语句
	……此外还站着几个警察。院子里站着十几个学生，……	……此外还站着几个警察。里面静悄悄的，院子里站着十几个学生，……	保留了修改后的语句
	……几间小屋，她在西边的厢房门上叩了两下	……几间小屋，院子里没有任何声音。她轻轻地在西边的厢房门上叩了两下	……几间小屋，她轻轻地在西边的厢房门上叩了两下

续表

位置	添加前	添加后	发表稿
复写稿第四章	他自己觉得他的地位是他赤手空拳打出来的。他什么人也不感激，	他自己觉得他的地位是他赤手空拳打出来的。因此，这是当然的，他以为受苦的人是活该的了。他什么人也不感激，	保留了修改后的语句
复写稿第五章	她想起杜兰若有病。那么现在她既然不能帮助兰若。	她想起杜兰若有病。那么她现在急于去看她做什么呢？她既然不能帮助兰若。	保留了修改后的语句
	好像这个城里从来没有发生过事故。	好像这个城里数世纪以来就安于这种平静，从来没有发生过事故。	保留了修改后的语句
	……她吃的毫无意思，就跟一个消化不良的人一样，	……她吃的毫无意思，好像她的胃口是这样坏，好像她正患着消化不良。	……她吃的毫无意思，好像她的胃口是这样坏，她正患着消化不良。
复写稿第六章	这是她特地为她的弟弟和董小姐买的鸡。一股油腻气味冲进鼻子。	这是她特地为她的弟弟和董小姐买的鸡。当她昨天晚上吩咐立马买菜的时候，她还以为他们将有一个热闹午饭快乐，现在她不必等他们了。她从马已吾的谈话中已经隐约猜知渊若大概是被捕了。一股油腻气味冲进鼻子。	这是她特地为她的弟弟和董小姐买的鸡。当她昨天晚上吩咐立马买菜的时候，她还以为他们将有一个热闹午饭快乐，现在她不必等他们了。她从马已吾的谈话中已经隐约猜知渊若是被捕了。一股油腻气味冲进鼻子。
	杜兰若是这样一个女人，一个这样履险如夷的或是说这样冷的性格，她决不会感到为难或是痛苦。她的心里从来没有过这样孤单，	杜兰若是这样一个女人，她有一个这样履险如夷的或是说这样冷的性格，现在可是要她搭救别人，明天她将做些什么，她将会给她叔父拍电报，再不然她自己要另想别的办法，她决不会感到为难或是痛苦。她的心里从来没有过这样孤单，	杜兰若是这样一个女人，她有一个这样履险如夷的或是说这样冷的性格，假使这被捕的是她自己，她绝不会感到为难或是痛苦，她的心里从来没有过这样孤单，

5. 对段落位置的调整。

位置	复写稿原安排	发表稿安排	备注
复写稿第四章	"这个小姐是有福的,将来她要嫁一个好郎君,"李妈望着朱小姐走出夹道。等到只剩下她一个人的时候,她自己喃喃着说。 接着朱小姐不久就回家里。……	"这个小姐是有福的。一定的,你看着,将来她会要嫁一个好郎君,"李妈一直望着朱小姐走出夹道,等到她一个人的时候,她自己喃喃着说。…… 这个朱小姐的名字叫做朱英;…… …… 朱小姐不久就回到家里。	发表稿将李妈对朱英的称赞稍作修改,并将这部分内容提到该章的前部。
复写稿第六章	我讲疯话,她将来一定会嫁给(你找着少爷他们吗?小姐)一个好女婿,(第2页)	"你找着少爷他们吗,小姐?"李妈笑着问。(第3页)	发表稿中"'不是我讲疯话'与'你找着少爷他们吗,小姐?'李妈笑着问。"相隔一大段。

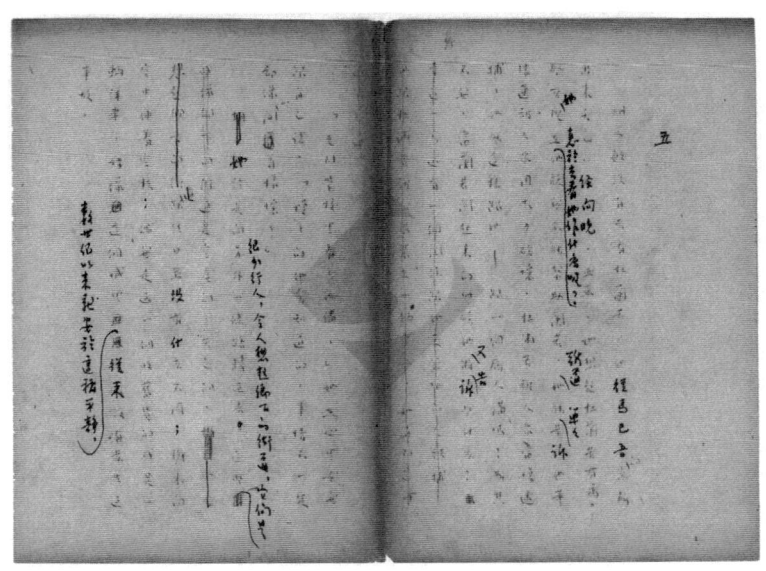

通过以上四个方面的比较，复写稿清晰地表明：该稿大部分的修改是作者在创作完成后，对稿件再次审读时所做的。同时，笔者还发现在复写稿第四章中有4页背面有几处被划去的文章：第四章第2页（2/4）背面划去的部分讲的是朱英拜访杜兰若在门口与李妈的交谈。第四章第3页［(B) 3/4］背面划去的是《争斗》第七章第51页朱英弟弟进屋与她争吵的部分。第四章第3页［(C) 3/4］背面划去的是《争斗》第六章第47—48页内容：杜兰若疲惫地回到家中本想看书打发时间，却根本看不进去，她想胡天雄会来看她，听李妈说朱英来过家里，她疑惑朱英为什么来家里。第四章第3页［(D) 3/4］背面划去的是第四章开头部分，李妈在厨房里忙着的时候，朱英在门外敲门，李妈出去迎她并和她聊天。

经过认真比对，这三个被划去的部分与复写稿的正文存在较明显的差异。

第四章第3页［(D) 3/4］背面划去的文章	复写稿第四章第1页
李妈也感觉到这一天好像有甚么事情。她在厨房里埋怨年轻人，他们一出去就不知道回来，就跟没有上笼头的马一样，午饭要人家等这样久，这样久！她咕噜着正预备到上房里给火炉加煤，就在这时候外面有人敲门。 "彭彭！彭！" 外面站着一位小姐。她似乎曾经来过这几次。她姓什么呢？李妈眼睛吃了一点风，里面色色的盈着泪，她看不十分明白。李妈于是用袖口揩了揩眼。这小姐穿着毛蓝布罩衫，里面却是一条紫色缎袍，上面围着宽大的把嘴都包起来的手织的朱红围巾，手上戴着一双露指手套，后面不远处的地方站着一个洋车夫，他一只手驾着车，一直用手巾在冒着白气的额头上揩汗。 ……	李妈也感觉到这一天好像有甚么事情发生。她在厨房里埋怨年轻人，他们一出去就不知道回来，就跟没有上笼头的马一样，午饭要人家等候这样久，这样久！她咕噜着正预备到上房里给火炉加煤，就在这时候外面有人敲门。 "彭彭！彭！" 外面站着一位小姐。这个生得胖胖的很有福的，围着一条宽大的几乎把嘴都要包起来的朱红围巾，上面穿着一件毛蓝布罩衫，罩衫被风吹起一角，下面露出紫色缎袍的小姐姓什么呢？李妈欢喜的将这个问题在她的糊涂的脑子里盘算着，她的眼睛吃了一点风，里面涩涩盈着泪，她看不十分明白。她于是用袖口揩了揩眼。前面不远的地方，还站着一个洋车夫，正用手巾在冒着白气的额上揩汗。 …… 李妈的女主人是这样一个女主人，……现在她还看见朱小姐手上带着露指手套，

续表

第四章第3页[(B)3/4]背面划去的文章	复写稿第六章第8页（8/6）
……白纸上的。于是她厌倦的把书抛开。 "我疲倦了。这样的一天……我要休息休息，我的心里有些作恶……" 杜兰若烦恼的想着，懒懒的把头落到背靠上，把脚远远地伸出去，一只脚压到另外一只脚上，同时她合上眼睛，看起来，她的样子看起来令人以为她已经睡过去了。但是，虽然她并没有明确的思想，她仍旧在等候一个人。她以为胡天雄会来看她的，不管事情怎样坏，不管他怎样忙迫，她极有把握的相信他会来看她的。 "他为什么不会来，为什么还没有来呢？"她带几分埋怨的在心里问。 她的睫毛在淡蓝色的灯影下动弹着，似乎她预备把眼睛睁开，但动弹了一下，接着又停住了，没有任何声音回答她。屋子里似乎比平常更加寂静。"你怎么知道甚么东西会来呢？当你正高高兴兴在路上走着的时候，譬如天气是好的，在树林下边和小路旁边都开着花，你预备出城，空中会落下一片……	……白纸上面。她的额角在跳动着，脑子有些发痛。于是她又厌倦的把书抛开。 "我疲倦了；疲倦的很。这样的一天……我要休息一会……" 杜兰若烦恼的这样想，接着就懒懒的把头放到背靠上，把脚稍微伸出去一点，一只脚压到另外一只脚上，同时慢慢的合上眼睛，看起来，她的模样看起来好像真的已经睡过去了。但是，虽然她并没有明确的思想，她仍旧在等待一个人。她以为胡天雄不久就会来的，不管发生什么事情，不管他怎样忙迫，她极有把握的相信他会来看她的。 "可是朱英来做什么呢？"她自己问。屋子里比平常更静寂一些，没有任何声音回答她的问题。 杜兰若仅仅是毫无来由的偶然这样想起来，如同感到无聊的人常常有许多没有意思的不着边际的问题一样，她的思想不过是被一个偶然的观念打断一下，并没有什么要仔细思索一番的心思。她觉得时间过的比平常慢。 "真的，他为什么不会来，为什么还没有来？" 她带几分埋怨的想着，睫毛在淡蓝色的灯影下动弹着，仿佛她预备睁开眼睛，但是这样挣扎过一下之后便不再有别的动静，似乎她暂时间对于这种状态已经感到满足。这以后她是胡天雄解释，或是说她为她自己解释：他当然是很忙的；所有这种情形她都十分清楚，他必须参加会议，凡这屠杀事件引起的问题他都必须参加讨论所谓对策。因此她有些后悔，她经过大学的时候为甚么没有进去一下。她又看见大刀，枪刺，手枪，救火车，奔跑的人众，被砍去的胳膊，受伤者的转侧，"精英，这就是所谓'民族的精英'，所谓国家'未来的主人'"……她很想嘲笑，不幸她没有成功。她的感觉渐渐迟钝起来。这些思想或是说幻象都是不连贯的，它们在她的浑沌的心里慢慢出现，接着又慢慢消灭，然后是第二个，第三个，正像她的将断的知觉一样，像垂熄的煤焰一样。"你怎么知道甚么东西是要来的呢？……当你高高兴兴在路上走着的时候，譬如天气是很好的，树林下边和小路旁边都开着花……你预备出城，空中忽然会落下一片……

续表

第四章第 3 页 [（C）3/4] 背面划去的文章	复写稿第七章第 2—3 页
……人管得着，爸爸管得着；还有，将来有一个人——你男人——就是照片上的你男人管得着！" "呀啐！谁叫你到我房子里来的？滚出去，快给我滚出去！" 这个少爷看见姐姐仍旧躺在床上，毫无所惧的坦然笑了。 "你先别拿大小姐架子骂人。"他像一个大人似的晃着肩膀说："我好意来问你，你看你，上来就生气了。这房子不是我的，也不是你的；你的房子，明儿你嫁了人才有你的房子！" 朱英转过身去面对着墙，赌气不再理她的弟弟。	……人管得着，爸爸管得着；还有，将来有一个人——你男人——就是像片上的你男人管得着！" "呀啐！滚，滚！"朱英恼怒的用拳击着床骂道，"谁叫你到我房子里来的？滚出去，快些给我滚出去！" 弟弟看见她这样生气，大概特别觉得快活，他轻蔑的将嘴一瘪道： "你先别摆大小姐架子。我好意来问你，你可就像吹猪样的，气得圆圆的硼硼的了。我高兴来就来，谁稀罕你打躬作揖的说？这房子不是我的，也不是你朱英的；你的房子，你嫁了人才有你的房子！" 朱英转过身去面对着墙，赌气不再看他，

在复写稿第七章第 13—14 页背面、第十章第 12 页背面，有几处没有被划去的《争斗》章节。经过比对，笔者发现这几处内容与复写稿相对应的正文也存在差异。

续表

第七章第13—14页背面文章	《争斗》第四章另一个修改版第8—9页
她有些怕——或者说的好一些，她不忍伤害她的女儿。她的女儿会跟她吵闹。一个四十多岁的太太常常有数不清的感触，也许是因为她想周旋于女儿与丈夫之间的烦恼，也许是忽然想起过去，想起岁月的增长，世势的变化，再不然，简简单单，什么都不为，她深深叹一口气。 　　朱太太深深叹一口气。 　　"你也不用瞒我，英丫头，我全都知道。你先听我说完。你跟你的同学——男的女的在街上跑，你们喊打倒□□主义——" 　　朱英的嘴是快的；所有像她这样的少女的嘴都是快的。 　　"难道连打倒□□主义也不准喊吗？"她抢着问。 　　"不是不准喊，"朱太太向她的女儿做一个手势。她说她为她的女儿担心，警察会跟他们打起来，他们很可能被打伤。（她还不知道外面曾经发生过什么事情。）她说她当小姐的时候看见一个生人都躲起来，从来没有私自出过门户，到亲戚家里都要轿车接送。	她有些怕——或者说的好一些，她不忍伤害她的女儿。她的女儿会跟她吵闹。暂时间她们都不说话。朱太太一个人吸着烟，似乎在寻思一件她捉摸不定的东西，她应该怎样开端。 　　"你看见兰姐吗？"她忽然问。 　　"没有。"朱英有些惊异。这是当然的，朱英以为母亲要跟她讲的是一些别的事情，她没有想到她会问杜兰若，一个跟她们现在没有关系，她们平常不大谈起的女子。 　　"没有，"她用不确定的语气支唔着说，"她不在家。" 　　"你将来就跟她一样，我一死——没有人管束，也没有依靠。" 　　朱太太说着时把纸稔弄灭，把烟袋放到茶几上。一个五十多岁的太太常常有数不清的感触，也许是因为她周旋于女儿与丈夫之间的烦恼；也许是忽然想起过去，想起岁月的增长，世势的变化；再不然，简简单单的，什么都不为，她愫苦着脸深深叹一口气。朱太太深深叹一口气。 　　"你也不用瞒我，英丫头，我全都知道。你先听我说完。你跟你的同学——男的女的在街上跑，你们喊打倒□□主义——" 　　朱英的嘴是快的；我们应该能想像到，所有像她这样的少女，她们的嘴都比较快。 　　"难道连打倒□□主义也不准喊吗？"她抢着问。

续表

第七章第13—14页背面文章	《争斗》第四章另一个修改版第8—9页
"你自己说你不是三岁小孩,一个小姐跟着不三不四的人满街跑,你想想成什么体统?" 朱太太说着就低下头去继续吸烟。朱英把脸背过去,愤愤的咕噜道: "又是体统!又是体统!" 朱太太把女儿喊进来似乎还有别的话要,她自己也不明白怎么一扯就扯到这么远。她把烟袋从嘴上拿开,惊讶的抬起头来望着朱英。她不明白在学堂里念书为什么就能够不要身分。 "可不是体统吗?"这个太太忍不住打量着她的女儿,有些失措。 "你爸做着官,不要体统怎么能行?" 朱英低着头玩弄围巾,她把它缠到手上,然后再把它放开。她的手指微微有些动弹。这时候她忽然想起她不应该再跟母亲争执,她应该让她毫无阻碍的把要讲的话都讲出来,然后她自己就可以无事,就可以坦然的——就跟根本就没有听见过她一样——回到自己房子里去了。 朱太太看见女儿许久都不说话,忍不住又是叹气。	"不是不准喊,"朱太太向她的女儿做一个手势。她还不知道刚才外面曾经发生过什么事情。她说她当小姐的时候看见一个生人得躲起来,从来没有出过门户,到亲戚家去都必须由母亲伴着,都必须坐轿或是坐车。她为她的女儿担心,警察会跟他们打起来,他们很可能被人家打伤。 "你自己说你不是三岁小孩,"她四分责备六分怜惜的对女儿说。 "一个小姐不三不四的跟人家满街跑,你想想成什么体统?" 朱英觉得母亲的话不大悦耳,她把脸背过去,望着旁边愤愤的咕噜道: "又是体统!又是体统!" 朱太太惊异的不住打量女儿。她把她喊进来似乎还有别的话要讲,她自己也觉得奇怪,怎么一扯就扯到这么远。她有些失措,许久都说不出话来。她不明白在学堂里念书为什么就能够不要身分。 "可不是体统吗?"她惶惑着说。"你爸做着官,不要体统怎能行?" 朱英低着头玩弄围巾,她把它缠到手上,然后再把它放开。她的手指有些动弹。这时候——沉默有时候也是一种武器,她想起来不应该再跟母亲争辩,最好的方法是让母亲一个人说,让她毫无阻碍的把要讲的话讲完,然后她自己就可以无事,就可以坦然的——就像根本就没有听见过她一样——回到自己房子里去了,自然也不必听什么"地位"和"体统"了。

续表

第十章第12页背面文章	第十章第13页正文	发表稿第十章结尾处正文
触怒人民，不知道应该怎样办理。接着是第二天，知道他们将被审判，没有一个人知道，那些官员们似乎忙着过官瘾过于疲乏，似乎正在椅子上打盹、第三天早上，他们有了希望，他们被传出去审判，所有的口供是一样的，完全根据事前所议定的成稿，他们每人得到的也是同样的训斥。只有李文多是例外，当他被审问完毕，他走出来的时候，满面通红。那个"善良的"巡官报复了他。随后他们得到被释放的命令，在大门里面，有一个人远远的招呼李文多，这仍旧是那个巡官。 "恭喜你了，先生，"他笑着说，他的声音很高，听起来几乎是在呼喊。"你以后请记着我，天下就我这么一个坏人，一个巡官，一个没有出息的巡官！" 接着他向其余的人点头。	们每人得到一顿——可以说像印成的布告一样，一顿完全相同的训斥，一篇空虚的不关痛痒的官样文章，只有李文多是一个例外。那个"善良的"巡官报复了他。他出来的时候什么话都没有说，没有人知道他碰的是什么钉子，或是曾遇到什么侮辱，人们只看见他满面通红，他的模样几乎是恼怒的，丝毫没有为着得到释放表示快乐。当他们将要走出大门的时候，远远的有一个人招呼他。这仍旧是他——那个胖胖的巡官。 "恭喜您了，先生，"他嘲笑着说，他的声音很高，听起来好像是在叫喊。"您以后请记住我，天下就我这么一个坏人，一个没有出息的巡官！" 接着他向其余的人点头。	们每人得到一顿——像印成的布告一样，一顿完全相同的训斥，一篇不关痛痒的官样文章，他们被恐吓，假如他们再出来游行要一律枪毙。只有李文多是一个例外。那个"善良的"巡官报复了他。他出来的时候什么都没有说，没有人知道他碰的是什么钉子，或得到什么侮辱，人们只看见他满面通红，他的模样是恼怒的，丝毫没有为得着释放表示快乐。当他们将要走出大门的时候，远远的有一个人向他招呼。这个人正是那胖胖的巡官。 "恭喜您了，先生，"他嘲笑着说，声音很高，听起来好像叫喊。"您以后请记住我，天下就我这么一个坏人，一个没有出息的巡官！" 接着他向其余的人点头。

由此可见，以上几处应是师陀为《争斗》设计的更早的情节，也是一个更早的修改版。

在复写稿第八章第2页、第3页的背面也各有一段文字，写的是杜兰若去医院看望董瑞莲的情形，但这两段文字与复写稿第八章相对应的内容也有些不同。

复写稿第八章第2页、第3页背面文字	复写稿第八章正文

她在门口站了一下，一股酸素的气味扑过来，因为光线很强烈，她忍不住霎了霎眼睛，差不多同时，所有的眼睛都惊异的瞅着她，她并不注意。（删除）接着她向靠里边的浴着阳光的病床走过去，她的脚步是很轻的。（删除）
    她一直向她要看的人走过去，唉，这难道就是董瑞莲，就是那个活泼的大眼睛的像一朵花一样可爱的少女吗？这在床上躺着的？（删除）病人正平静的在床上（删除）睡着。阳光从窗户里透进来。照到她的盖在被窝下面的脚上。她的头软弱的放在枕上，正在急促的并且困难的喘气。当她在床前停住的时候，（删除）好像人并没有想到有一个人会来看她，并不知道这里进行着什么事情，甚至不开心她自己的命运，仿佛说：放在这里的是一个简单的生命，现在她什么都不知道：她是在困难里面，因为空气是那样稀薄，她所要的只是呼吸，但是当杜兰若在床前停住的时候，
	她在门口停留了一下，一股酸素的气味扑过来，因为光线很耀眼，她忍不住霎动着眼睛，并且把眼睛缩小。接着她向靠里边的一架浴着阳光的病床走过去。在数分钟前，当她在病房外面的走道上踌躇着的时候，她以为她看见董瑞莲在她是一种苦刑，她以为她自己将不能支持。不，这种忧虑完全是多余的，倘使她这时候她能看见她自己是怎样平静，她将忍不住惊叹。唉，你看这个瘦小的女人，她的模样就像她是一个到礼拜堂里去做祈祷的寡妇。这是一种怎样大的力量。她的瘦小的两肩好像将整个世界放上去都不会把她压倒。另一方面，无疑的，她会惊讶她的心肠为什么竟会有这样硬。它为什么没有一点情热，没有一点悲伤，它好像被什么东西塞着，为什么一点也不跟外界交通的呢？为什么她思想的跟她将来要体验的往往不同的呢？
	    杜兰若自然并不曾这样想过。她的脚步很轻，模样很冷静，看起来正跟她这时候的心境一样虔诚，或者应该说，她的心正跟她的模样一样虔诚。
	    她慢慢的向她要看的人走过去，病人正安静地睡着。从窗户透进来的阳光正光亮的照到她的在被窝下隆起的脚上。她的放在枕上的头有些向外面倾侧，微微张开着嘴唇，在急促的深沉的一口一口喘气。这时候——从这个病人的样子看来，好像世界上没有一样值得注意，她没有想到有一个人会来看她。不知道这里正进行着什么事情，甚至没有想到她自己的命运，她的样子仿佛说：放在这里的是一个简单的生命，你们不要打扰她……。你们去做你们自己的事，现在她什么都不知道。她现在是在很大的困难里面，空气是这样稀薄，她需要的只是呼吸。但是当杜兰若在她的床前停住的时候，

在《争斗》正式发表前，根据现有发表文章可知该文再次进行了修改。至于这修改是来自作者师陀还是报刊编辑，目前不得而知，这需要有进一步的史料发现，才能找出答案。

随着《争斗》第十、十一、十二、十三章手稿的出现，以及复写稿第八章的出现，一度被中国现代文学史及师陀本人认为的未完成的长篇小说《争斗》，终于回归了它历史的本真。我们现在可以大胆地推测：师陀先生当年应该是创作完成了这部小说，只是一些客观原因让小说无法继续发表。再加上上海时局与自身生活的动荡，该小说很有可能被师陀不小心"遗失"。随着时间流逝，作者师陀记忆渐渐模糊，他也认为这部《争斗》自己当年并没有完成。但让人欣喜的是，随着《争斗》第八章、第十一章、第十二章、第十三章陆续被发现，师陀 1940 年创作的这部小说终于可以以十三章的完整面貌呈献在读者面前，中国现代文学史上又多了一部极有价值的长篇小说。

七、《争斗》的另一部早期残稿

在发现该复写稿的同时，笔者还看到一部师陀早期手写残稿。该残稿是一部只有 25 页的无名手稿。作者用黑色钢笔在双面白报纸上从右往左、从上往下进行书写。该稿没有文章标题，没有落款时间和作者署名，从章节上看，该稿清楚地标有"一""二""三""六""七"五个部分，但"二"有两个不同章节。"一"共有 1 页半，"二"有 5 页，另一个"二"有 6 页半，"三"有 6 页，"六"有 5 页，"七"只有 1 页，还有 2 页单独的稿纸。同时，作者还在 3 页稿纸背面进行了创作。

在这部残稿中，作者对两个"二"做了很大修改。其中，对不用的语句，作者采用了画线删除。这种删除方式使得笔者可以清晰地看到最初的原文。最初，作者是用黑色墨水或深蓝色墨水进行创作；修改时，则用深蓝墨水。该稿最初字体较大，修改时，作者所写字体因句与句空间狭窄而偏小。

而对"三""六""七"部分,作者除了个别微调外,没有做较大修改。

在通读该残稿后,笔者发现文中出现的马已吾、杜兰若、杜渊若、李妈、董瑞莲、朱英、李文多、胡天雄等人物在师陀小说《争斗》《雪原》(均收录在《师陀全集续编》补佚篇中)中均有出现,而且该残稿的故事情节与《争斗》也极为相似。在细读"一""二"部分后,笔者发现作者修改后的内容与收录在《师陀全集续编》补佚篇中的《争斗》第二章、第一章内容相似度极高。笔者依此确定该残稿应是师陀在创作《争斗》时的一部修改稿。

在这部残稿中,师陀想局部调整一下文章内容,将之前发表的第一章同第三章进行对调。该残稿的第三、六、七章的顺序则与后来发表时的顺序是一致的。

通过对删除前的原文以及第三、六、七章内容的细读,笔者发现师陀这些与收录在《师陀全集续编》补佚篇中的《争斗》一、二、三、六、七章有较大不同。为了让读者有更清晰的了解,笔者现将原文录入如下。(括号中所标示的为与该段文字相近的《师陀全集续编》补佚篇中《争斗》段落。)

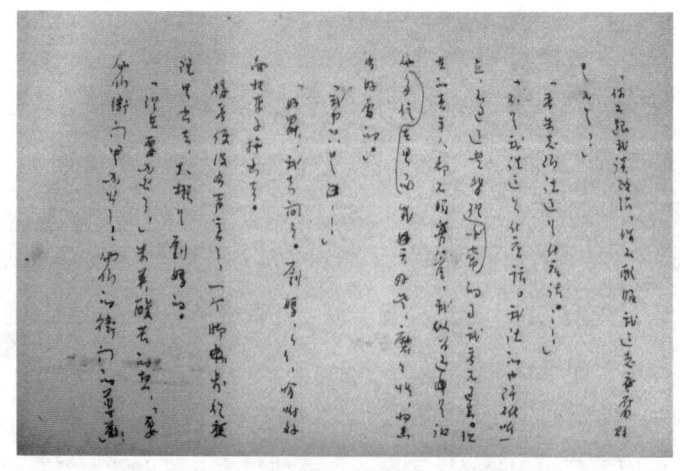

一

  朱英吃了一惊，唉，一阵说不出来的轻快，她醒过来了。有人在庭院中吵闹着。阳光已经明亮的照到窗户上，绿色的窗帘上。它像水似的垂下来。一切都轻快，光亮，似乎连空气的微微的游动都可以感觉出来。她想起刚才做的梦，心里很不好意思。

  "啐，怎么会想到这里来！"

  她在心里骂着，脸上很神秘的笑了。她在被窝里伸了一个懒腰——不知谁昨天晚上给她盖上被窝的，她的衣服并没有脱——一切都充满了活力。她望了望花纸镶着边的顶篷，涂着白粉的墙壁，煤正在火炉里烧着。

原来刚才是她父亲在上房里说话。上房里似乎有客人。她娇懒得还不想起来。她听了听，从静寂中她听出是一个很相熟的女人的声音。但她听不出她究竟在讲什么。

"你们示威，"朱老爷的声音，"你们想要政府做什么？"

接着是一阵静寂。雀儿似乎完全没有听见朱老爷的道理，它们仍旧欢喜的在庭院里吵闹着。朱老爷停了一下又说：

"政府是治理人民的，现在人民要治理它，这不是笑话！自有史以来，几曾听说政府应该被人民治理，治人者治人，治于人者治于人。先贤并没有说这治人者应该治人，况且一个堂堂的政府机关，人民动辄就反对它，国法在哪里？国体又在哪里？"

朱英继续听下去，她很难得的捉住了一句，

"现在我不跟你老人家体政治，我来的意思是看看他们究竟被押在什么地方？"

朱英的脸色陡然紧张起来了。

"这是兰若，"她想，"那么她已经知道昨天的事了？"

"你不跟我谈政治，你不佩服我这老腐败是不是？"

"看朱老你说这是什么话……"

"不是我说这是什么话。我说的也许难听一点，不过这些背乎常理的事我看不过去。现在的年轻人都不服管。我以为还是让他在里面多住几天好些。磨磨性，将来有好处的。"

"我只是……"

"好罢，我去问问。刘妈，刘妈，吩咐外面把乐子拖出去。"

接着便没有声音了，一个脚步从庭院里出去，大概是刘妈的。

"现在要办公了，"朱英酸苦的想，"要他们衙门里办公了！他们的衙门的尊严！"

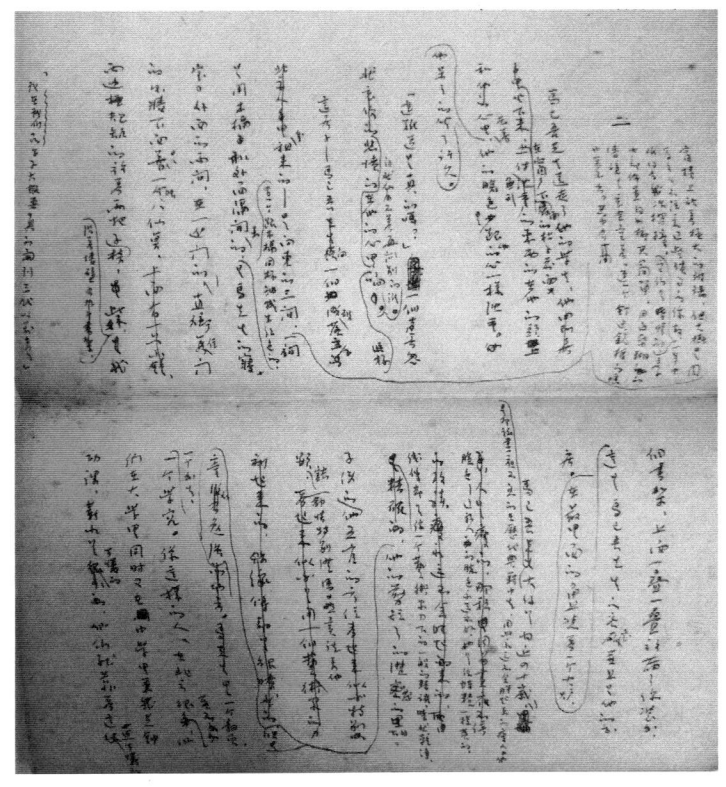

二

  马已吾先生送走了他的学生。他回到房子里坐下来,一件沉重的东西在他的头上和他的心里,他的脸色跟他的心一样沉重。

  "这难道是真的吗?"忽然一个声音在他悲愤的心里响了。

  这房子——马已吾先生从一个没落主——一个北京人手中租来的——向东的三间。一个使用木格子和外面隔开的,是马先生的寝室。外面的两间,在一进门的直冲着门的后墙下面放着一个八仙桌,上面有一只小镜,两边极规矩地放着两把椅子,此外是几个书架,上面一叠一叠放满了线装书。这是马已吾先生的客房并且也是他的书房。

马已吾先生大约是将近四十岁，黑脸，人是瘦的，那种因为昼夜不停的攻读瘦，永远也不会好起来的。原因是精确的，他的剪短了的浓密的胡子，使他五官的方位看起来特别的明显，看起来似乎使用一个艺术家的刀刻起来的，好像都是瞭然的，毫不勉强的地方。马先生是一个教员，一个学究。像这样的人，在北京很多。他们在大学里，同时又在中学里兼几点钟功课，但薪水是很少的，他们就靠着这些薪水维持生活。他们中间有的还没有家室，有的结过婚，正因为他们的太太大概是在乡下，所以他们可以继续不断的研究。他们每一个人有很少的钱那就足够了。他们自然不是胡适之博士，或是梁实秋教授，他们永远大概是命定了的不会成为大人物。他们是十二元一个月的包饭。然而，他们对于自己的物质生活没有什么不满意的地方。只要他们能够读书，他们便觉得自己已够丰富了。

马已吾先生就是属于这一类的先生，跟任何人的祖先一样，他们是把老根深深地伸进泥土中不可动摇的。一个下午，天空晴朗的、干燥的、无情的冷。马已吾先生在窗下坐着，听不出外面有一点声音。房东家里的人大概是听戏去了，再不然就是围着火炉。这种人家虽然破落了，也还保持着静肃，他们很怕听吵闹甚至高声说话。

马已吾在窗下坐着许久。他没有得到回答。他心渐渐地好像他的房子里的光线，似乎也越来越沉重了。他站起来，开始在房子里走。

"现在，他们是要用镇压抵抗、用青年的血来筑他们亵渎神圣的祭台。"

马已吾先生想到这里，他再也想不下去了，他站起来，不断地走着。然而一切都是沉静的，冷的，和对面无情的天空一样。火炉在燃烧着。他——马已吾先生不住地在他的房子里，在这破旧的书籍中间走着。渐渐地，他觉得他所走的不是他的房子，而是一条大街。在他周围的不是破旧书，而是大刀砍伤的受伤者和尸体。

"这好像是一个噩梦。"他似乎这样想。

当那些善良的青年排起队伍来，他们要的是什么呢？他们不要地位，不要权利，甚至不要对自身有一点补偿的好处。他们仅仅想提醒要去爱国家，爱护一点民族共同的利益和自由。同时，他们也想提醒当道者除了他们的自私之外，再稍微顾惜一点他们的国家。还有比这更单纯更纯洁的吗？他们就奔着这种热情排起队伍来，"中国人总是中国人"。当他们出发的时候，天气是很冷，他们的肚子还是空着的，但是热情使他们忘记了这些痛苦，他们没有想到，任何有头脑的善良的人都没有想到他们所享受到的竟是大刀和枪刺。

马已吾先生的血渐渐的燃烧起来，好像有一种力量推动着他。他在窗户下面坐下去，然后摊开纸张，打开墨盒，他蘸着笔，开始颤抖着写：

"今天，在王府大街，当我们的青年和平的游行的时候，他们仅仅要求当局不要出卖国家。他们的生命献于为民族的自由而斗争的祭台上了，他的血是流在兽性和无耻的大刀下面了。他们事前并没有得到警告：他们将要被杀。因此，我们不能不说这是一种阴谋，正像一千九百零五年俄罗斯的沙皇在他的冬宫前面所干的一样，这是一种无耻的、残酷的罪恶的杀戮！"

马已吾先生的字迹是歪斜的，看来像小学生的拙劣的勾涂。

在受伤者中还有他的一个学生，是他教书的那一个女子中学里的。没有人能够说明她们为什么特别勇敢。但是这在法国和俄国的历史上，有过这种先例。自由神可以是个女性，大概就是这缘故吧。当示威的队伍进行的时候，她们一直都走在最前面。因此，当军警狙击群众的时候，她们也是首当其冲的，就是注定永远也不会跟人家打架的她们。

大刀和木棒从旁边，从他们头上落下来。她们有的被打晕过去，有的胳膊被砍伤，她们挂着，她们的脸和脊背中了深深的创伤，原来那是曾经骄傲过并且侈言将跟□□一拼的大刀呀！

热血在马已吾先生心里沸腾起来，他想起来他的学生。他们被殴辱，有的被砍伤了，她们躺卧在在血泊里面，就在马路上。她们挣扎着，呻吟着，痛苦和流血仿佛使她们被十二月的冷吹得鲜红的脸成了纸样的白。他竭力想像她们平日的模样。但是所能想起的只是董瑞莲、张桂芬的模糊的轮廓，董瑞莲是有一个圆圆的脸蛋的，一双大而天真的眼的，张桂芬似乎瘦了一些。他在教室里没有注意过她们。而现在热情引动着，这些单纯而又善良、永远不会伤害别人的少女使他感到特别亲切，几乎是一种父女的爱在他心里波动着。他继续写下去：

"关于这种屠杀，现在我们不能不承认这是一种凶杀案，除了奴才谁也不能为他们辩护。我们为了正义，为了自由的中国，为了无辜的受难者，我们不能不向凶手提起控告。法律是他们的，法院是他们的御用机关，然而人民并不属于他们。我们只能控告至公无私的人民之前。他们将会公平裁判，也只有人民可以制裁这些凶杀者。"

马已吾先生用手捧着头，他好像刚刚从大风雪中来，他的两颊、他的头，他的手以及全身都在发热。他不动的坐着，似乎坐了很长久。为着解决一个问题，他觉得血要冲上来了，要溢满他的脸孔。在他的周围不是生着爆炸着的火炉，温暖的放着许多《资治通鉴》和《九通》之类的线装书的书房。他早把这些太旧的，不含一丝血气的古董忘记了。一个幻想，一个观点包围着他，他似乎连气也透不出的被围在核心。在上面是晴朗的、高的、明亮的，其蓝如冰，然而无情的冷的天空。地面是完全冻结了的，像石头一样。

在北方，任何大的风雪都会使人感到温暖，雪是像羽毛似的让人感到温柔。唯独这种晴空，却是使人要诅咒的冷。就在这样冷的时候，所有的门都为了保持温暖关起来。在树木悲伤的向天空伸出他们的枯索的空枝的街上，在那石头极冻结的地面上，横七竖八仰卧着青年人的尸体。他们的脸因为在冷风中走了很远的路还是红的，他们的手因为在课堂上握笔又冻肿了，并且有的龟裂了。现在是难看的好像要挽回他们的不幸和国家的不幸似的拼命的抓着地面。他们的头倾斜的搁在街沿上,他们的眼惊异地睁得很大。

突然间,血腥包围了马已吾先生,似乎是梦魇压迫着他。它就像海似的从周围涌过来,很快的淹没了他的头顶。他感到说不出的气闷,他想挣脱血腥的包围,最后他努了很大的力。他直起身体来,同时像一个梦用血醒过来了。他深深地吸了一口气,他感到一种要呕吐的憎恶。

2

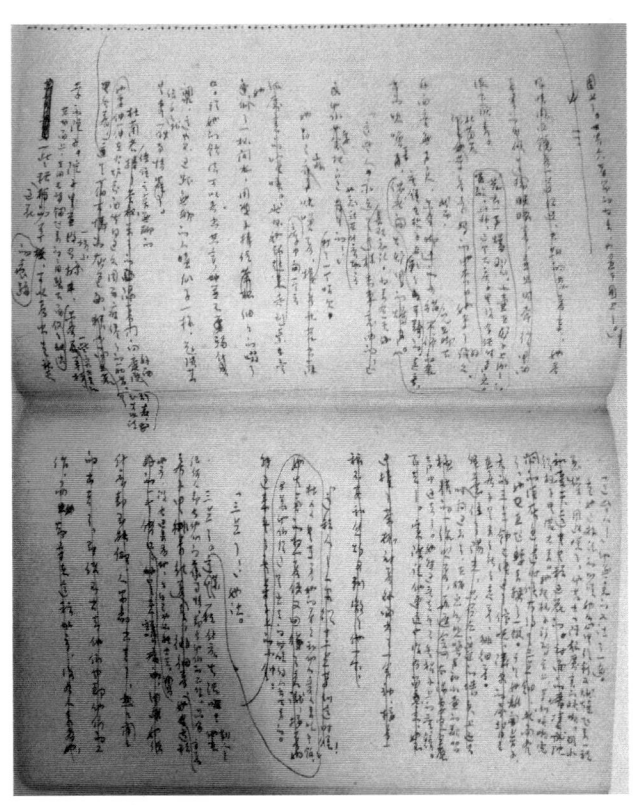

（第 2 部分第 1 页，最右端首先是一段新添加文字）……图上，世界工人革命的将来，也置于图上了。

　　她看了一个下午却连一句都没有记住，这些话是不连接的，高空中那些干燥的、破碎的浮云似的，它们偶然把她的脑子遮暗一刻，接着它们，这些灰色的影子又很快的滑了过去，它们没有留一点影响，没有留下一点痕迹。于是她合上书，同时她合上眼睛。"他们不能给人民面包……他们最多只能跟德国一样使（人民）群众受有组织的饥荒……""谁笑得最后，谁就笑得最好"……这些句子在她的眼里飞动着，在她的耳朵里响着，她不明白它们是什么意思，它们跟她没有关系。实际是她的思想早已一次又一次的飞到大门外面去了，飞到冰冻的街上去了。

　　（第 8 页第 5 段第 2 句）十二月的日脚早已转过去，并且被旁边的房子遮住了。她住的——她租来这个住宅除了她住着的四间大屋而外还有一间厨房，一间和厨房连着的仆人住的小屋，另外，在另一面还有同样的两间，它们始终空着。这个庭院现在是跟杜兰若一样没有生气，

　　（？）眼睛周围有一道红边，长期的发着炎，她看着书的时候一直咳嗽着，并且时常从两边流下眼泪来。

　　（第 8 页第 2 段）杜兰若等着李妈的回答。她等了好久，外面毫无声息，只有脚边的小猫不停地发出着呼噜。偶然间火炉里爆裂了。

　　（第 8 页第 3 段）"这些人永远是这样忘东忘西的，他们也会把自己都忘了。"

　　（第 8 页第 4 段）她自己坐着咕噜着，接着杜兰若就发出一阵很厉害的咳嗽，然后她站起来走到桌旁边倒了一杯开水，用手捧住茶杯细细的啜了一口。从她的饮法可以看出其实她并不要喝什么开水，这不过跟无聊的人嗑瓜子一样，勉强算是给自己找事情罢了。

　　（第 8 页第 5 段）杜兰若捧着茶杯呆呆的隔着门向庭院里望着。这

是一个可怜的灰色的狭小而荒索的院子。院子里并没有树木，只有花草梗，一些种植的花草梗，可以看出当秋天和夏天，这里种过花的。外面的墙涂成沉闷的深灰色。这时候大约是三点钟，然而冬天的三点钟已经过了，傍晚邻家的屋背已经遮住了阳光，只有左边的墙头上还有极狭的一线照着。再迟一会儿，太阳要完全落下去了。实际上她连这点也没留意。她不过捧了茶杯望着外面出了一会儿神，接着一种不安和焦灼不利激了她一下。

（第9页第1段）"这种人——人家从十二点等到这时候，"她生气的想着，便又回复了意识，接着她转过来望了望桌子上的小钟。

（第9页第2段）"三点了！"她说。

（第9页第3段）三点了，这是一种什么生活。她在房子里来往走着。她有好的一个借口，她是在养病的，因此她便什么都不能做。人家都出去了，热热闹闹的出去了，即使不出去，他们也都有他们的工作。而她，却守在这种地方。没有人来看她。

（第9页第4段）哦，死！难道这是可能的吗？她现在还这样年青，她的身体还跟平常人一样能够动作，能够说话，并且她现在还在思想。那么即使要死，既然这么不可急的。（单独一页）

（第9页第3段）她是不可能出去，因为她在害病，她在咳嗽，她的眼睛中了毒，她的肺中了毒。她的体力衰退了，那么有一天她也将要在这里看着别人在外面工作，她自己却养病、养病。于是，难道她就这样在无聊和闲散中死了吗？假如她真的不久就死掉，她为什么不在自己还能动，还能说话，并且还活着的时候，拿这有用的生命去做一点有用的事情呢？别人却在冷风中，在奔波的道路上，在工厂里，在矿坑里，在荒僻的农村中，在工厂里，在一切黑暗潮湿弥漫着死亡的地方，在审讯拷打牢狱枪毙等等威胁下而做事。她却躲在这里面去过长日子，一天到头什么事都不做。

"别人说你害病，于是你也就真以为自己害病了？"

（第9页第5段）她一面走一面想，从她的憔悴的蜡黄的很少血色的脸上现出一丝冷的嘲笑。于是她又回到火炉旁边坐下来，用一只手支住头。

（第10页第1段）"这样下去，我真要死了。"她又想。

（第9页第7段）一种失意和被遗弃了的感觉袭击了她。病人的神经是脆弱的，她感到悲哀。因此她又很厉害的咳嗽起来，她的肩膀和脊背都很猛烈的震动着，仿佛有什么东西在她的胸中。她的椅子在下面吱吱的发出声音。她的颊根也变红起来。她吐了一口带着血丝的痰在手帕里。然后她抬起头，用一张纸上很小心的包起来，然后把炉子的火门打开，将纸抛进炉子里面。

她的眼睛噙着一滴泪，这一次她的脸是更加红了。

（第10页第1段）"这样下去人真的要死了。……"

（第10页第2段）她想着便倒椅子上，闭上眼睛。她的眼睛显出散乱的、却又像有一种规则似的浮动着的细小斑点。这些斑点很久很久还在她的闲着的眼里浮动。

（第10页第3段）她无力地缩在椅子里，似乎安静下来了。她的心里却是更不安起来了。忽然间一个不吉的观念闯进她的心里。

（第10页第4段）"不，这是不会的"她在心里拼命辩白着。

（第10页第5段）这时候外面的门发出响声，她听见有人打开并且关上，一个人的不稳的发出碎而又乱的脚步声走进来了。她的担忧和恐惧也就被这脚步声被打断，心里很快的激越的跳起来了。于是她想，千万是因为他们有感应事情。譬如在公园里或是在一个朋友家里坐着太久了，他们偷了一会闲吧，那么他们回来就要把他们骂一顿。显然她早已听出那是谁的脚步声。她仍禁不住这样想。这都一瞬间的事，接着她就高声喊：

"弟弟，弟弟，是你们吗，渊若？"

"不是的，小姐，是我呀！"一个女人回答。

（第10页第6段）说着时，李妈进来了。她是一个五十多岁的乡下妇人，短身量低的，但穿着非常臃肿。她的头发花白了，她的脸是褶皱的，她的鼻子冻得通红。显然她是刚刚从冷风里走来的，鼻子尖上并且有一滴清水鼻涕。她进来的时候，手里在袖筒里缩着，还深深地吸了一口气。她露出牙齿，竭力想显出她的眼睛，甚至连她的整个脸部都缩小了一下，于是她做出一个笑容。

（第10页第7段）"这天，小姐，"她似乎发抖着说，"要是下雪它也会暖一点，它就一个劲的晴，把什么都冻干了。马路，树，水一泼到地下就是冰。它把人也要冻干的。"

（第11页第6段）杜兰若坐在椅子听着李妈唠叨。她觉得这个老人自然也有她的忧愁，也有她的不满（12页第4段），她的在下乡下的儿现在也学会吃香烟了，她的儿媳妇不孝顺，并且还一心打扮，像人家少奶奶似的一味想吃的好、穿的好，却懒得到太阳出来才起床。她平常说它就像是这样咕噜不休，但是说过后也就忘了，就像把这些不平和烦恼给忘了。现在她担心着的是冷、是雪、是乡下的庄稼。此外的事，她似乎一点都不想到。

（第11页第2段）"你把饭烧好了吗？"杜兰若截住李妈说。

（第11页第3段）"啊，哟，我的小姐，你当我年老昏花了。午饭到这时光还不烧好！早就冷了哦，好小姐！"

（第11页第4段）"我刚才喊你，你到哪里去了？"

（第11页第5段）"你喊我吗，小姐？我在大门外看一看少爷跟董小姐有没有影子。这些年青人。他们到底到什么地方去了？两个人现在双双一早跑出去。这时候还不回来吃午饭。"

（第11页第6段）杜兰若因为正等她的弟弟和他的爱人等得无聊，所以并不以为这李妈的话多烦琐，反倒觉得有趣，同时自己的兴趣也好起来了。

（第11页第7段）"你看见他们吗？"她打断李妈说。

（第11页第8段）"往哪里看见他，我在冷风里站了老半天，连个人影都没有。"

（第11页第12段）李妈接着又是一阵唠叨，她夸奖杜渊若和董小姐有多么好，他们有多么和气，他们在一块真是恰恰不能再好的一对。

（第12页第1段）"少爷跟董小姐几时结婚哪？小姐，"她问，"他们也要用汽车吗？"

（第12页第2段）这个多言的老妇人现在好像年轻了二十多岁。她的话匣子一打开来连他自己也做不得主，收不住口了。她说汽车是新派人用的，她就不赞成，她说到底是一场大喜，她赞成用花轿。吹鼓手吹吹打打的。

（第12页第3段）"可不是吗？但想想看，小姐，吹鼓手吹吹打打的有多么好，要是汽车呜的一阵子就过去了，还让人看见不让人看见。"

（第12页第4段）杜兰若听她说的有趣，便想跟她开个玩笑。

（第12页第5段）"李妈，"她说，"当初你那时候是用轿的吗？"

（第12页第6段）李妈听见小姐讲到她，她向杜兰若望了望，似乎更年轻了。她的褶皱的老脸上又回复了暖意，她满面笑容的说：

（第12页第7段）"哟，我的好小姐！我们穷人用不着轿，有钱人跟城里人才用得着，我们是一辆牛车就什么事都办了。"

（第12页第8段）一个老人最大的缺点恐怕要等他们像一架被用旧了的机器，发条因为一次一次的伸长缩短弄松了。齿轮因为经常转动摩擦失去棱角，光滑了。这些机器开动得便老老实实没有一点生气。等到一开，便再也无法制止。

（第12页第7段）李妈谈到杜兰若的弟弟杜渊若和董小姐的年轻，谈到杜兰若的婚事。她觉得杜兰若是这样的不幸，像她这样年纪早就嫁人了，而她却在家里害病，并且她从没有说未来的姑爷是谁。在她脑子里，假如除了她自己的家里事情，她最担心的，最不能解决的疑惑就是杜兰若已经到了这种年纪为什么不嫁人，而这在她看来是一个谜。像她当少女的时候，她的同伴们在一起的时候，她们暗中总要谈到她们的将来，谈到那个人，那时候她们喜讲到他，虽然她们并不知

"他"是谁？但讲到他的时候，总感到一种幸福，欢乐、激动，她们自然免不了恐惧，嫁人的恐惧。人总是一面希望改变一下生活，一面同时又害怕这种变动的动物。然而即使那种恐惧之中也包含着说不出的幸福。

（第13页第1段）奇怪的是这个小姐，一天到头守在家里，从来没有发过脾气，在她的简单的眼里和心里，她从没有特别高兴过，也不曾特别不高兴过。小小的责骂有时自然也免不了。但人总是有时候要吵骂的呀。她永远没有说到这，至少跟她李妈没有谈到过儿女的事情，而且跟别的男人，她也不曾记得谈到过。李妈敬重她这一点。一个二十五六岁的小姐不想出嫁，这不古怪吗？

（第13页第2段）"好了，好了，不要再扯疯话了！"杜兰若嗔怪着说。

（第13页第4段）"我真是老了，小姐，不过哪一天你跟了新姑爷，李妈就放心了！"

（第13页第5段）李妈笑得□□起来了，笑得也更是厉害。杜兰若有一点害羞，她背过脸去不看李妈。她装着生气地说："又是疯话！你的疯一扯起来就没有完。算了，李妈，去看看少爷跟董小姐有没有回来？"

"好，好，我去，小姐。"

（第14页第1—2段）李妈大笑着走出房子。她在天井里还担心似地说："您这个病，小姐，您还年轻的，您也应该小心看看才是。"

（第14页第3段）杜兰若默默地坐了一会。李妈在这里她生气，但是等她走了，她感到无限空虚。这屋子似乎是这样宽大，这样空虚，于是她不耐烦地站起来，走到衣架前面为一个……

（第14页第4段）"不，不会的；他们怎么敢——"

（第14页第5段）这种事情以杜兰若的经验是不会发生的，但是她不愿意再在火炉旁边坐下去了，她再也忍受不住这种沉闷了；于是她站着，她走到衣架前面，（单独一页）

令她惊异的意念，她想起渊若，今天清晨当他们出去的时候，他

说:"要是我们被人家打死,你可不要怪我们爽约,他是曾经这样说。他在庭院里回过头笑着这样说。"(附在)

(第14页第4段)她从衣架上面取下大衣,然后自己慢慢的穿上,她整理着发髻,再然后她从柜子上拿起一顶绒线织的帽子戴在头上,稍微向左面偏过去一些,然后她走出去了。

"您也要出去吗?小姐。"

当她走到天井里的时候,李妈在厨房里大声问道。

"是的。"她回答道。"少爷跟董小姐回来的时候,你就跟他们开饭,就说我出去一下就回来,不要等我了。"

3

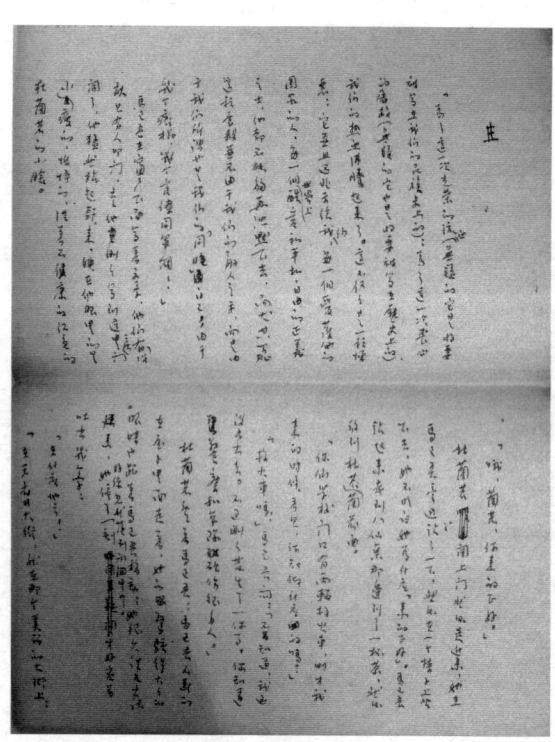

（第20页第1段）杜兰若从家里出来，她心里还感到一种烦恼，同时夹杂着一种悲哀。像晚上的阳光无力的照在灰色的墙壁和屋背上面，街上没有什么行人，树木在冷冷的空气中站着，保持着长者似的沉默。在地面泼过水的地方都凝结成冰了。街上充满着萧索的落寞景象，跟这时候的杜兰若的心恰恰成了一个统一。

"谁说又闹了什么乱子呀？"

"学生游行。"

两个路人这样一问一答的讲着。当杜兰若从浓重的抑郁中惊醒站住去听的时候，两个人已经走得远了。一个冷战袭击了她。她把大衣领子拉起来，把手伸入口袋里缩了缩身体往前走。在土很深的路，脚步放下去轻轻地似乎舒服。

（第20页第2段）"学堂里又怎么了？"她纳罕着想，心里微微觉得诧异和恐惧。

（第20页第4段第3句）她渐渐的沿着一条载货马车的路走下去了。地方是很宽敞的，荒凉的，走走的可以看见一座白塔的尖顶，间或有一辆洋车摇摆着走过。树枝空空的向无情晴空伸着，仿佛冻僵了的，泥上土很深，脚步放下去仿佛踏在沙中似的轻轻的很舒服。渐渐的，她就把刚才的事情忘了。她从大学前面走过的当儿，看见有两部水龙车，这似乎很奇怪，她从门口向大学里看了看，门口站着几个警察。门里面的院里有几个学生在谈论什么，有两个仍追逐着开玩笑，对于外面一点也不注意，并且大学里跟平常一样沉静，并没有什么特别惹人注目的地方。

"难道是大学里失了火了吗？"

她这样奇怪着向空中望了望，也看不见有烟冒起来。那么即使火已经被扑灭，也不该救火车还在胡同。地面是坎坷的，是龌龊的，到处是破纸头，菜叶，破布，倾出来的污水，小孩拉的屎。杜兰若很小心地走进去，有时候她绕过一滩冰，有时候又跨过一堆粪。然后，她到了马已吾先生住着的地方，这是一条死巷。平常行人是不会到这里来的，除了偶然有一个邮差，一个送水的，一个收旧货的。

这是一个很宽敞的院子，房子是老旧的、很大的，但墙上纠缠着爬山虎的竹藤。大门是用许多木条做成的，有从里面钉了木板，油漆成朱红色，柱子很整齐、很清洁，地面上都铺着砖。这里有三间大屋，一间仆人住的小屋，一间厨房。窗户上有极大的玻璃，揩抹的非常光洁。院子里没有一点声音。杜兰若悄悄地往马已吾先生的房子里走过去，他的房子向东，糊着的纸的门是掩着。没有人注意她走进去，她轻轻地在门上叩了几下，接着仍旧是一阵静寂，里面没有声音。

（21页）"为了这一次光荣的流血（无疑的它是将要被写在我们的民族史上的）：为了这一次丧心的屠杀（无疑的它也是将要被写在历史上），我们的热血沸腾起来了。这不仅仅是一种憎恶，它并且还显示给我们，每一个爱护他的国家的人，每一个世界上酷爱和平和自由的正义之士，他都不能够再沉默下去，而尤其可耻这种屠杀并不由于我们的敌人之手，而是由于我们所谓也是我们的"同胞"自己，由于几个痞棍，几个官僚同军阀。

马已吾在窗户下面写着文章，他没有听见有人叩门。当他刚刚写到这里，门开了，他猛然抬起头来，映在他眼里的是瘦小的、憔悴的，给着不健康的红色的杜兰若的小脸。

"喔，兰若，你来的正好。"

杜兰若关上门然后走进来，她在马已吾旁边说了一下，然后在一个椅子上坐下去，她不明白她为什么"来的正好"。马已吾站起来走到八仙桌那边倒了一杯茶，然后放到杜兰若前面。

"你们学校门口有两辆救火车，刚才我来的时候看见，你知做什么的吗？"

"救火车吗？"马已吾问："不知道，我还没有出去。不过刚刚发生了一件事。你知道警察和军队砍伤很多人。"

杜兰若望着马巳吾，马巳吾不断地在屋子里面走着，她惊骇的大大的眼睛也跟着马巳吾移动。她很久说不出话来，她停了一刻，才好不容易吐出几个字。

"在什么地方？"

"在王府井大街，就在那个美丽的大街上流血的地方。"

（第23页）"还有董瑞莲也受伤了的。"

"董——瑞——莲！"

杜兰若发了一个抖，她一个字一个字叫着并且从椅子上跳了起来。

马巳吾站住仔细地向杜兰若望着。他不明白她为什么会这样震惊。他的提起他的受伤的学生也不过是因为热情激动，他随便提出来也随便这么说一下。还有一个理由就是，他记得她跟杜兰若一同来看过他几次。

"你跟她很要好的是不是？"

"没有什么。"杜兰若回避着说。"你还听说什么事情没有，马先生？"

她望着马巳吾好像她是在法庭上毫无抵抗的等待判决，等待着灾祸无情落下来。马巳吾先生比她高，因此看起来似乎这个被肺病残害了的少女更加可怜。

"你的弟弟被捕了，"他想，"他在马路被两个警察捉住肩膀，他们把他——还有别的许多人，许多示威者推上汽车，并且在捉住他以前他们还用木棍打了他。"

但是他能跟她这样真说吗？这个少女被肺病残蚀着，慢慢地咀咀着。一种怜惜心，他为她感到难过。

"我不记得还发生了什么事情。"他低下头去说，他回避着杜兰若的眼睛。

"你没有听说渊若怎样了吗？"

"我想，"马巳吾软弱的说，"我想他应该没有什么关系。"

马已吾扯了一个谎言，他想支吾过去。杜兰若似乎也发见了他的慌张。她的眼睛不住的在他脸上盘旋了一下。

"没有什么关系，"她喃喃的重复着说。

现在痛苦开始咬啮她的心了，董瑞莲就是她弟弟渊若的爱人董小姐。早上他们一道从她的家里出去的时候，还打着闹着，一路上嬉笑和叫嚷。她还听见他们在大门口回过头来向她喊："哈喽（Halou），她还听见他们的消失在小巷里的急促的脚步声。那么难道这是可能的吗？一个大眼睛的，一个像苹果一样红的圆圆的脸蛋，一个喜欢吵闹，像孩子一样喜欢吵闹，心灵中充满了朝气和乐观，一个鸟儿样的单纯的少女，一个中学的学生，她不求利益，不求一个高位置坐，从来不想损害任何人，现在人家把她打伤或用刺刀刺伤或用大刀砍伤了，杀害这样的少女了，难道这是可能的吗？"

还有什么比这种事情使人痛苦？当一个人知道了他喜欢的女人如一个母亲，一个姐，一个看护着的纯洁的少女，被蹂躏践害了的时候，怎知她的心灵里是还没沾染一点浊污思想，是像一个小草纯洁的呀！

（22页中间）杜兰若这样想着，其实她并没有想着，她只是有着像上面的感觉。她的先前被冷风吹得发红的两颊，现在——不是原来的淡淡的蜡黄色——而是像没有光泽的透明的石头枯黄了。她的嘴唇也失去了血色，这好像一个压迫着她的噩梦。她许久说不出话，不能动弹。

他们沉默了很久，大家似乎都担着沉默的心思。大家似乎都恐惧着什么，因此都不说话。

"这是残酷的，先生。"杜兰若终于说。

马已吾喘了一口气。

"这是残酷的，你没有看见胡文敏吗？"

"胡文敏来过吗？"

马已吾向这边走开了一步说："她来过。刚才走了不久。"

"那么消息是她传过来的？"

"对，"马已吾先生想了一想，他看见杜兰若，对于这事这样认真，反而踌躇起来了。

（第24—25页）"我想，"他为难的说"我想事情还不很严重，她是刚被人家冲散到这里来的，她也没有讲十分清楚。总之，在没有弄清楚之前，先不必慌张，况且到了这种地步，慌张也没有用……我相信绝不会十分严重。"

马已吾说着转了一个圈子，然后他坐下，让杜兰若也坐下去。杜兰若却好像没有听见他的话，她从桌子上拿起手套，在手上穿着，试了一下她才发现戴错了，于是她又换了一只手。

"她现在在哪里，马先生知道吗？"

"你是说胡……"

"不，我是问瑞莲。"

马已吾先生告诉她是在市立医院。

"但是你现在到那里去？"

"既然受伤了，我应该去看看她。"杜兰若说着已经戴好了手套。

马已吾劝阻住她，"像这时候怎么能去呢。况且，又这样晚了。"

杜兰若回过头去看了看天色，马已吾也跟着看了看天色。但因为窗户是纸糊的，他们看到天空，只看见灰影已经压着窗纸，房子里也显得昏暗起来了。外面仍旧是静寂的，这整个院子永远是干净的，但它包围在一种破落的静寂中，它给人的印象并不是中国大多数旧家的式微，而且，你觉得一种绝望，一种仿佛是——他的最后的主子，最坏的一代，最后忽然会来一个绝灭。那是要什么都没有了，连卖这房子的人都没有。

这时候，厨房里的锅子透过深沉的静寂，在单调的又特别显出它们喜吵闹的响声。

6

（第 45 页）杜兰若疲倦的回到家里，她忘记了寒冷和饥饿、她的脑子里堆积着各种杂乱的思想。

这个城就像地狱一样，它是冷而且充满了罪恶。

她这样想着便脱去手套，把它抛到窗户底下的台子上。接着，她又脱去大衣挂在衣架上。

"你找着少爷他们吗，小姐？"她问。

"不，没有……"

杜兰若支吾着，接着她回过头来问李妈："李妈，我有封信要差人送去，你找到找不到？"

"找得到，小姐。我有一个兄弟住得离我们这里不远。"

"他是做什么的？"

"做什么的吗？那可没有准儿，小姐。他什么都做。您要是砌个灶台，糊个墙子，垒个花池子，锯一棵树，您只要说一句话，他什么都来。"

杜兰若走到窗户底下的桌子前坐下来，仿佛如有所思的用手拢了一拢头发。她又望了望灯，她似乎忘记了些什么？其实是她不知道应该怎么办了。于是她又回过头来望了望李妈。

"你还没有吃过饭吗？"她问。

李妈有些失态，其实她有什么要忙乱的呢。少爷跟董小姐至今还没回来，但这也没有什么奇怪。他们是常在外面用饭的。有时候你跟他们讲定了，你老是等，老是等啊，老天爷，他们倒回来了，可是他们说他们已经在外面的馆子里吃过了。这样的事并不止这一次。

她笑着说："啊，小姐，就是等着呢。现在就开上，好不好？你一定饿坏了。晌午饭吃到这时候。"她看了看，仔细看了看放在杜兰若前面桌子上的表。

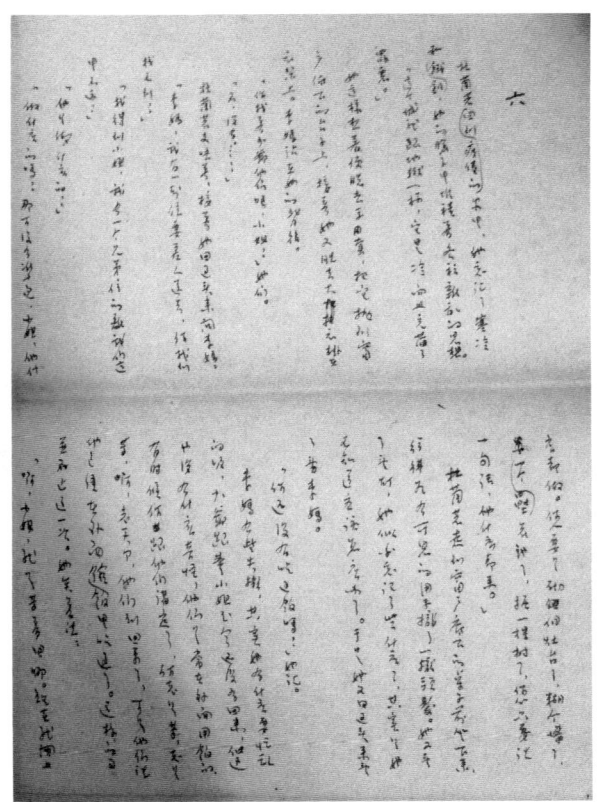

"喔,整整六点了,喔,小姐。"

说着时,她预备好走,说实在的,她自己饿的肚子早就咕噜了,从来没有她今天这样高兴开饭的。

"你且别慌,李妈。"杜兰若又从她的纷乱的思想中想起一个问题。但是,李妈却更加慌了,她诺诺的等着。"又是什么蹊跷呢?"她想。

杜兰若想起马先生曾问她是不是看见了胡文敏。

"我出去没有人来过吗？"

李妈准备到厨房里去弄饭，这时候她又踌躇着停下来。

"有一个小姐，她，她姓什么，你看我这脑子。"

"是不是白白的脸蛋，有一个酒窝的？"

李妈思索着，她的褶皱着脸更加褶皱，这时候打成了一个结。

"你看我的记性，"她大声说。"你看我真是老糊涂了，她姓朱，朱小姐，不是那个白白脸蛋的胡小姐。"

"她没有说什么吗？"

"她说什么来？"李妈早就忘了。

"她没有，小姐。她问起您没在家她就走了。"

杜兰若向她做了一个手势，这表示她没有话再问了。李妈到厨房去收拾饭，这些菜在炉子上煨着，早就煨烂了。她很快的搬上来。

李妈把菜一碗一碗，而且一盘又一盘的搬上来。它们是这样多，仅仅搬菜，李妈就搬了好久，并且它们已经在灶上煨烂了，早已没有新鲜味道了。原来它们今天是请客吃中饭的。但是她——杜兰若等着她的客人从上午直等到晚上六点钟。这时候有许多人家都开上了晚饭，因为这个城里还有一部分人家保持着乡下的古老习惯。她都明明知道她的客人一个都不会来了。

"瑞莲在医院里，渊若——"

杜兰若一个人坐在房子中间的方桌旁边，寂寞的慢慢的吃着。正如她所想，连渊若也不会来了。她已经从另外一个地方打听出来他已经被捕。那么今天晚上，就在她吃着饭的这时候，他是同被关在别的一些公安局、保安队，或者是宪兵司令部里的。

李妈站在旁边，她又想起让她找送信的事情。

"你说的那个地方不很远吧，小姐？"他问。

"哪个地方不很远？"

"哪，你刚才还说的送人书信的地方。"

"不很远,离有二十来里路。"

"那么小姐,"李妈向前走近了一步,接着她又向后退了半步说:"你要是有什么紧要事情,我今晚上就把我兄弟叫来。"

杜兰若静了一下,接着她又用筷子去夹菜。

"你现在不着慌,让我想一想看。"

于是李妈又用各种她能想出的比喻来描写朱小姐。她说她的手是像葱根一样,她的眼睛是像两个星星一样。她的被围巾包着的脸蛋是像□□,这些都在她的想象中出现,她都从她的想象中得出。

"她是那么一个好的姑娘,小姐。她是那样好。"

她连连的不绝口的赞叹着,她的笑容使她的老眼眯缝起来。这证明这个寂寞的人家,这个肺病害着的小姐是多么冷落,除了几个照例故人,几乎没有别的人进来。

杜兰若望着她面前摆着的挤在桌子上的碗和盘,今天晚上的菜是怎样的多呀,这请客的菜是这么多。实际上她是很饿了,可是她看着这些菜却吃不下去。因此她好像被这些请客的菜吓住了。

"你吃过饭了吗,李妈?"

她把这罪过归罪于唠叨的女仆,李妈的话。李妈的形容只有使她厌恶。李妈笑得有几分难为情,她说她还没有吃过饭。不过在先,因为——这是毫没有准备的理由的,她因为饿的受不住先吃了两个花卷。

"那么,现在你收下去吧。"杜兰若不要吃了,这些倒霉的菜,这些请客的平常的菜,她一闻见就觉得饭是她不要吃了。她于是站起来,她在房子里徘徊了一下。等到李妈将这些奇特的午饭收下去,她走到椅子前面坐下。然后她开始写信。

"董太太,当你接到这封信的时候,你会奇怪。你不认识我,也许你根本就没有听说过我。她是你女儿的一个朋友。瑞莲女士现在有一点小病,当你接到这封来信,请你到舍下来一趟。因为她是在医院里的。"

于是她把写好的信插入封套。然后又放到抽屉里。这个饭本是早上定的,可现在已是夜里了。

接着她站起来,这个弥漫血腥的城与平时没有一点不同,它是这样安静,邻家仍旧在这时候送来□□□□□□□□□,好像谁也不知道、谁也不注意今天下午有一个屠杀。

谁也不注意有一个屠杀,人们都已回到生着火炉的温暖的家中。四周围是静的,遥远处很可能听出声音。杜兰若徘徊着,犹如她的灵魂在苦痛中徘徊着一样。许多人——其中几乎完全是少女——在枪刺和大刀下面受伤了。她们的脸被劈去了一切,有的被砍去了胳膊。他们的腰部洞穿了。这些善良纯洁的人,就是他们,人家是恭维他们是中国的希望,是民族的精英,人们把救国的大任放到他们肩上。同时候,当他们表示自己的意思,他要求拯救这垂垂的国家的时候,他们却污蔑他们走了邪路,他们用大刀砍去了他们的一条胳膊或一条腿,他们用枪刺洞穿了他们,他们像对付一块木头,并用这种手段使他们公正起来。

"当人们都跟他们一起扶植公正的时候,那么全国的人民都将要出卖这个民族,哪时候才能完全成功?"

杜兰若这样想着,一种郁闷,她觉得也不知道是刚才冷的东西或者是血正在胸部涌了上来。她急急走到火炉前面的椅子里写下去,她闭上眼睛竭力的屏息着气儿。她想到渊若,这个可怜的孩子,他的爱人受伤了,他也许还不知道。也许,今天晚上人家要打他了。一种观念,这个观念使她踌躇了一下,然而使她想起世界上只剩下了她跟渊若最亲密,他们的父母都不在世上了,那么除了她这个姐姐谁还关心他呢?她决定明天到朱家里去。虽然她跟那位朱大人中间情感是很恶劣的,但他是她的唯一亲戚,在这个城里,也只有他可以有营救的办法,只要他肯。

当杜兰若这样想着的时候,她的头是软软的放在椅背上,她微弱地喘着,她的嘴唇微微弹动,她的没有血色的合上着眼的脸好像死了一样苍白。在她的合……

7

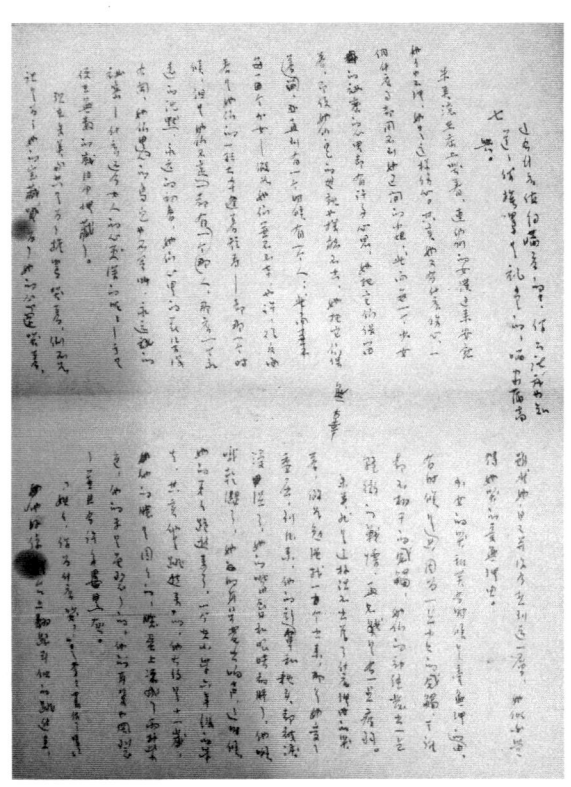

(这有什么值得瞒着的呢?你不说我也知道,你挨骂是理当的。洒家满高兴。)

朱英滚在床上哭着,连他们的女仆过来安慰她,她也不理。她是这样伤心。其实她又有什么伤心,一个什么事都用不到她过问的小姐。

然而，每一个少女的秘密的心里都有许多心思。她把它们保留着。即使她们亲的母亲也不能探去。她把它们保留着。直到有一个时候有一个人，然而并不是每一个少女——假如她们并不到七十，也许从反面看是她们的一种大幸，逢着短寿——都那一个时候，但是她们不一定都有那一个人，那么一个永远的沉默，永远的初春，她们心里的花朵没有开，她们心里的鸟儿也不会叫，永远的秘密，——还有什么比女人的心更深的呢——于是便在无数的岁月中埋藏了。

现在朱英的心里为了挨骂哭着，倒不如说是为了她的宝藏，为了她的命运哭着。虽然她自己并没有想到这一层，她似乎觉得她哭得毫无理由。

少女的哭和笑有时候是毫无理由的。有时候只是因为一点小小的感触与谁都不相干的感触。她们的神经发出一点轻微的颤栗，再不然是有一点疲弱。

朱英就是这样说不出为了什么理由的哭着，假如勉强找一个出来，那是她受了委屈。到后来，她的罩衫和枕头都被泪浸湿了。她的嘴唇和眼睛都肿了。她喉咙干哑了，她的耳朵发出响声，这时候，她的弟弟跑进来了，一个在小学六年级的学生。其实他是跳进来的。他大约是十一岁，他的脸是圆圆的，脸蛋上冻成了红紫色。他的手是龟裂了，他的耳朵也裂了并且有许多黑灰。

"姐姐，你为什么哭？是爹爹骂你了吗？"他好像戏台上翻跟斗似的跳进来。

……

一面气呼呼的喘着气说：

"哭是我高兴，哪个要你管？"

朱英翻了一个身，面对着里面的墙壁。他的弟弟笑道："好，不要管，要那个、那个将来的姐夫管，对不对？"

弟弟说着已经跑出去了，一面还要哈哈笑着。

朱英已经拭干了眼泪,她听见朱老爷还在上房里和朱老太太争吵,不过声音已经没有先前暴躁。是好像正谈论着什么事情了。朱英仍旧闭着眼睛,毫不动弹的躺着。她满心的云雾这时已经散了,她觉得空虚而且疲倦。接着,另一种雾、广大而安静,渐渐的包围了她。但这是什么地方呢?它一条长的灰色的路,空中没有光亮,空气里是灰色的,房屋、树木、人,一切东西灰色的、平面的、它们静默着,它们没有阴影,没有声息。路是长的,她的脚和腿都跑酸了,没有人知道他们从什么地方出来,大家也不交谈,大家取着同一的方向,很快这条路上挤满了人,虽然是并没排队伍,但大家毫不紊乱毫不掠夺的向前走着。忽然有人发出喊声,好像有人演说,大家停下来听着,但是什么都听不见,演说的人是喑哑、无声的,接着有人站在一个比较高的地方,他探着头喊着,他把嘴张的很大,但是仍旧没有声音。忽然间那站在比较高的地方的人滚下去了,人丛中起了一阵波动。

"警察,警察,"她想。

人们很快的是场大的混乱,没有一个人知道要怎么办,人们在自己酿成的空气中慌张了,并且很快的崩溃下来了。人们有的往一边跑,有的往另一方面跑。接着能一边跑的又回过头来往另一边跑,往另一边跑的也回过头来。大家冲撞着,有人跌倒下去,大家聚集起来,但又盲目的跑着。很明白的人们是被包围起来了。

"打,打……"人们低声喊的,好像害怕被别人听见似的在心里喊着。

于是人们聚集起来向前冲了过去,但是这时候不知从哪里来的前后左右都是警察、保安队、宪兵,他们挥着大刀、手枪、并且挥着雪亮的枪刺,在后面紧紧跟着,并且跳到人群里乱冲,乱砍,乱刺。人们很快的散开,奔逃,又分成许多小群。

朱英也慌乱地夹在人众中跑,他觉得——当她跑过的一瞬间,她看见旁边斜刺里的跳过来一个灰色大汉,刀光一闪,她很快的闭上眼

睛。(但是她等了许久,)

"完了,"一个观念。

但是她等了许久,那刀并没有下来,当她张眼的时候,一种脱了大大的窒息的轻快,她是站在自己大门口,另外的许多人包围着,这些中有他的亲戚,他的父亲,杜兰若、吹鼓手、马车夫。人们似乎在等待着些什么,现在她要出嫁了。人们低声发出细语。人们等待着轿子。

"轿呢,轿为什么还不来呢?"一个声音。

朱英从来没有想到过自己要坐轿,她焦急的回过头去看着杜兰若,杜兰若没有理她。没有人注意她,大家都为她的出嫁兴奋着,谈论着,忙碌着,都没有一个人想到她在求救。她又用眼睛去搜寻她的母亲,在纷乱中不知道什么人告诉她说她母亲在一个礼拜之前已经死了。

朱英正失望、无缘、悲哀的焦灼之中,她怎么办呢,她马上就要出嫁了。她要嫁到一个做官的人家,嫁给一个少爷,正时,她好像要被别人投入苦海,她马上就要变成另外一个人,不是朱英,而是一个苍黄的、苍黄的、搽着很厚的脂粉的少奶奶。

"你们为什么不说我已经死了呢,你们为什么不这样说!"

她在心里诉怨着,她的眼睛四处去找救星。正在这时候,一个洪亮的声音,她父亲的声音说:"你们年轻人,哼!哼!我不管!"

"你不跟我谈政治,你不配服我这老腐败是不是?"

"看朱老爷说这是什么话……"

"不是我说这是什么话。我说的也许难听一点,不过这些背乎常理的事我看不过去。现在的青年人都不服管。我以为还是让他在里面多住些天好些。磨磨性,将来有好处的。"

"我只是……"

"好罢,我去问问。刘妈,刘妈,吩咐外面把车子拖出去。"

接着便没有声音了,一个脚步从庭院里出去,大概是刘妈的。

"现在要办公了,"朱英酸苦的想,"要他们衙门里办公了!他们的衙门的尊严!"

最后两页文字分别是:

"……死等"李文多说。"我主张派胡天雄!"

"好,胡天雄!"有人应着。

胡天雄望了望大家。他是这群人的英雄,按理说应该由他指定人的。但是他(想到)看见大家都在急于填饱饥饿的肚子,大家要的是都想为自己麻木的脚找到一个温暖安顿的地方。好像他们已经在一个屋子里,并且他们已经围着一堆火似的神精,他们什么话也不说,便默拍了拍手。

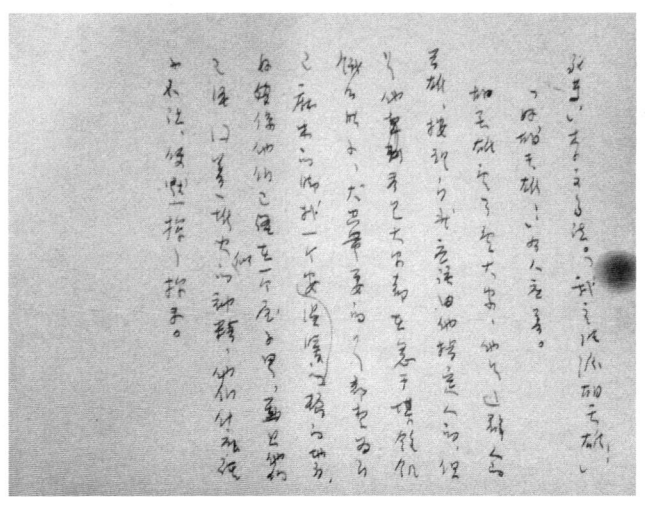

笔者翻阅了《争斗》和《雪原》后,发现这一段与《雪原》第三章第92页有些近似。

他们又很快的想到迷路、狼和土匪,更重要的是他们大家都在饿着肚子。因此，大家沉默看，寒战着，踌躇着，并且互相搜寻着。

"喂，我提议选举，伙计们。"

李文多忽然大声喊。

"赞成，赞成选举！"

大家齐附和着嚷。接着有一个人怯弱的低声说：

"胡天雄！"

大家又一齐附和的嚷起来了：

"胡天雄！胡天雄！"

他们中间，当这嘈嚷过去之后，最后还有一个笑着解释道：

"我们派总司令；平常总是他分派我们，现在我们派遣他！"

接着大家完全会快活起来，他们已经没有事了，他们已经派定了人去寻觅他们迷失了的伙伴。至于其余的事情，那已经跟他们没有关系。没有一个人肯再去想到它。他们已经卸脱了责任。

另一页纸上写的是：

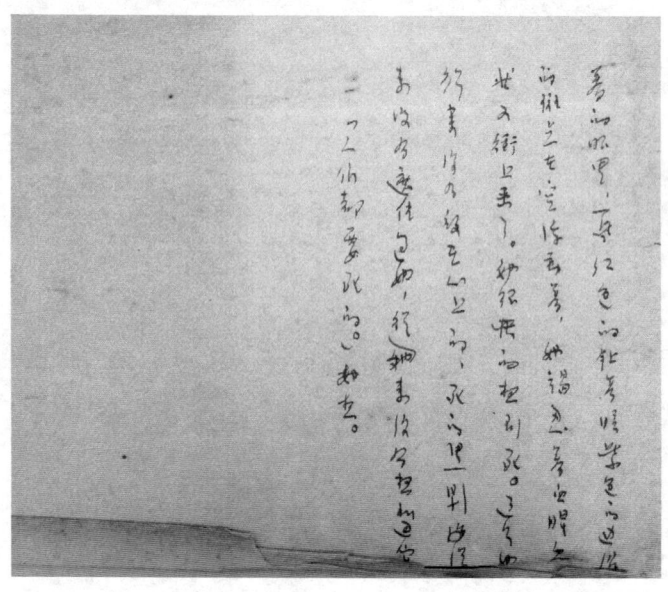

……着的眼里，一些红色的镶着暗紫色的边沿的斑点在空浮动着。她竭忍着血腥忽然又冲上来了。她很快的想到死。这事她还没来得及放在心上的，死的黑影从来没有遮住过她，她从来没有想到过它："人们都要死的。"她想。

这一小段文字内容，笔者认为与《争斗》第一章第 10 页第二段有些相同。

"这样下去人真的要死了。"
她倒在椅子里这样想；她用手掌在脸上抹了一下，闭上眼睛不住的喘着。她的眼里现出散乱的却又像有规则似的浮动着的许多细小斑点。这些灰色的斑点很久很久还在她的闭着的眼睛里浮沉。

在《争斗》残稿中，最与众不同之处便是它的"第一章"。这一章与公开发表的《争斗》第一章完全不一样。在此章中，作者通过睡醒的朱英所听见的，描写了杜兰若与朱老爷之间的对话。杜兰若希望朱老爷帮忙打听因参加学生示威活动而被捕的弟弟（杜渊若）下落，朱老爷却对学生对政府的示威十分反对。但在后来的发表版中，作者从头至尾都没有写杜兰若与朱老爷之间见过面并有过对话。他只是在《争斗》第七章写到朱英睡醒后，听到了母亲和到家里来的杜兰若之间的对话。这一部分位于《师陀全集续编·争斗》第 55－56 页。对于朱老爷反对爱国学生运动，在该残稿中作者是在朱老爷与杜兰若的对话中直接予以揭示，而发表稿则是通过《争斗》第四章朱英回到家中与父亲之间的冲突（《师陀全集续编》补佚篇中第 33－34 页）以及在《争斗》第四章对朱老爷"成长"及"发达"的描写（《师陀全集续编》补佚篇中第 28 页－29 页）予以揭示的。由此可见，作者师陀在最初设计《争斗》情节时，本打算一开始杜兰若便知道自己的弟弟杜渊若在参加学生示威运动中被政府逮捕。为营救弟弟，她亲自到朱家拜会朱老爷，希望他能施以援手。但到后来，师陀改变了自己最初的这个设想。他在后来的第一章中写了"杜兰若在家中久等弟弟（杜渊若）却没有回来。为了打探消息，杜兰若决定前往老师马已吾家中"。在第三章，师陀才写出杜兰若到马已吾家中后，在交谈中她感觉出自己的弟弟被捕了。在第六章，师陀描写了杜兰若回到家中想到自己必须营救弟弟，但她需要托"另外一个有力者"。而这个"有力者"是谁，师陀在这里并没有直接写出来。到了第七章，师陀则给予了回答。他通过睡醒的朱英，描写了杜兰若到朱家寻求帮助，希望朱老爷能帮忙过问弟弟的事，而朱老爷不在家，是朱英母亲接待了她，朱英母亲表示一定会将此事告知朱老爷，并会尽力帮忙："关于表侄的事你尽管放心，等到他回来我跟他说，有结果我就打发人来告诉你。"

通过细读该残稿，笔者还发现师陀对"二"进行了较大的修改，修改主要体现在以下方面。

1. 删除原文后重新做修改。

页码/段落	删除前的原文	修改后的文字
第一页第一段	他回到房里坐下来	他在窗户下的台子前面坐下来
第一页第四段	马已吾先生大约是近四十岁，黑脸，人是瘦的，那种因为昼夜不停的攻读的瘦，永远不会好起来。原因是精确的，他的剪短了的浓密的胡子，使他五官的方位看起来特别的明显，看起来似乎使用一个艺术家的刀刻起来的。好像都是瞭然的，没有毫不勉强的地方。	马已吾是那种昼夜不息的在历代典籍中生活，因此永远不会胖起来的瘦人。他大约是将近四十岁了，脸色——这种人的脸色永远不好，它是像蜡渣一样黄，线条却是像一个艺术家刀下的一般的精确，瞭然，干净，但是毫不勉强。他的剪短了的浓密的胡子使他的五官方位特别显豁，神情特别澄清。

续表

页码/段落	删除前的原文	修改后的文字
第二页第一段	这样,他们便可以继续不断的研究。	他们不常在公众的地方出现。
第二页第一段	除了读书之外没有嗜好,他们每一个月有很少的钱就足够了,他们自然不是一个胡适之博士,或是一个梁实秋教授,他们大概是命定了的永远不会成为大人物。他们是十二元一月的饭,然而他们对于自己的物质生活像毫没有不满意的地方。	他们的一生大概是注定了要在冷落中过去的,他们并不以每月十二元的包饭为粗劣。除了读书籍他们没有别的嗜好,实际上也正是只要能够读书他们便觉得已经是无限丰富了。
第二页第二段	这就是马已吾先生,或是属于他这一类的先生。在外面,是北方的十二月的一个下午,天空晴朗的、干燥的、无情的冷。马已吾先生在窗下坐着,听不出外面有一点声音。房东家里的人大概是听戏去了,再就是围着火炉,这种人家虽然破落了,也还保持着静肃。他们很怕听闹甚至高声说话。	马已吾先生是善良,温厚,缄默,在他的血管里保有着一种农民性质的,近乎原始的,不可动摇的倔强,他的祖先无疑的是跟任何人的祖先一样,他们是老根深深的伸进泥土里的,直到现在,读书人的血液还没有把它——那种原始天性——冲到十分稀薄。正是这些特性,现在被一个突然传来的消息——一个事变打击得七零八落的了。他在窗下坐了很久很久。外面是静寂的。这个庭院常常是静寂的,它早已陷入一种无声的渐趋灭亡的破落中。这时候房东们大概是听戏去了,再不然就是他们正围着火炉吃小点心,他们还保持着前代的静肃,他们很怕吵闹,甚至很怕高声说话。一个北方的十二月的下午。太阳快要离开这个大的古老的城市,快要落下去了,只有对面的屋脊上还残留一线薄弱的昏黄的光辉。天空是晴朗,干燥无情的冷。

续表

页码/段落	删除前的原文	修改后的文字
第二页第三段	现在他们要用大刀震慑反抗，用青年的血来筑他们的祭台。马已吾先生想到这里，他再也坐不下去了，他站起来，不断地走着。然而一切都是沉静的，冷的。火炉里在燃烧着。他——马先生不住的在他的房子里，在那破旧的书籍中间走着。渐渐地他觉得他所走的不是他的房子，而是一条大街。在他周围的不是破旧的书，而是被大刀砍伤的受伤者和尸体。	现在他们却是用大刀向敌人谄媚，他们震慑反抗，用青年的血来筑他们罪恶的交椅。一片血肉模糊的场面在他的眼底展开，纵横的尸体。被难者的抽搐，骄纵丑恶的凶悍，于是他从椅子上站起来，他再也坐不下去了。然而这房子里的以及房子外面的各种东西都是沉静的、冷的，和无情的天空一样静默一样的冷。
第三页第二段	不要利禄，甚至不要对自身有一点补偿的好处，他们仅仅提醒别人稍稍爱籍国家、爱籍一点民族等同的利益和自由，而同时，他们想提醒当道者除了他们的自私之外，再稍微顾惜一点他们的每人之名。	不要权利，他们——凡关于自身的他们甚么都不要；他们仅仅想提醒别人，让他们知道在搜刮人民之外更知道爱护国家和民族的自由。
第三页第三段	马已吾先生的血渐渐的燃烧起来，好像有一种力量推动着他。他在窗户下面坐下去，然后摊开纸张，打开墨盒，他蘸着笔，开始颤抖着写。	马已吾想到这里，他所感到的已经不止苦闷的重压，一种小东西，这些小东西在里面，在他的心里啮着它了。好像有一种力量推动着他，他很快的，几乎是暴怒的在台子前面坐下去。他索索的摊开纸，然后，他拿起笔来开始在上面写。
第三页第三段	在王府大街	一九××年十二月×日下午

续表

页码/段落	删除前的原文	修改后的文字
第四页第一段	在受伤者中还有他的一个学生，是他教书的那一个女子中学里的。没有人能够说明她们为什么特别勇敢。但是这在法国和俄国的历史上，有过这种先例。自由神可以是个女性，大概就是这缘故吧。	"军警将他们包围起来…… 军警将徒手的群众包围起来，并且向他们袭击。所有的意思都从马已吾的心里涌上来，都堆在他的心里，堆在他的笔头上；他的笔在空中悬着，摇着，它像一辆陷入泥泞中的车子，它载的是过于沉重。这些一起涌上来的字句在他的脑子里吵闹着，当他努力的捉住一个，另外一个，同时许多个都像小孩似的不平的互相排挤着蜂拥上来。 "我不能，我不能……" 马已吾先生在心里喃喃着。马已吾抛开笔。他教书的那一家女子中学的几个学生被人家用大刀砍坏并用枪刺戳穿了。这些娇养的似乎是注定了永远不会跟人动家伙的少女，无疑的她们从历史上，从俄罗斯和法兰西人学得了勇敢。

续表

页码 / 段落	删除前的原文	修改后的文字
第四页最后两段至第五页第一段	热血在马已吾先生心里沸腾起来，他想起来他的学生。他们被殴辱，有的被砍伤了，她们躺卧在在血泊里面，就在马路上。她们挣扎着，呻吟着，痛苦和流血仿佛使她们被十二月的冷吹得鲜红的脸成了纸样的白。他竭力想像她们平日的模样。但是所能想起的只是董瑞莲、张桂芬的模糊的轮廓，董瑞莲是有一个圆圆的脸蛋的，一双大而天真的眼的，张桂芬似乎瘦了一些。他在教室里没有注意过她们。而现在热情引动着，这些单纯而又善良、永远不会伤害别人的少女使他感到特别亲切，几乎是一种父女的爱在他心里波动着。他继续写下去： "关于这种屠杀，现在我们不能不承认这是一种凶杀案，除了奴才谁也不能为他们辩护。我们为了正义，为了自由的中国，为了无辜的受难者，我们不能不向凶手提起控告。法律是他们的，法院是他们的御用机关，然而人民并不属于他们。我们只能控告至（大）公无私的人民之前。他们将会公平裁判，也只有人民可以制裁这些凶杀者。"	董瑞莲，董瑞…… 马已吾想着，战栗着，热血像油一样在他的心里沸腾起来。董瑞莲是他的一个学生，一个圆圆的脸蛋的，大而黑的眼睛的少女，据说她是刚才被人家用枪刺刺穿了的。他诅咒的啐了一口吐沫，于是拿起笔来继续往下写： "屠杀业已开始，青年们的热血已经流了，他们为了不甘于坐视国家与民族被人奴役，已经将自己的生命献上祭台。我们的青年并不贪生怕死，事实证明每一次他都站在斗争的前列。然而我们仍旧不能不特别指明这是一种谋杀，和一千九百零五年的'血的星期日'俄罗斯的沙皇在他的冬宫前面所干的一样。群众们仅仅要求不要出卖自己的国家，并不是要求政权，这种愿望谁也不能——即便是世界上最反动的政府也不能不承认他们有这种权利，谁也不能否认他自己有这种义务。但是他们——这一次屠杀的凶手们已经卑鄙到极点，他们已经残酷到极点……"

续表

页码/段落	删除前的原文	修改后的文字
第五页第三段	突然间血腥包围了马已吾先生，似乎是梦魇压迫着他，血腥像海似的从四周涌过来，	血腥包围了马已吾先生，并且像海水似的继续从四周涌过来
第五页第三段（在原稿第五页背面）	他感到说不出的气闷，他想挣脱血腥的包围，最后他努了很大的力。他直起身体来，同时像一个梦用血醒过来了。他深深的吸了一口气。	愤怒像一个梦魇在上面压着他，他挣扎着，努力挣扎着，最后他直起身体来深深吸了一口气。

2. 对词语的修改。

页码/段落	修改前	修改后
第一页第一段	一件沉重的东西	一件无形的东西
第一页第三段	从一个没落主子	从一个破落主子

3. 对原文的添加。

页码/段落	添加的位置	添加的文字
第一页第一段	在"一件沉重的东西在他的头上和他的心里，"后面	他呆呆的坐了许久
第一页第二段	在"一个声音忽然在他的心里悲愤的这样响"后面	自然他用不着再问别的谁。
第一页第三段	在"向东的三间"后面	窗棂上嵌着极大的玻璃，但大概是因为主人不注意这些琐事的缘故，一年中难得有几次揩擦。房子内部布置的也极其简单，用白纸糊了的墙壁完全空着，连一个钉过镜框的痕迹也看不出。其中有……

续表

页码/段落	添加的位置	添加的文字
第一页第三段	在"一间使用木槅子和外面隔开的"后面	有一个木格同样油漆成朱红色的门
第一页第三段	在"上面一叠一叠放满了线装书"后面	在最里面的角上装着一个火炉
第一页第四段第一句	在"马已吾"后面	是那种昼夜不息的历代典籍中生活，因此永远不会胖起来的瘦人。
第二页第一段	在"薪水维持生活"后面	这些新的"犬儒学派"
第三页第二段	在"'这好像是一个噩梦，'他似乎这样想"的中间	把手按在太阳穴上
第三页第二段	在"他似乎这样想"后面	然而接着就有一个相同的声音回答他。
第三页第三段	在"当那些善良的青年排起队伍来，"前面	这个屠杀是世界上最丑恶之中的最丑的。虽然在中国这并不是第一次。
第三页第三段	在"他们要的是什么呢？"后面	世界上的每一个正直之人，甚至连最邪僻的人，连主持这屠杀的凶手自己，他也不得不承认……
第三页第二段	在"但是热情使他们忘记了"后面	使他们不顾忌
第五页第二段	在"马已吾先生用手捧住头"后面	毫不动弹
第五页第二段	在"坐了好久好久"之后	许多紫色的斑点在空中浮动着，在他的眼前出现。

续表

页码/段落	添加的位置	添加的文字
第五页第二段	在"要溢满他的脑子"之后	他的脑子是沉重的，淤塞的
第五页第二段	在"却是使人要诅咒的冷"后面	泥土、墙壁、树木都会发出细微的响声，连空气似乎也在凝结起来，也在寒冷中爆裂。

4. 顺序的调整。

页码/段落	调整前	调整后
第五页第二段	在上面是晴朗的、高的、明亮的，	在上面是高的、清澈的、明亮的，

5. 对原文的直接删除。

页码/段落	删除前的语句	删除处理
第一页第三段	马已吾先生从一个破落主子一个北京人手中租来的	将"先生"和"一个北京人手中"删除，变为"马已吾从一个破落主子租来的"
第一页第三段	只冲住门的后墙下面是一张八仙桌，上面有一只小镜，两边极规矩地放着两把椅子，	将"先生"和"上面有一只小镜"删除，变成"只冲住门的后墙下面是一张八仙桌，两边极规矩地放着两把椅子，"
第二页第一段	除了读书之外没有嗜好，他们每一个月有很少的钱就足够了，他们自然不是一个胡适之博士，或是一个梁实秋教授	这部分全部删除
第五页第二段	在他的周围不是生着爆炸着的火炉，温暖的放着资治通鉴和九通之类的线装书的书房。他早把这些太旧的，不含一点血气的骨董忘记了	在他的周围不是生着爆炸着的火炉

续表

页码/段落	删除前的语句	删除处理
第五页第三段	突然间血腥包围了马已吾先生,似乎是梦魇压迫着他,血腥像海似的从四周涌过来,	血腥包围了马已吾先生,并且像海水似的继续从四周涌过来
第五页第二段	在北方,任何大的风雪都会使人感到温暖,雪是像羽毛似的让人感到温柔。唯独这种晴空,却是使人要诅咒的冷。	将"雪是像羽毛似的让人感到温柔。"直接删除,变成"在北方,任何大的风雪都会使人感到温暖,唯独这种晴空,却是使人要诅咒的冷。"

第"二"部分中的第 3 页第三段为:

今天,在王府大街,当我们的青年和平的游行的时候,他们仅仅要求当局不要出卖国家。他们的生命献于为民族的自由而斗争的祭台上了,他的血是流在兽性和无耻的大刀下面了。他们事前并没有得到警告:他们将要被杀。因此,我们不能不说这是一种阴谋,正像一千九百十五年俄罗斯的沙皇在他的冬宫前面所干的一样,这是一种无耻的、残酷的罪恶的杀戮!"

作者对这一段几乎没有做什么修改,但是通过比对最后发表的《争斗》第一章(第 17 页倒数第二段、第 18 页最后一段),笔者发现该段最终被师陀拆分为两段,而且中间还间隔着 6 段文字。

对于第"二"部分的修改主要体现在:

1. 对语句的直接删除:

页码/段落	删除前的语句	删除处理
第八页第一段	……眼睛周围竟有一道红边,长期的发着炎,她看着书的时候一直咳嗽着,并且时常从两边流下眼泪来。	全部删除

续表

页码/段落	删除前的语句	删除处理
第八页第三段	她自己疾声咕噜着，接着就发出一种很厉害的咳嗽。	将"接着就发出一种很厉害的咳嗽"删除，变成"她自己这样咕噜着。"
第八页第五段	她一面走一面想，从她的憔悴的蜡黄的很少血色的脸上现出一丝冷的嘲笑。于是她又回到火炉旁边坐下来，用一只手支住头。"这样下去，我真要死了。"她又想。	将"她一面走一面想，从她的憔悴的蜡黄的很少血色的脸上现出一丝冷的嘲笑。"和"'这样下去，我真要死了。'她又想。"直接删除
第十页倒数第三段	她的眼睛噙着一滴泪，这一次她的脸是更加红了。	直接删除
第十一页第六段	显然她是刚从冷风里来的，鼻子尖上并且有一滴清水鼻涕	将"显然她是刚从冷风里来的，鼻子尖上"直接删除，变为"并且，有一滴清水鼻涕……"
第十二页倒数第二段	"少爷跟董小姐几时结婚哪？"最后她问："她们也是要用汽车吗？"	将"最后她问：'她们也是要用汽车吗？'"删除
第十三页第一段	她赞成用花轿，吹吹鼓吹吹打打的。	将"吹吹鼓吹吹打打的。"删除，变成"她赞成用花轿。"
第十四页	"好好，我去小姐。"李妈大笑着走出房子。	将"好好，我去小姐。"删除，变成"李妈答应着走出房子。"

2. 对语句的删除修改。

页码/段落	删除前的语句	修改后的语句
第八页第二段	杜兰若等着李妈的回答。她等了好久，外面毫无声息，只有脚边的小猫不停地发出着呼噜。偶然间火炉里爆裂了。 "这些人永远是这样忘东忘西的，他们也会把自己都忘了。"	杜兰若等着李妈等了好久，然而猫儿在脚下唿噜着，座钟在台子上平静的喳喳走者。炉子里偶然发出声爆裂，水壶在炉子上沙沙的唱歌，此外，这个大房子里没有任何声息。 "这些人水远喜欢忘记，将来有一天他们要把自己也忘记在什么地方的。"
第八页第四段	杜兰若捧了茶杯呆呆的隔着门向庭院里望着	杜兰若倚住方桌无聊的向外面望着。
第八页第四段	这是一个可怜的灰色的狭小而荒索的院子。院子里并没有树木，只有花草梗，一些种植的花草梗，可以看出当秋天和夏天，这里种过花的。外面的墙涂成沉闷的深灰色。这时候大约是三点钟，然而冬天的三点钟已经过了，傍晚邻家的屋背已经遮住了阳光，只有左边的墙头上还有极狭的一线照着。再迟一会儿，太阳要完全落下去了。实际上她连这点也没留意。她不过捧了茶杯望着外面出了一会儿神，接着一种不安和焦灼不利激了他一下。 "这种人——人家从十二点等到这时候，"她生气的想着，便又回复了意识，接着她转过来望了望桌子上的小钟。	它是灰色，寂静，甚至可以说是荒索，没有一株小树，在地面上，在用长砖铺起来的甬路下面，仅仅能看出一些突出来的草梗，一些种过花草的痕迹。 "这些人！"她无意的又说了一遍。 当她这样说的时候她的心里从新又燃烧起来一种急躁，因此呛了，她发出一阵很厉害的咳嗽。水从杯子里泼出来。她把杯子放到桌上，等到咳嗽完了，她直起身来挺了挺。于是她离开桌子，在房子里来来往往走着，徘徊着。时间过去了，在猫儿的呼噜声和水壶的歌唱声中过去了。她转过头去望了望台子上的座钟。

续表

页码/段落	删除前的语句	修改后的语句
第八页第四段	……她在房子里来往走着,她这种好的一个借口,她是在养病的,因此她便什么都不能做,人家都出去了。热热闹闹的出去了,即使不出去,他们也都有他们的工作。而她,却守在这种地方。没有人来看她。她是不能出去的……	……任何人都有他们的事情,都有他们的工作,……
第八页第四段	假如她真的不久就死掉,她为什么不在自己还能动,还能说话,并且还活着的时候,拿这有用的生命去做一点有用的事情呢?别人却在冷风中,在奔波的道路上,在工厂里,在矿坑里,在荒僻的农村中,在工厂里,在一切黑暗潮湿弥漫着死亡的地方,在审讯拷打牢狱枪毙等等威胁下而做事。她却躲在这里面去过长日子,一天到头什么事都不做。 "别人说你害病,于是你也就真以为自己害病了?"	在她租来的这个空洞的寂寞的可怕的大房子里死了。哦,死!难道这是可能的吗?她现在还这样年青,她的身体还跟平常人一样能够动,能够说话,并且她现在还在思想。那么即使要死,既然明明知道自己在最近的将来逃不过这种命运,她为什么不把这有用的现在还在活动着的生命去作一点有用的事情?
第八页第四段	她却躲在这里面去过长日子,一天到头什么事都不做。 "别人说你害病,于是你也就真以为自己害病了?" 她一面走一面想,从她的憔悴的蜡黄的很少血色的脸上现出一丝冷的嘲笑。	杜兰若想到这里,仿佛整个庞大的事业,整个革命运动的图表都在她的前面,她渐渐兴奋起来,她的心里渐渐的热起来,她的两颊开始微微的红起来了。

续表

页码/段落	删除前的语句	修改后的语句
第十一页第二、三段	她无力地缩在椅子里，似乎安静下来了。她的心里却是更不安起来了。忽然间一个不吉的观念闯进她的心里。 "不，这是不会的"她在心里拼命辩白着。	她安静的缩在椅里的模样是可怕的，现在所有的力气都离开了她，杜兰若，她好像真的已经死了。但是一个不吉祥的思想，它像一根闪光的线似的，接着，也就闯进来了，闯进杜兰若的还在猛烈的跳动着心里来了。 "不，"她在心里说，"这是不会的。"
第十一页第三段	她的担忧和恐惧也就被这脚步声被打断，心里很快的激越的跳起来了。于是她想，千万是因为他们有感应事情。譬如在公园里或是在一个朋友家里坐得太久了。他们偷了一会闲吧。那么他们回来就要把他们骂一顿。显然他早已听出那是谁的脚步声。她仍禁不住这样想。这都一瞬间的事，接着她就高声喊：	于是她忧惧的想，他们她的弟弟和他的爱人，他们也许在公园里，不，他们也许在一个朋友家里，在一个生着煤球炉的公寓的小房子里，一直耽搁到这时候，再不然是他们在外面吃饭一直到这时候。虽然她明明知道走来的是李妈的脚步声，她仍然忍不住问道：
第十一页第五段	一个女人回答。说着时，李妈进来了。	李妈高声应答，她已经走进来了。
第十一页第五段	还深深的吸了一口气。她露出牙齿，竭力显出她的眼睛，甚至连她的整个脸都缩小了一下，	她的头也不作主的往衣领里缩进去，她露出牙齿同时打着寒战，她的全身却抖动着缩小了一下，
第十一页第五段	"今天，小姐。"她似乎发抖着说。	"今天，小姐，"她吸了一下鼻涕。
第十一页最后一段	杜兰若坐在椅子听着李妈唠叨。她觉得这个老人自然也有她的忧愁，也有她的不满她的在下乡下的儿现在也学会吃	杜兰若坐起来，她问道：

续表

页码/段落	删除前的语句	修改后的语句
第十二页第二段	"你把饭烧好了吗？"杜兰若截住李妈说。	"饭烧好了没有，李妈？"
第十二页第三段	"我刚才喊你你到哪里去了？"	"你刚才在什么地方？"
第十二页第六段	杜兰若因为正等她的弟弟和他的爱人等得无聊，所以并不以为这李妈的话多烦琐，反倒觉得有趣，同时自己的兴趣也好起来了。	至于杜兰若，因为一个人正闷坐在家里无聊，所以并不觉得这老妈妈繁琐。其实李妈却说过些什么，她根本就没有听到心里。
第十四页最后一段	但是既等她走了，她感到无限空虚，……她不耐烦的站起来。	她们谈的是什么呢？她们谈的算甚么呢？她感到一阵悲哀，一种说不出来的悲哀。李妈走了之后的这个房子是这样宽大，这样空虚；她低着头用脚尖轻抚着在地下卧着的小猫，她似乎想着什么，但是她的思想是涣散的，浮动的，无来由的，没有兴趣，没有力量，她甚么都没有捉住，甚至可以说她甚么都有想。正在这个时候，忽然有个令她惊异的意念，她想起渊若，今天早晨，当他们出去的时候，他说，"要是我被人家打死，你可不要怪我们爽约。"他是曾经这样说的，他在庭院里回过头来笑着这样说过的。

3. 添加语句。

页码/段落	添加位置	添加后的语句
第八页第四段	在"向外面望着"后面	十二月的日脚早已转过去，并且被旁边的房子遮住了。她住的——她租来这个住宅除了她住着的四间大屋而外还有一间厨房，一间和厨房连着的仆人住的小屋，另外，在另一面还有同样的两间，它们始终空着。这个庭院现在是跟杜兰若一样没有生气，
第八页第七段	在"三点了。"后面	杜兰若等着他的兄弟和他的爱人来吃午饭的，早晨他们从这里出去的时候，余晖下来的。
	在"她的体力衰退了"中间	因为先前在工厂里工作因而枯竭了，"
第十一页第六段	在"她的脸是褶皱的"后面	她的蒙着一块黑皂布的头是秃了的
第十一页第六段	在"她的鼻子冻得通红"中间	她的无处藏的鼻子是
第十二页第三段	在"啊呦，我的大小姐，"后面	李妈大声嚷。"你看你说这是哪里的话？"
第十二页	在"他们有多么和气"后面	她的老而苦涩的脸上于是堆出一团笑容，她说……
第十二页最后一段	在"连她自己也收不住了"后面	她笑着向杜××走过来，她把手放到火炉上去。她问将来少爷跟董小姐结婚的时候是不是要用汽车？
第十三页第一段	在"汽车是新派人用的"与"她就不赞成"中间	她说花了很多钱连看都不让人看见，就呜的一阵烟过去了。
第十三页第三段	在"杜兰若听她说的有趣"中间	觉得李妈也着实可怜，她操劳了一生——一个人操劳一生便有许多积蓄，从生活中得来许多牢骚，但是在这个寂寞的院子里却没有一个人肯跟她说长道短。杜兰若看她的兴趣很好，便想跟她开一个玩笑。

续表

页码/段落	添加位置	添加后的语句
第十三页第七段	在"一个老人最大的缺点恐怕要算他们像一架用旧了的机器"后面	他们从十多岁起在督责下工作着，转动着，到了他们活到五十岁，他们的意志，他们的……
第十三页最后一段	在"这在她看来是一个谜"后面	有时候她甚至为她伤心，虽然她跟这个女主人并没有什么悠久的关系，
第十三页最后一段	在"虽然她并不知'他'是谁，但讲到他的时候，"的中间	再不然，有时候她们有时特别大胆了些，放肆了些，他们又她们在暗中中意的小伙子。喜欢谈一谈
第十四页第一段	在"奇怪的是这个小姐"后面	这个二十五六岁的杜××，她几乎是……
第十四页第三段	在"我真是老了，小姐"的中间	我说这话你不要生气
第十四页	在"李妈大笑着走出房子，"和"她在天井里还担心似地说"的中间	现在她，这个老妈妈还有什么是不称意的呢，她要讲的话都讲完了，这些话是像砖石一样长久地压在她心里的。

4. 对词语的修改。

页码/段落	修改前	修改后
第十一页第二段	她无力的缩在椅子里	她安静的缩在椅子里
第十二页	李妈接着又是一阵唠叨	接着李妈又活泼起来。

5. 语句/段落顺序的调整。

页码/段落	调整前	调整后
第十二页第五段	看一看少爷跟董小姐有没有影子。	看一看有没有少爷跟董小姐的影子。
第十二页第一段与第五段	"她的在下乡下的儿现在也学会吃香茄了,她的儿媳妇不孝顺,并且还一心打扮,像人家少奶奶似的一味想吃的好穿的好却懒得到太阳出来才起床,她平常说它就像是这样咕噜不休。但是说过后也就忘了。就像把这些不平和烦恼给忘了,现在她担心着的是冷、是雪、是乡下的庄稼。此外的事,她似乎一点都不想到。"放在第一段	将这部分调整到第五段,并稍作修改。"她的乡下的儿子会吸香烟。她的媳妇喜欢打扮并且懒惰。这些话她大概已讲过一百遍了,同时又想把这些不幸和烦恼交给了西北风,她说过去就完全忘了,因此她永远不觉得自己絮叨,一提起他们就咕噜不休。现在,这个于一生中不知道经历过多少忧患的乡下妈妈,她担着的是冷,是雪,是庄稼。此外的事她似乎一点都没有想到。"
第十二页	在"'你看见他们吗?'她打断李妈说。"后面	"我看见谁?"李妈都说过什么话,现在李妈自己也忘了。她惊异的望着杜××,杜××皱了皱眉。"你刚才不是看过杜也跟董小姐他们吗?"
第十三页第一段与第二段	"要是汽车鸣的一阵子就过去了,还让人看见不让人看见"放在第二段	该部分后被调整到第一段,并进行了调整修改:"连看都不让人看见,就鸣的一阵烟过去了。"

在这部残稿中,师陀对《争斗》第三章、第六章、第七章所进行的修改很少。但这部残稿中的第三章、第六章、第七章与收录在《师陀全集续编》补佚篇中的《争斗》第三章、第六章、第七章,在内容上却有很大的不同。

（一）两个版本在第三章主要有以下不同。

序号	《争斗》残稿	《争斗》发表稿	不同之处
1	杜兰若从家里出来，她心里感到一种烦恼同时夹杂着一种悲哀。向晚的阳光无力的照在灰色的墙壁和屋背上面。	杜兰若从家里出来，向晚的阳光正照在灰色的墙壁和屋背上面。	残稿中多了一句表明杜兰若当时的心情的话："她心里感到一种烦恼同时夹杂着一种悲哀。"作者后来认为杜兰若的心情完全可以通过"向晚的阳光"表达出，故将其删除。
2	"谁说又闹了什么乱子呀？" "学生游行。" 两个路人这样一问一答的讲着。	只有两辆交班的车夫，他们谈着学生示威。	残稿中，作者原本写有两位路人的谈话内容。而到了发表稿，就没有了交谈话语。
3	地方是很宽敞的，荒凉的，走走的可以看见一座白塔的尖顶，间或有一辆洋车摇摆着走过。树枝空空的向无情晴空伸着。仿佛冻僵了的，泥上土很深，脚步放下去仿佛踏在沙中似的轻轻的很舒服。渐渐的她就把刚才的事情忘了。	路上的灰土很深，路旁有宽广的空地，好像是在乡下似的，远远的可以望见一个在空中闪耀着的塔的金色尖顶。	残稿对于杜兰若所走的这条街的环境描写更加细致，也更加灰暗、萧瑟。这也是为了突出小说的整体气氛。

续表

序号	《争斗》残稿	《争斗》发表稿	不同之处
4	"难道是大学里失了火了吗？" 　　她这样奇怪着向空中望了望，也看不见有烟冒起来。那么即使火已经被扑灭，也不该救火车还在胡同，是龌龊的，地面是坎坷的，到处是破纸头，菜叶，破布，倾出来的污水，小孩拉的屎。杜兰若很小心地走进去，有时候她绕过一滩冰。有时候又跨过一堆粪。然后他到了马已吾先生住着的地方。这是一条死巷。平常行人是不会到这里来的，除了偶然有一个邮差，一个送水的，一个收旧货的。	杜兰若走进一条死巷，她并没有想到大学里的情形有些跟往常不同，她没有想到为什么没有人走出来，为什么没有人走进去，并且，为什么停着救火车。	残稿中不仅清楚地写出了杜兰若对大学门口停着救火车的疑问，同样还写了马已吾所在的街巷的环境。而在发表稿中，作者笔下的杜兰若对于救火车及警察在学校门口几乎没有什么疑问，而且对于马已吾所在的街巷环境没有任何的交代。

续表

序号	《争斗》残稿	《争斗》发表稿	不同之处
5	"救火车吗？"马已吾问："不知道，我还没有出去。不过刚刚发生了一件事。你知道警察和军队砍伤很多人。" "在什么地方？" "在王府井大街，就在那个美丽的大街上流血的地方。"	马已吾有些惊异，他的脸呆板，冰冷，好像忽然凝结住了。不，他不知道是做什么的，他今天还没有出门。 "此外你还看见什么？"他把茶放到杜兰若面前。"还有几个警察。"杜兰若说。她看着马已吾的表情，惊异的暗自想道，"究竟有什么事？" "又是他们，"马已吾挠着说。"国家弄到这种程度，你还有什么办法？他们在外国人前面都是鼠子，对着中国人比老虎还凶，此之所谓奴才！"……"此之所谓奴才，"他又说了一遍。接着他问："你看见胡文敏吗？ 你知道刚才出一个乱子。" ……"闹出一个乱子？"她的眼珠滚动着…… "你没有看见胡文敏吗？"他第二次问。 "没……" "他刚才到这里来过，我让她去看看你。你知道发生件事情，警察和军队砍伤很多人。" "在什么地方？" "王府井大街。"	发表稿较之残稿进行了较大扩充，不仅增加了马已吾的表情与动作描写，还增加了马已吾与杜兰若的对话内容。

续表

序号	《争斗》残稿	《争斗》发表稿	不同之处
6	"在王府井大街,就在那个美丽的大街上,还有董瑞莲也受伤了。" 杜兰若发了一个抖,她一个字一个字叫着并且从椅子上跳了起来。 马已吾站住仔细地向杜兰若望着。他不明白他为什么会这样震惊。他的提起他的受伤的学生也不过是因为热情激动,他随便提出来也随便这么说一下。还有一个理由就是他记得她跟杜兰若一同来看过他几次。	"有一个董瑞莲,我好像在你那里看见过她?" "她怎样?她有什么事吗?" "不,没有什么大不了。" 没有什么大不了,马已吾先生不过是随便想起来随便说说。他并不知道她们中间的关系。他不过想起他的一个学生——一个圆蛋的,大而黑的眼睛的少女受了伤了,董瑞莲躺在病院里了。	残稿中,马已吾先生主动告知杜兰若"董瑞莲受伤"这件事。而在发表稿中,却改成了马已吾明知董瑞莲受伤,却并没有告诉杜兰若她受伤的消息。

续表

序号	《争斗》残稿	《争斗》发表稿	不同之处
7	现在痛苦开始咬啮她的心了，董瑞莲就是她弟弟渊若的爱人董小姐，早上他们一道从她的家里出去的时候，还打着闹着，一路上嬉笑和叫嚷。她还听见他们在大门口回过头来向她喊："哈喽（Halou），她还听见他们的消失在小巷里的急促的脚步声。那么难道这是可能的吗？一个大眼睛的，一个像苹果一样红的远远的脸蛋，一个喜欢吵闹，像孩子一样喜欢吵闹，心灵中充满了朝气和乐观，一个鸟儿样的单纯的少女，一个中学的学生，她不求利益，不求一个高位置坐，从来不想损害任何人，现在人家把她打伤或用刺刀刺伤或用大刀砍伤了，杀害这样的少女了，难道这是可能的吗？" 什么还有这种事情使人痛苦？当一个人知道了他喜欢的女人如一个母亲，一个姐，看护着的纯洁的少女，被蹂躏践害了的时候，怎知她的心灵里是还没沾染一点浊污思想，是像一个小草纯洁的呀！	马已吾不知道董瑞莲是杜渊若的爱人。杜兰若想起他们早晨从家里出去，他们在庭院里嘻笑叫嚷，他们在门口向她告别，直到现在这些声音都还留在耳边，连他们在小巷里的急促的脚步声都留在耳边。这难道是可能的吗？一个心灵上还没有沾染鄙污思想，充满朝气和生命，一个像一株嫩芽一样纯洁的少女，一个中学的学生，她的思想是世上最美丽的，她的行为是世上最善良的，她不求利益和勋位，从来不想损害任何人；这种思想和侠行每一个国人都应该仿效，现在她却被自己国人用刺刀刺伤或大刀砍伤，他们杀害爱国青年难道是因为比他们死在战壕里更光荣些吗？	两个版本对描写杜兰若回忆自己早晨与弟弟及董瑞莲分别的场景有不太一样的表述，对自己心中董瑞莲的模样及认知，在表述上也不尽相同。残稿在这方面描写得更加具体、更加生动、更加形象。

续表

序号	《争斗》残稿	《争斗》发表稿	不同之处
8	马已吾喘了一口气。 "这是残酷的,你没有看见胡文敏吗?" "胡文敏来过吗?" 马已吾向这边走开了一步说:"她来过。刚才走了不久。" "那么消息是她传过来的?" "对,"马已吾先生想了一想,他看见杜兰若,对于这事这样认真,反而踌躇起来了。 "我想,"他为难的说,"我想事情还不很严重,她是刚被人家冲散到这里来的,她也没有讲十分清楚。总之,在没有弄清楚之前,先不必慌张,况且话是到了这种地步慌张也没有用……我相信绝不会十分严重。 …… "她现在在哪里,马先生知道吗?" "你是说胡……" "不,我是问瑞莲。"	"不;我想,"他支吾着,一面坐下去说。"胡文敏刚才曾经来过, "她另外还说什么?" "没有什么。你还没有看见渊若吗?" …… "我想去看看她。" "你要看胡——" "我想去看看瑞莲。既然她现在在医院里,我想我应该去看看她。"	两个版本对于"胡文敏"的出现采取了不同的方式。残稿中,胡文敏是杜兰若主动向马已吾问起的,而发表稿中胡文敏则是马已吾主动向杜兰若提到的,而且残稿中对于胡文敏为何会来到马已吾住处专门做了说明,而发表稿则没有提及。

（二）两个版本在第六章主要有以下不同。

序号	《争斗》残稿	《争斗》发表稿	不同之处
1	杜兰若疲倦的回到家里，她忘记了寒冷和饥饿，她的脑子里堆积着各种杂乱的思想。 　　这个城就像地狱一样，它是冷而且充满了罪恶。 　　她这样想着便脱去手套，把它抛到窗户底下的台子上。接着，她又脱去大衣挂在衣架上。 　　…… 　　杜兰若想起马先生曾问她是不是看见了胡文敏。 　　"我出去没有人来过吗？" 　　李妈准备到厨房里去弄饭，这时候她又踌躇着停下来。 　　"有一个小姐，她，她姓什么，你看我这脑子。"	"有人来过吗，李妈？" 　　杜兰若连着大衣坐在沙发上，一面脱去手套，一面惊慌的仿佛在找寻什么似的往四处瞅着问。	首先，两个版本在第六章的开篇便有着极大的不同。 　　残稿开篇便描写了杜兰若回到家里时的心境与行动。而在发表稿中，杜兰若一进家便急着询问李妈有没有人来过家里。 　　在残稿中，杜兰若是在与李妈见面聊了半天话之后，才想起马先生曾问她是不是看见了胡文敏，这才问起李妈家里来没来过客人。

续表

序号	《争斗》残稿	《争斗》发表稿	不同之处
2	"你还没有吃过饭吗？"她问。 李妈有些失态，其实她有什么要忙乱的呢。少爷跟董小姐至今还没回来，但这也没有什么奇怪。他们是常在外面用饭的。有时候你跟他们讲定了，你老是等、老是等啊，老天爷，他们到回来了，可是他们说他们已经在外面的馆子里吃过了。这样的事并不止这一次。她笑着说："啊，小姐，就是等着呢。现在就开上，好不好？你一定饿坏了。晌午饭吃到这时候。"她看了看，仔细看了看放在杜兰若前面桌子上的表。"喔，整整六点了，喔，小姐。" 说着时，她预备好走，说实在的，她自己饿的肚子早就咕噜了，从来没有过。从来没有过，她今天这样高兴开饭的。 "你吃过饭了吗，李妈？" 她把这罪过归罪于唠叨的女仆，李妈的话。李妈的形容只有使她厌恶。李妈笑得有几分难为情，她说她还没有吃过饭，不过在先，因为——这是毫没有准备的理由的。她因为饿的受不住可以先吃了两个花卷。	"现在你且把饭开上。你自己不是也没有吃过饭吗？"	在残稿中，杜兰若两次问李妈"你吃过饭了吗？"并对李妈的内心活动及之前"偷吃"进行了描述。 而在发表稿中，则只有简单的一句"现在你且把饭开上。你自己不是也没有吃过饭吗？"其他全部删除。

续表

序号	《争斗》残稿	《争斗》发表稿	不同之处
3	"有一个小姐，她，她姓什么，你看我这脑子。" "是不是白白的脸蛋，有一个酒窝的？" 李妈思索着，她的褶皱着脸更加褶皱，这时候打成了一个结。 "你看我的记性，"她大声说。"你看我真是老糊涂了，她姓朱，朱小姐，不是那个白白脸蛋的胡小姐。" "她没有说什么吗？" "她说什么来？"李妈早就忘了。 "她没有，小姐。她问起您没在家她就走了。" 于是李妈又用各种她能想出的比喻来描写朱小姐。她说她的手是像葱根一样，她的眼睛是像两个星星一样。她的被围巾包着的脸蛋是像□□，这些都在她的想象中出现，她都从她的想象中得出。	"哦，你看我想到哪里去了？来过一个，小姐。朱小姐来过。" 杜兰若把李妈打量了一下，接着把手套放在旁边的小几上。 "朱小姐没有说什么吗？" "她没有说什么，小姐。" 李妈看见杜兰若仍旧瞅着她，以为杜兰若对于她的回答不满意，接着又补充道。 "她只在门口站了一下；我让她进来，她说明天上午再来看你。这个小姐真个有福的。不是我讲疯话，她将来一定会嫁一个好女婿。"	在残稿中，李妈描述了朱小姐来家里说过的话及其外貌；而发表稿中，对于朱小姐李妈只是简单提到来过家里。

续表

序号	《争斗》残稿	《争斗》发表稿	不同之处
4	等到李妈将这些奇特的午饭收下去，她走到椅子前面坐下。然后她开始写信。 "董太太，当你接到这封信的时候，你会奇怪。你不认识我，也许你根本就没有听说过我。她是你们女儿的一个朋友。瑞莲女士现在有一点小病，当你接到这封来信，请你到舍下来一趟。因为她是在医院里的。" 杜兰若写完了信，她又看了一遍。 "不，不"她想，我应当先到医院里去一趟。 于是她把写好的信插入封套，然后又放到抽屉里。	她毫没有主意的走进上房，现在她做什么呢？她在沙发上坐下，接着她想起应该给董瑞连的母亲写一封信，她预备站起来。	在残稿中，作者不仅讲述了杜兰若写给董瑞莲母亲信的内容，而且描写了杜兰若写完信后的思想活动。而在发表稿中，作者对此并没有任何介绍。
5	她想到渊若，这个可怜的孩子，他的爱人受伤了，他也许还不知道。也许，今天晚上人家要打他了。一种观念，一种观念，这个观念使她踌躇了一下，然而使她想起世界上只剩下了她跟渊若最亲密，他们的父母都不在世上了，那么除了她这个姐姐谁还关心他呢？她决定明天到朱家里去。虽然她跟那位朱大人中间情感是很恶劣的，但他是她的唯一亲戚，在这个城里，也只有他可以有营救的办法，只要他肯。	杜兰若自然不免为她的弟弟渊若担忧，她想起这个少年人的种种不幸。他们的父母都已去世，他们的叔父对待她是严的，虽然他十分爱他，……	在残稿中，为了救自己的弟弟，杜兰若打算硬着头皮去求自己唯一的亲戚朱英父亲。 而在发表稿中，作者则讲述了杜兰若与杜渊若除了朱英家这个表亲，还有一个亲叔叔，而且这个叔叔对杜渊若非常好。

（三）两个版本在第七章主要有以下不同。

序号	《争斗》残稿	《争斗》发表稿	不同之处
1	朱英滚在床上哭着，连她们的女仆过来安慰她，她也不理。	朱英气恼的躺在床上哭着，仿佛她是这样伤心；其实他有什么应该伤心，她自己是一个什么都不用过问的小姐，吃饭穿衣有女仆伺候，出门有洋车……	残稿中，朱英哭的时候，有女仆在旁边安慰。 而在发表稿中，则没有提及有女仆在身边。
2	这时候，她的弟弟跑进来了，一个在小学六年级的学生。其实他是跳进来的。他大约是十一岁，她的脸是圆圆的，脸蛋上冻成了红紫色。他的手是龟裂了，他的耳朵也裂了并且有许多黑灰。 "姐姐，你为什么哭？是爹爹骂你了吗？"他好像戏台上翻跟斗似的跳进来。	这时候，朱英的弟弟从外面跳进来。 "姐，你为什么哭？"他气咻咻的喘着问道。从这孩子的嘲笑声调中可以听出他是同样被纵容坏，也许更坏，因为他是个具备野性的男孩子，他并不觉得别人的不幸应该同情，而且正相反，别人的不幸反足以使他开心。	残稿中，对于朱英弟弟的年龄、外貌都直接进行了细致的描写。 而在发表稿中，作者只是间接地对这个孩子的性格进行了表述。

续表

序号	《争斗》残稿	《争斗》发表稿	不同之处
3	它是一条长的灰色的路，空中没有光亮，空气里是灰色的，房屋、树木、人，一切东西灰色的、平面的，它们静默着，它们没有阴影，没有声息。路是长的，她的脚和腿都跑酸了，没有人知道他们从什么地方出来，大家也不交谈，大家取着同一的口，到这条路上挤满了人，虽然是并没排队伍，但大家毫不紊乱毫不掠夺的向前走着。忽然有人发出喊声，好像有人演说，大家停下来听着，但是什么都听不见，演说的人是喑哑、无声的，接着有人站在一个比较高的地方，他探着头喊着，他把嘴张的很大，但是仍旧没有声音。忽然间那站在比较高的地方的人滚下去了，人丛中起了一阵波动。	街道，房屋，空气，人众，各样东西都是灰色的，平面的，没有阴影的，不确定的，浮动的，但是无声的。虽然是无声的，空气并不平静，似乎到处都潜藏着不安。人们不知道从什么地方出来，他们蠕动着，无声的拥挤着。他们是这样多，难以想像的多，大家似乎在等待什么。	残稿中，在朱英有关游行示威的梦中讲到了在学生行进的途中，好像有人在演讲，并对演讲的人进行了细致描写。而在发表稿中，关于这一点，完全没有提及。

续表

序号	《争斗》残稿	《争斗》发表稿	不同之处
4	很明白的人们是被包围起来了。 "打，打……"人们低声喊的，好像害怕被别人听见似的在心里喊着。 于是人们聚集起来向前冲了过去，但是这时候不知从哪里来的前后左右都是警察、保安队、宪兵，他们挥着大刀、手枪、并且挥着雪亮的枪刺，在后面紧紧跟着，并且跳到人群里乱冲，乱砍，乱刺。人们很快的散开，奔逃，又分成许多小群。 朱英也慌乱地夹在人众中跑，他觉得——当她跑过的一瞬间，她看见旁边斜刺里的跳过来一个灰色大汉，刀光一闪，她很快的闭上眼睛。（但是她等了许久，） "完了，"一个观念。	忽然间，正在人们等待什么的时候，一阵大的混乱，人们波动着向四处奔跑。 "警察，警察！"她恐慌的想，她于是也夹在众人中逃避。渐渐的，渐渐的离开别人，她穿过各种小胡同，灰色的无生气的房屋一宅一宅的落到后面。到后来她发现只有她自己的时候，她回过头去。 "警察，警察！"她苦恼的在心里说，一个警察正在后面向她追赶，现在她要以全力逃避这追捕了。她不再往旁边看。她闭上眼睛，一直逃到家里。	残稿中，在朱英有关游行示威的梦中，详细描写了国民党北平当局对于学生的残酷镇压，以及朱英也被一个灰色大汉举刀砍下。 而在发表稿中，只是写到了朱英当时奔跑逃避的情形。

续表

序号	《争斗》残稿	《争斗》发表稿	不同之处
5	正在这时候，一个洪亮的声音，她父亲的声音说："你们年轻人，哼！哼！我不管！" "你不跟我谈政治，你不配服我这老腐败是不是？" "看朱老爷说这是什么话……" "不是我说这是什么话。我说的也许难听一点，不过这些背乎常理的事我看不过去。现在的青年人都不服管。我以为还是让他在里面多住些天好些。磨磨性，将来有好处的。" "我只是……" "好罢，我去问问。刘妈，刘妈，吩咐外面把车子拖出去。"	朱英愕然睁开眼睛，阳光已经照到窗户上，湖色的窗幔上。窗幔静静的垂着；雀儿在庭院里吵闹着；一切都明亮、和平、轻快，连空气的波动似乎都可以听出。 朱英深深透出一口气，侧着耳朵听着。"找着甚么了？你这个不成材的，到现在一要晌午了还不上学堂！"她的母亲在庭院里骂。 "弹子，弹子，"她的弟弟分辩着说，…… 再接着是一个低的平静的敷衍的声音，一个年青女人的声音。"表姊也不要生气，表弟现在还小，正是贪玩的时候，将来大起来就会学好的。" 朱英听出在天井里跟她母亲谈话的是杜兰若，她很快的从上坐起来，同时喊道……	在残稿中，朱英不知是梦到还是真实地听到她的父亲谈及杜渊若被捕，而且还答应出面去"过问"此事。 而在发表稿中，当朱英梦醒后，她听到了母亲朱太太在院子里训斥弟弟。不久，当她听到母亲和杜兰若在院里谈话，赶紧起身出去迎接杜兰若。根本没有提及她父亲谈及杜渊若并答应出面去"过问"渊若被捕之事。

通过以上比对，我们可以看出这部小说在最初创作时，师陀对人物、对情节、对小说的架构都有着与后来不太相同，甚至是完全不同的安排与设想。

八、浅谈杜若

2022年，笔者重读了收录在《师陀全集续编》补佚篇中的《我的创作道路》一文。在文中，师陀谈到1931年底，他经丁玲介绍，在北平曾经结识过一位可能是共产党员的作家：杜若。这个人给他留下过深刻印象。

> 但是她到底给我介绍两个朋友：一位是住在北平西城的杜若。杜若当时经常给《东方杂志》写国际时事评论，文章写得很好，我只去看过他一趟，是不是同一个人，我就不知道了。他住在一家小公寓里，比我住的银闸胡同北口的那家小公寓还小。我按照丁玲开的地址去找他，时间已经是黄昏，他正在自己的住房门口用破芭蕉扇生煤球炉。他直起身子，是一个瘦瘦的比我略高一点的人，年龄大约二十七八岁。大家站着讲了几句话，他很沉着。很冷淡，我是抱着满腔热情去的，无异碰上一盆冷水，以后便不再去了。他似乎已经结婚，我跟他谈话的时候，从他的住房里走来一位穿着打扮都很朴素的年轻妇女，先是用怀疑的眼光看着我，接着又问他，我是干什么的。因为印象深刻，那一次见面的情形总在我脑子里盘旋，……

现实中的杜若瘦，沉着，冷淡，而《争斗》中的女主人公名叫杜兰若，她的弟弟名叫杜渊若，并且杜渊若在《雪原》开篇时给人的印象也是瘦、孤独、冷淡：

> 杜渊若是一个瘦的看起来各部分好像都还没有发育完全的青年人，他灰白，无言，孤独，在这一群人中间他像惟一的可怜的外来者，在这一群人中他像一个不谐调的音符，他常常避开别人，自己失神的望着空中，别人也不去搅扰他。

何其相似，由此笔者推测作家杜若一定给师陀留下过深刻的印象，以至于他在创作小说《争斗》时，为他的小说人物取用了相似的名字，并且进行了相似的外形描写。

九、结束语

综上所述，随着2017—2019年笔者先后发现《争斗》4章手稿、三～十三章复写稿、6章早期修改稿，小说《争斗》逐渐从"未完稿"走向"完成稿"。

通过对这些珍贵史料的研究，笔者发现师陀对于这部小说确实倾注了自己很大精力，可见他对自己的这个三部曲当时确实有着雄心壮志。作为曾经在北平亲自参与过"一二·九"运动的师陀而言，对这场运动他有着深刻的印象，同时有着自己深切的认知。师陀很想用自己手中的笔来描绘出这幅波澜壮阔的历史画卷，他也很努力地去创作了。

对于师陀的创作才能，与他同一时代的很多作家是认可的。

巴金先生就曾深情地说过："师陀是难得的文章家。"[①]

著名诗人卞之琳认为师陀"天生是小说家"[②]。

楼适夷评价他："您的创作也（有）独自的风格，即一般不为俗流所注目，但在文学史上将永远是坚实的存在。"[③]

李健吾的评价则是："诗是他的衣饰，讽刺是他的皮肉，而人类的同情

[①] 巴金：《怀念师陀》，载巴金《再思录》，作家出版社，2011，第38页。
[②] 卞之琳：《序》，载刘增杰、解志熙编校《师陀全集续编》（研究篇），河南大学出版社，2013，第573页。
[③] 楼适夷：《致师陀》，载刘增杰、解志熙编校《师陀全集续编》（研究篇），河南大学出版社，2013，第509页。

者，这基本的基本，才是他的心。"①

柯灵评价师陀："芦焚先生的成就，在中国小说界真可谓是'凤毛麟角'。"②

女作家张秀亚（笔名亚蓝）给予的评价是："提到作者的艺术手腕，说是小说家的，倒毋宁说是更近乎诗人。这也是由于他性格的使然。他多思虑，忧郁，伤感。性格是内倾的，因而，他富于内心的生活，所以，他的文句，是翻译自狡童般灵巧神经的小语，细致情感的谶言。"③

对于文学创作，师陀有自己的看法：

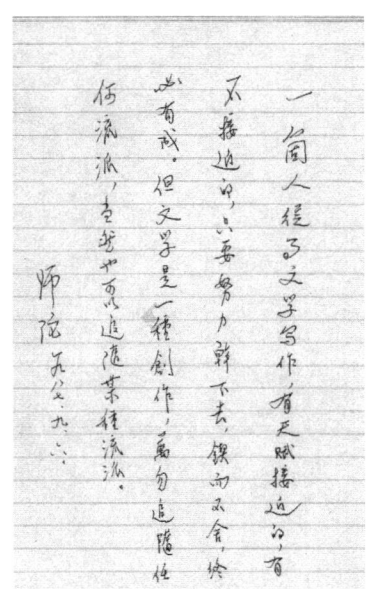

---

① 刘西渭：《读〈里门拾记〉》，载刘增杰编《师陀研究资料》，北京出版社，1984，第208页。
② 《师陀生平年表》，载刘增杰编《师陀研究资料》，北京出版社，1984，第19页。
③ 亚蓝：《里门拾记》，载刘增杰、解志熙编校《师陀全集续编》（研究篇），河南大学出版社，2013，第528页。

一个人从事文学写作，有天赋接近的，有不接近的，只要努力干下去，锲而不舍，终必有成。但文学是一种创作，万勿追随任何流派，当然也可以追随某种流派。

师陀
一九八七、九、六

师陀是一位用心写作的作家，他用自己丰富的人生经历创作着属于他的作品，他用真诚的文字表达着他的思索。他不断地追寻着自己的文学根脉，不断地进行着自我确认，不断地记述着他的心路历程。

只是甚为可惜，目前看来，师陀预计创作的这唯一一部三部曲最终没有第三部。也许以后，随着史料的不断发掘，我们可能会找到这无人知晓的第三部。无论怎样，现在能将《争斗》全部补齐已很是不错了。

从已发现的《争斗》佚稿，我们可以看到：为更好地创作这部小说，师陀不断地思考、不断地修改、不断地打磨，以期达到历史的真实以及自己内心的要求。也许正因如此，《争斗》才出现了数种稿本。只是可惜，由于有些史料还没有被发现，所以我们无法真实地看到师陀对于《争斗》是如何从最开始的创作到最终完成的整个思想转变。但笔者相信，随着以后对相关档案资料的逐渐发掘，我们将会更加深入地了解这部小说，走进师陀当时的文学世界。

附《争斗》全文

争　斗[①]

师陀　著

第一章

"李妈，李妈！"杜兰若坐在火炉前面喊。

杜兰若是瘦弱，憔悴，看起来有三十岁或者三十多岁了，虽然她的实在岁数要小的多。她有一个小小的浅棕色的脸，小小的好看的鼻子，她的各部分——手、脚、头都是小的，比起她的这些部分，她的身个是长了一些。然而，她是瘦得多么可怜啊，她的小耳朵是透明的，她的手是见骨的，她的嘴唇——自然它是红润过——是失了血色的。当她抬起头来喊的时候，一缕头发从她的干燥的额落下来。她手里拿着一本书，她整整一个下午就拿着这一本书。她是好像怕冷似的缩在火炉前面的椅子里，一匹小猫——一个灰色的小东西在她的脚边打着呼噜。她的眼睛——在不久以前还是澄明的，镇静的眼睛，它是润湿，发炎，怕光，当它看着她手里的书，它便像一个老婆婆似

[①] 说明：小说有着独属于那个年代的语言风格，这里基本上以其原貌呈现。为便于读者阅读，在编校过程中对某些影响理解的字、词、句以现代汉语规范进行了调整或修正（"的""地""得"基本上保留了原著的用法），对明显使用有误的标点符号进行了相对规范的处理。

的缩拢来。这本书上正说着，至少是在这个时候，它正说着跟她没有关系的话。

"革命之所以能够胜利这样迅速和这样'激进'（表面上，粗看起来），只因为这种完全不同的潮流，完全不同的阶级利益，完全相反的政治和经济的企图，在非常特别的历史环境下融合起来，并且非常亲密的融合起来了。就是说，一方面，英法帝国主义的阴谋，为着要延长帝国主义的战争，为着要更激烈的坚决的进行战争，为着要烤榨新的千百万俄国工农，以求为古契柯夫（Guchkov）获得君士坦丁，为法国资本家获得叙利亚，为英国资本家获得美索不达米亚等等起见，于是推动了密留柯夫（Miluikov）、古契柯夫之流，上去夺取政权。他一方面：广大民众（全体城市和乡村中的最穷苦的农民）为着面包，和平和真正自由，兴起了深刻的革命运动。在某个短促的，时势形成的特殊时期中，只想换掉皇帝的比根宁（Puchanan）、古契柯夫、密留柯夫辈底斗争，也给革命工人兵士以助力；但革命的工人兵士对之并不有所惊喜，他们要把龌龊的沙皇专制政权破坏到底。"

这说的是多么好啊。这些在报章和杂志上发表过的短论，这些通俗的随时写来的小文章，它们——当初没有人预期它们将成为一本书，没有人（连作者自己在内）去想它们中间将有一个线索，到后来，等到把它们按住时间装订起来，一个奇迹，它们不但成了一个教育人的好材料，并且人们可以看出一个人在他的观察台上怎样忙碌着观察，怎样向别人指示，并且又怎样移转着他的望远镜。它们——这些随时记录下来的符号——画出了一个时代、一个社会、一个巨大的变革的轮廓，同时它们又指出了过去的踪迹和将来的路径。杜兰若整整一个下午就拿着这一本书，她看过已经不止五遍了的，这些充溢着生命的——用她的说法——毫不空疏的果食，常常给她一种从小说里得不到的快乐。

"事情就是这样……"

然而今天是这样不同，她刚看到，她的时常要淌泪来的眼睛刚接触到这里她就很快的翻过去了。

"我写着，读着，细细咀嚼着：'因着革命祖国保卫派的群众代表的广大阶层，怀着善心好意……因他们是受着资产阶级之欺，所以应当恳切地，坚毅地忍耐地解释他的错误。'……"

接着她来了一跳：

"不是，先生们，你们欺骗了工人……"

再接着，她又更快的跳回来：

"危机成熟了，俄国革命的全部将来，置于图上了。世界工人革命的全部将来，也置于图上了。"

她看了一个下午却连一句都没有记住，这些话是不连接的，高空中那些干燥的破碎的浮云似的，它们偶然把她的脑子遮暗一刻，接着它们，这些灰色的影子又很快的滑了过去，它们没有留下一点影响，没有留下一点痕迹。

于是她合上书，同时她合上眼睛。"他们不能给人民面包"……"他们最多只能跟德国一样使群众受有组织的饥荒"……"谁笑得最后，谁就笑得最好"……这些句子在她的眼里飞动着，在她的耳朵里响着，她不明白它们是什么意思，它们跟她没有关系。实际是她的思想早已一次又一次的飞到大门外面去了，飞到冰冻的街上去了。

杜兰若等着李妈等了好久，然而猫儿在脚下唧噜着，座钟在台子上平静的喳喳走着，炉子里偶然发出一声爆裂，水壶在炉子上沙沙的唱歌，此外，这个大房子里没有任何声息。

"这些人永远喜欢忘记，将来有一天他们要把自己也忘记在什么地方的。"

她自己这样咕噜着，打了一个呵欠，然后她厌倦的走到房子中间的一个方桌旁边，她倒了一杯开水，用手捧住细细的啜了一口。从她的饮法上可以看出她并不渴，这不过是跟无聊的人嗑瓜子一样，勉强算是给自己找一件事情。

杜兰若依住方桌无聊的向外面望着,她要伸一伸在火炉前面坐得过久因而疲倦了的筋骨。十二月的日脚早已转过去,并且被旁边的房子遮住了。她住的——她租来这个住宅除了她住着的四间大屋而外还有一间厨房,一间和厨房连着的仆人住的小屋,另外,在另一面还有同样的两间,它们始终空着。这个庭院现在是跟杜兰若一样没有生气,它是灰色,寂静,甚至可以说是荒索,没有一株小树,在地面上,在用长砖铺起来的甬路下面,仅仅能看出一些突出来的草梗,一些种过花草的痕迹。

"这些人!"她无意的又说了一遍。

当她这样说的时候她的心里重新又燃烧起来一种急躁,因此呛了,她发出一阵很厉害的咳嗽。水从杯子里泼出来。她把杯子放到桌上,等到咳嗽完了,她直起身来挺了一挺。于是她离开桌子,在房子里来来往往走着,徘徊着。

时间过去了,在猫儿的呼噜声和水壶的歌唱声中过去了。她转过头去望了望台子上的座钟。

"三点了!"她说。

三点了。杜兰若是等着她的兄弟和他的爱人来吃午饭的,早晨他们从这里出去的时候,约会下来的。这算是一种什么生活啊,别人——任何人都有他们的事情,都有他们的工作,只有她守在这种地方,没有人过来看她,她自己也不能出去,因为她在害病,她在咳嗽,她的眼睛先前在工厂里中了毒,她的肺中了毒,她的精神和体力都因为先前在工厂里工作因而枯竭了,衰退了。

那么有一天——这一天不久就会来的,她将要在这里,在她的家里,她看着别人在外面工作,在外面生活,一种真正的生活,她自己,养病,养病!于是有一天她就这样在无聊和闲散中死了,在她租来的这个空洞的寂寞的可怕的大房子里死了。哦,死!难道这是可能的吗?她现在还这样年青,她的身体还跟平常人一样能够动,能够说话,并且她现在还在思想。那么即使要死，既然明明知道自己在最近的将来逃不过这种命运，她为什么不把这有用的现在还在活动着的生命去作一点有用的事情？她为什么只在这里看着别人在冷风中，在泥泞的道路上，在荒山中，在农村中，在工厂里，在矿坑里，在一切黑暗潮湿弥漫着死亡的地方，在审讯、拷打、牢狱、枪毙等等威胁下面作事？

杜兰若想到这里，仿佛整个庞大的事业，整个革命运动的图表都在她的前面，她渐渐兴奋起来，她的心里渐渐的热起来，她的两颊开始微微的红起来了。于是她又回到火炉旁边，她坐下去并且用手支住头。

"别人都在工作。"她想。

一种失意和被遗弃了似的感怀袭击了她。病人的神经往往是弱的，她感到悲哀。因此又很厉害的发出一阵咳嗽。她的肩膀和脊背猛烈的震动着，椅子在下面吱吱的响着，好像有什么东西一下一下的在她的胸中撞击。最后她的颈根也咳嗽红了，她才吐出点东西，一点带着血丝的痰。她把痰吐在一块纸上，然后很小心的把它折起来，把它抛到炉子里面。

"这样下去人真的要死了。"

她倒在椅子里这样想；她用手掌在脸上抹了一下，闭上眼睛不住的喘着。她的眼里现出散乱的却又像有规则似的浮动着的许多细小斑点。这些灰色的斑点很久很久还在她的闭着的眼睛里浮沉。

她安静的缩在椅里的模样是可怕的，现在所有的力气都离开了她，杜兰若，她好像真的已经死了。但是一个不吉祥的思想，它像一根闪光的线似的，接着，也就闯进来了，闯进杜兰若的还在猛烈的跳动着的心里来了。

"不，"她在心里说，"这是不会的。"

这时候大门发出响声，有人打开并且关上，接着是一个不稳的细碎而又零乱的脚步声。于是她忧惧的想，他们——她的弟弟和他的爱人，他们也许在公园里，不，他们也许在一个朋友家里，在一个生着煤球炉的公寓的小房子里，一直耽搁到这时候，再不然是他们在外面吃饭一直到这时候。虽然她明明知道走来的是李妈的脚步声，她仍然忍不住问道：

"弟弟，弟弟，是你们吗，渊若？"

"不是的，小姐，是我呀。"

李妈高声应着；她已经走进来了。她是一个五十多岁的，一个身量低的，穿得臃肿的，十分臃肿的乡下妇人。她的头发已经花白了；她的脸是皱褶的；她的蒙着一块皂布券是秃了的；她的鼻子，她的无处躲藏的鼻子是冻得通红，并且，有一滴清水鼻涕闪闪的在上面吊着。当她刚进来的时候她的手是缩在袖筒里面，她的头也往衣领里缩进去，她露着牙齿同时还打着寒战，她的全身却抖动着缩小了一下，于是她勉强的做出一个笑容。

"这天，小姐，"她吸了一下鼻涕说，"要是下一场大雪也会暖一点；它就给你一直晴，把什么都冻干了，马路，树……水一泼到地下就流漓……它把人也要冻干的。"

杜兰若坐起来，她问道：

"饭烧好了没有，李妈？"

"啊哟，我们的好小姐！"李妈大声嚷，"你看你说这是哪里的话，你当李妈老昏了，晌午饭到现在还没有烧好！"

"你刚才在什么地方？"

"你喊过我吗，小姐？"

李妈说她刚才是在大门外面，她要看一看有没有少爷跟董小姐的影子。接着她又埋怨年青人。她的在乡下的儿子会吸香烟。她的媳妇喜欢打扮并且懒惰。这些话她大概已讲过一百遍了，同时又像把这些不幸和烦恼交给了西北风，她说过去就完全忘了，因此她永远不觉得自己絮聒，一提起他们就咕噜不休。现在，这个于一生中不知道经历过多少忧患的乡下妈妈，她担心着的是冷，是雪，是庄稼。此外的事她似乎一点都没有想到。至于杜兰若，因为一个人正闷坐在家里无聊，所以并不觉得这老妈妈繁琐。其实李妈说过些什么，她根本就没有听到心里。

"你看见他们吗？"她打断李妈说。

"我看见谁？"

李妈说过什么话，现在李妈自己也忘了。她惊讶的望着杜兰若。杜兰若皱了皱眉。

"你刚才不是看过少爷跟董小姐他们吗？"

"喔，他们！你往哪里去看见他们？"李妈说，"我在冷风口里站了老半天，连一个人影都没有。"

接着李妈又活泼起来了。她夸奖杜渊若和董小姐有多么好，他们有多么和气。她的老而枯涩的脸上于是堆出一团笑容，她说——当他们在一块的时候——他们恰恰是不能再好的一对。

"少爷跟董小姐几时结婚哪，小姐？"

这个多言的老妇人现在好像年青了二十岁。她的话匣子一打开是连她自己也作不得主，连她自己也收不住了。她笑着向杜兰若走过来，她把手放到火炉上去。她问将来少爷他们结婚的时候是不是要用汽车；她说汽车是新派人用的，她说花了很多钱连看都不让人家看见，就鸣的一阵烟过去了，她自己就不赞成；她说到底是一场大喜，她赞成用花轿。

"可不是吗？你想想看，小姐，吹鼓手吹吹打打的有多么好。要是汽车——"

杜兰若觉得李妈也着实可怜，她操劳了一生——一个人操劳一生便有许多积蓄，从生活中得来许多牢骚，但是在这个寂寞的院子里却没有一个人肯跟她说长道短。杜兰若看她的兴趣很好，便想跟她开一个玩笑。

"李妈，"她打岔道，"当初你出嫁的时候是用轿吗？"

李妈听见杜兰若讲到她，她向杜兰若极有风情的望了望，似乎更年轻了。她的皱褶的老脸上又回复了光辉，她满面笑容的说：

"哟，我的好小姐！我们穷人用不着轿；有钱人跟城里人才用得着；我们是一辆牛车就什么事都办了。"

一个老人最大的缺点恐怕要算他们像一架用旧了的机器，他们从十多岁起就在督责下工作着，转动着，到了他们活到五十岁，他们的意志，他们的发条因为一次一次的伸缩弄松懈了，他们的齿轮，因为长久的磨擦失去棱角，光滑了。这些机器，当没有人拨动它们的时候它们便老老实实，没有一点生气，等到一开起来，便再也没有方法制止它们。李妈从杜兰若的弟弟杜渊若和董小姐的年龄谈到她自己跟她丈夫的结婚，接着，她又谈到杜兰若的将来，杜兰若的婚事。她是觉得杜兰若是这等不幸，像她这样二十五六岁的小姐，人家早就出嫁了，并且生过几个小孩子，而她却在家里害病，没有一个青年人，没有一个看起来像是要做姑爷的人来看她。在李妈脑子里，除了她的儿子和媳妇和她自己的琐碎事情，她最担心的，最难了解的就是杜兰若已经到了这种年纪为什么还不嫁人，并且从来不讲起嫁人。这在她看来是一个谜，有时候她甚至为她伤心，虽然她跟这个女主人并没有什么悠久的关系。譬如她自己当少女的时候，她的同伴们在一块的时候，她们在暗中总要谈到她们的那一个人，一个乡下的少年。那时候她们总喜欢讲到他，虽然她们并不知道这个"他"是谁，再不然，有时候她们特别大胆了些，放肆了些，她们又喜欢谈一谈她们在暗中中意的小伙子。这时候她们便感到一种幸福、欢乐和一种激动。她们自然免不了恐惧，嫁人的恐惧，原来人总是希望有一个变动同时又害怕变动的生物，她们是这样希望被吓一吓，即使在这种恐惧中她们也还能预感到一种说不出来的幸福。

奇怪的是这个小姐，这个二十五六岁的杜兰若，她几乎是一天到头的守在家里。她从来没有怎样发过脾气，在李妈简单的眼中和心里，她是既没有特别高兴过也不曾特别不高兴过；小的责骂有时候自然也免不了的，但人有时候总是要责骂的呀。她——杜兰若永远没有跟李妈谈到这儿女的事情，跟别的男人，她也谈一些——很正经的谈一些李妈听不懂的话。李妈敬重她这一点，但她不能明白的也就是这一点，一个二十五六岁的小姐不想出嫁这不古怪吗？

"好了，好了，不要再扯疯话了！"

杜兰若嗔怪着说。

"好了，好了，"李妈也打趣着说，"我真是老了；我说这话你不要生气，小姐，李妈哪一天给你跟新姑爷道一个喜她就放心了。"

李妈极有风情的笑着，她的眼睛都快要合起来了。杜兰若有一点害羞，她转过脸去不再去看李妈，并且装着生气的骂道：

"又是疯话，你的疯一扯起来就没有完。算了，李妈，去看看少爷跟董小姐有没有回来。"

李妈答应着走出房子，她满心满意的笑着，她的精神很好，她的动作很轻快，现在她，这个老妈妈还有什么是不称意的呢？她要讲的话都讲完了，这些话是像砖石一样长久的压在她心里的。她在天井里还大声说："你这个病，小姐，你要留心一点才是啊。"

杜兰若自己默默的坐了一会。李妈在这里使她生气，又使她觉得好笑，她们谈的是什么呢？她们谈的算什么呢？她感到一阵悲哀，一种说不出来的悲哀。李妈走了之后的这个房子是这样宽大，这样空虚；她低着头用脚尖轻抚着在地下卧着的小猫，她似乎想着什么，但是她的思想是涣散的，浮动的，无来由的，没有兴趣，没有力量，她什么都没有捉住，甚至可以说她什么都没有想。正在这个时候，忽然有一个令她惊异的意念，她想起渊若，今天早晨，当他们出去的时候，他说："要是我被人家打死，你可不要怪我们爽约。"他是曾经这样说的，他在庭院里回过头来笑着这样说过的。

"不，不会的他们怎么敢——"

这种事情以杜兰若的经验是不会发生的。但是她不愿意再在火炉旁边坐下去了，她再也忍受不住这种沉闷了；于是她站起来，她走到衣架前面，她从衣架上取下大衣，一件藏青色的大衣，自己慢慢的穿上，然后，她又从台子上拿起一顶蓝色的用绒线编织起来的小帽。

"你也要去吗，小姐？"

当她走到庭院里的时候,李妈在厨房里大声的问。

"是的,"杜兰若答道,"停一刻少爷跟董小姐回来的时候,你跟他们说我到马先生那边去一下,不要他们等我了。"

说了后便走出去。

第二章

马巳吾先生送走了他的学生,他在窗户下的台子前面坐下来,一件无形的东西在他的头顶和心里压着,他呆呆的坐了许久。他的脸色是跟他的心一样沉重。

"这难道是真的吗?"一个声音忽然在他的心里悲愤的这样响,自然他用不着再问别的谁。

这房子——马巳吾向一个破落主子租来的——是向东的三间,窗棂上嵌着极大的玻璃,但大概是因为主人不注意这些琐事的缘故,年中难得有几次揩擦。房子内部布置的也极其简单,用白纸糊了的墙壁完全空着,连一个钉过镜框的痕迹也看不出。其中有一间是用木隔和外面隔开来的,有一个跟木隔同样油漆成朱红色的门,是马先生的寝室。外面的两间,一进门——直冲住门的后墙下面是一张八仙桌,两旁规矩的放着两把椅子,此外,沿着墙壁有几个书架,上面一叠一叠放满了书,那种边沿已经变成了灰色和黄色的线装书。在最里边的角上装着一个火炉。这里是马先生的客室并且是他的书房。

马巳吾是那种昼夜不息的在历代典籍中生活,因此永远不会胖起来的瘦人。他大约是四十岁了,脸色——这种人的脸色永远不好,它是像蜡渣一样黄的,线条却是像一个艺术家刀下的一般的精确,瞭然,干净,但是毫不勉强。他的剪短了的浓茂的胡子使他的五官方位特别显豁,神情特别澄清。照实谈起来,他是一个教员,一个书生,一个学究。像这样的人在北方并不少；他们在大学里同时又在中学里兼几点钟功课，薪水是可怜的，他们就落着这一点可怜的薪水维持生活。这些新的"犬儒学派"，他们有的还没有结过婚，有的他们的太太是在他们老家的乡下。他们不常在公众的地方出现，他们没有野心，他们也不加入以饭碗为目的的任何派别。他们的一生大概是注定了要在冷落中过去的，他们并不以每月十二元的包饭为粗劣。除了书籍他们也没有别的嗜好，实际也正是只要能够读书他们便觉得已经是无限丰富了。

马先生是普良，温厚，缄默，在他的血管里保有着一种农民性质的，近乎原始的，不可动摇的倔强，他的祖先无疑的是跟任何人的祖先一样，他们是老根深深的伸进泥土里的，直到现在，读书人的血液还没有把它——那种原始天性——冲到十分稀薄。正是这些特性，现在被一个突然传来的消息——一个事变打击得七零八落的了。他在窗下坐了很久很久。外面是静寂的。这个庭院常常是静寂的，它早已陷入一种无声的渐趋灭亡的破落中。这时候房东们大概是听戏去了，再不然就是他们正围着火炉吃小点心，他们还保持着前代的静肃，他们很怕吵闹，甚至很怕高声说话。一个北方的十二月的下午。太阳快要离开这个大的古老的城市，快要落下去了，只有对面的屋脊上还残留一线薄弱的昏黄的光辉。天空是晴朗、干燥、无情的冷。在房子里，火炉在马已吾背后爆炸着。

马已吾坐着坐着，他的心渐渐的——好像他的房子里的光线一样的，越来越沉重了。

"现在他们要用大刀。"他这样在肚子里咕噜着。

这些大刀是驰名的，是被宣传作抵抗敌人。

"现在他们却是用大刀向敌人谄媚，他们镇慑反抗，用青年的血来筑他们的罪恶的交椅！"

一片血肉模糊的场面在他的眼底展开：纵横的尸体，被难者的抽缩，骄纵丑恶的凶悍。于是他从椅子上站起来，他再也坐不下去了。然而这房子里的以及房子外面的各种东西都是沉静的、冷的，和无情的天空一样静默的冷。他——马已吾不停的在房子里，在发着霉腐气息的典籍中间走着。哦，世界大而不仁，它是怎样沉闷啊！渐渐的他觉得他所走的不是他的房子，而是一条大街。

"这好像是一个梦。"把手按在太阳穴上，似乎这样想。

然而接着就有一个相同的声音回答他。

"这不是一个梦，马已吾先生，这个罪恶的屠杀完全是真实的。"

这个屠杀完全是真实的，是世界上丑恶之中的最丑的。虽然在中国它并不是第一次。当那些善良的青年排起队伍来，他们是嘻笑着并且用急遽的调子吹着口哨——他们希望的是什么，他们要求的是什么呢？世界上的每一个正直人，甚至连最邪僻的人，连主持这屠杀的凶手自己，他也不得不承认他们不要地位，不要权利，他们——凡关于自身的他们什么都不要；他们仅仅想提醒别人，让他们知道在刮割人民之外更知道爱护国家和民族的自由。还有比这更纯洁更美丽的吗？他们就本着这种热情排起队伍来。"中国人总是中国人。"他们想。当他们出发的时候，天气是很冷，他们的肚子是空着，但是单纯的热情使他们忘记了，使他们不顾忌这些痛苦，他们没有想到，任何有头脑的善良的人都不会想到，他们所享受的竟是大刀和枪刺。

马已吾想到这里，他所感到的已经不止苦闷的重压，一种小东西，这些小东西在里面，在他的心里啮着它了。好像有一种力量推动着他，他很快的，几乎是暴怒的在台子前面坐下去。他索索的摊开纸，然后，他拿起笔来开始在上面写。

"今天——一千九百口口口年十二月口日下午，当我们的青年和平的游行着的时候，就在走着的路上，军警们将他们包围起来并且向他们狙击……"

他的字迹是歪斜的不规正的，看起来像小学生的拙劣的勾涂。

"军警将他们包围起来……"

军警将徒手的群众包围起来,并且向他们袭击。所有的意思都从马巳吾的心里涌上来,都堆在他的心里,堆在他的笔头上;他的笔在空中悬着,摇着,它像一辆陷入泥泞中的车子,它载的是过于沉重。这些一起涌上来的字句在他的脑子里吵闹着,当他努力的捉住一个,另外一个,同时许多个都像小孩子似的不平的互相排挤着蜂拥上来。

"我不能,我不能……"

马巳吾先生在心里喃喃着。马巳吾抛开笔。他教书的那一家女子

中学的几个学生被人家用大刀砍坏并用枪刺戳穿了。这些娇养的似乎是注定了永远不会跟人动家伙的少女,无疑的她们从历史上,从俄罗斯和法兰西人学得了勇敢。当示威的群众进行着的时候,她们是一直走在最前列,就在大旗后面,因此当军警动手屠杀的时候,她们也首当其冲。大刀、枪刺、木棒和喊杀声从旁边、从他们头上落下来,这些少女,她们这时候却显出了意外的坚毅。她们有的被木棒打晕过去,有的是枪刺刺中了她们的脊背和脸;更有的,她们的手臂在她们身上挂着,她们的手臂被砍下来,从肩胛骨那里被砍下来了。原来那是曾经被骄傲过并且侈言将跟日本一拼的大力呵!

"董瑞莲,董瑞……"

马巳吾想着,战栗着,热血像油一样在他的心里沸腾起来。董瑞莲是他的一个学生,一个圆圆的脸蛋的,大而黑的眼睛的少女,据说她是刚才被人家用枪刺刺穿了的。他诅咒的啐了一口吐沫,于是拿起笔来继续往下写:

"屠杀业已开始,青年们的热血已经流了,他们为了不甘于坐视国家与民族被人奴役,已经将自己的生命献上祭台。我们的青年并不贪生怕死,事实证明每一次他都站在斗争的前列。然而我们仍旧不能不特别指明这是一种谋杀,和一千九百零五年的'血的星期日'——俄罗斯的沙皇在他的冬宫前面所干的一样。群众们仅仅要求不要出卖自己的国家,并不是要求政权,这种愿望谁也不能——即便是世界上最反动的政府也不能不承认他们有这种权利,谁也不能否认他自己有这种义务。但是他们——这次屠杀的凶手们已经

卑鄙到极点，他们已经残酷到极点……

　　马巳吾先生用手捧住头毫不动弹的坐着，他好像是刚刚从大风雪中来的，他的两颊，他的头脑，他的手以及全身都在发热。他好像沉思着似的坐了好久好久，许多紫色的斑点在空中浮动着，在他的眼前出现，他觉得血是一直冲上来要溢满他的脑子：他的脑子是沉重的，淤塞的；在他的周围不是爆炸着的火炉，放着《资治通鉴》和《九通》《四库备要》等等的书架，一个观念——幻象包围着他，他连气都透不出的被围在核心。在上面是高的，清澈的，明亮的，其蓝如冰而又无情的冷天空，地面是完全冻结了的，石头一样冻结了的。在北方任何大的风雪都会使人感到一种温暖，唯独这种晴空都是使人要诅咒的寒冷。泥土、墙壁、树木都会发出细微的响声，连空气似乎也在凝结起来，也在寒冷中爆裂。就在这样冷的荒凉的所有的门都为了保持温暖关起来，所有的树木都悲伤的弹抖着向天空伸出它们的枯索的手臂的街上，在那坚硬的地面上横七竖八的僵卧着年青人的尸体。他们的脸是在冷风中走了很远的路冻红了的，他们的手是因为早晨去上课冻肿了并且有的龟裂了的，现在是凄惨的好像为了要挽回他们的不幸和国家的不幸在紧紧的抓着地面，他们的头斜倾的搁在街沿上，他们的惊愕的眼睛睁得很大，他们的衣服是破碎了。

　　血腥包围着马巳吾先生，并且像海水似的继续从四周涌过来，很快的淹没了他的头顶。愤怒像一个梦魇在上面压着他，他挣扎着，努力挣扎着，最后他直起身体来深深吸了一口空气。他感到一种要呕吐的憎恶。

第三章

　　杜兰若从家里出来，向晚的阳光正照到灰色的墙上和屋脊上。
　　树木在寒冷的空气中，好像大悲者似的默然站着，地面上泼过水的地方便凝结着冰。她在路上没有遇见什么行人；只有两辆要交班的车夫，他们谈着学生示威。她走的很快，等到她注意去听，他们已经向另一面走过去了。

"学生示威又怎样了呢？"她纳罕着想。

这几个无从解释的问题使她感到沉闷。她把大衣领子拉起来，使

风不致过于吹痛她的耳朵，接着她缩着身体再往前走。冬天的景象是落寞的、哀伤的，街道上时时卷起一阵尘土，连狗也很少看见。

"'他'又怎样了呢？"杜兰若又接着想。她并不注意周围的景色；她觉得烦闷不安，她两天都没有看见"他"，她觉得很久没有看见"他"，看见那个高大的男人了。渐渐的她走上一条专供载货马车用的泥路；路上的灰土很深，路旁有宽广的空地，好像是在乡下似的，远远的可以望见一个在空中闪耀着的塔的金色尖顶。她走过大学前面的时候看见那里停着两部救火车，此外还站着几个警察。里面静悄悄的，院子里站着十几个学生，他们并不注意外面，大概是在聚议什么事。另外有两个在追逐着开玩笑。

一个说："好，好……"

杜兰若走进一条死巷，她并没有想到大学里的情形有些跟往常不同，她没有想到为什么没有人走出来，为什么没有人走进去，并且，为什么停着救火车。她已经走到一个墙顶上垂着爬山虎的枯藤的，一个朱红棍门的院子前门，然后她推开门悄悄的走进去。院子是宽敞的、清洁的，里面有三座嵌着极大的玻璃的大屋，几间小屋。她轻轻在西边的厢房门上叩了两下，接下去是一阵静寂，里面没有应声。

"马先生。"她低声喊。

马先生在窗户下面写文章。

"为着这一次光荣的流血——无疑的它是将要被写在我们民族的历史上的；为着这一次丧心的屠杀——无疑的它也将同时被写在历史上的。我们按不住我们的热血沸腾，我们不能不向全世界呼吁。这种事实不单单使我们憎恶，它并且还兆示我们，世界上每一个爱护他的国家的人，每一个酷

爱和平与自由的正义之士,他在这时候都不能沉默。没有人能为这种可耻行为辩护。直到现在头脑还清醒的人应该记住,这次屠杀并非源于我们的敌人之手,而是出自我们的所谓同胞自己,出自几个痞棍,几个官僚同军阀!……"

马已吾应了一声,等到他从桌子上抬起头来,一个憔悴的冻得红红的小脸,杜兰若业已走进来了。

"哦,兰若……"他小小吃了一惊的说,"你来的正好。请你先坐下来。"

杜兰若在马已吾旁边站住,然后又在另外一把椅子上坐下,她不知道为什么她"来的正好"。马已吾把没有写完的稿子推开,走到八仙桌那边替客人倒茶。

"你们学校门口有救火车,你知不知道是做什么的?"杜兰若回过头去问。

马已吾有些惊异,他的脸呆板,冰冷,好像忽然凝结住了。不,他不知道是做什么的,他今天还没有出门。

"此外你还看见什么?"他把茶放到杜兰若面前。

"还有几个警察。"杜兰若说。她看着马已吾的表情,惊异的暗自想道:究竟有什么事?

"又是他们,"马已吾挠着头说,"国家弄到这种程度,你还有什么办法?他们在外国人前面都是鼠子,对着中国人比老虎还凶,此之所谓奴才!"

杜兰若望着马已吾,这个先生是很少发牢骚的,她感到有些茫然。

"此之所谓奴才。"他又说了一遍。接着他问:"你看见胡文敏吗?你知道刚才出一个乱子。"

杜兰若大惊失色,她坐着好久没有动弹。

"闹出一个乱子?"她的眼珠滚动着,好像要从马已吾脸上寻出什么东西。

这事情有些奇怪。

"你没有看见胡文敏吗？"他第二次问。

"没……"

"她刚才到这里来过，我让她去看看你。你知道发生一件事情，警察和军队砍伤很多人。"

"在什么地方？"

"王府井大街。"

一阵深沉的静寂，现在一件暗淡的，可怕的，人们捉不到的东西要落下来了。马已吾走开一步，好像他正在寻思，接着他又转过来。"有一个董瑞莲，我好像在你那里看见过她。"

"她怎样？她有什么事吗？"

"不，没有什么大不了。"

没有什么大不了，马已吾先生不过是随便想起来随便说说。他并不知道她们中间的关系。他不过想起他的一个学生——一个圆脸蛋的，大而黑的眼睛的少女受了伤了，董瑞莲躺在病院里了。马已吾在房子里走着，不住的徘徊着。那个暗淡的，可怕的，人们捉不到的将要落下来的东西现在从空中落下来，杜兰若也正跟马已吾一样想起一个圆脸蛋的大而黑的眼睛的少女，她感到的比马已吾更痛切些。不，确当的说应该是当那件人们捉不到的东西落下来的时候，她想起的是刺刀的白光一闪，接着，一阵晕眩，一阵战栗。

杜兰若竭力支持着自己，犹之乎溺水者要捞到一根草梗——她从桌子上拿起马已吾的还没有写完的手稿。

"血已经流了！"她念着题目，文稿在她手里索索的响。接着她想起"他"，想起胡天雄，她有两天没有看见他了。她想起王府井大街，想起大街两边的槐树，想起步道上的小小方砖……最后是刺刀的白光一闪。

"你弟弟已经被捕了，你还不知道。"马已吾在心里说，"你还什么都不知道。他在马路上被两个警察捉住肩膀，刚才有人看见，他们把他推上汽车；有许多人被推上汽车；他们用木棍打他。"

杜兰若拿着马已吾的文稿；文稿在她的眼中是迷乱的、模糊的，她什么都没有看见：她想起"他"，想起胡天雄，她有两天没有看见他了。她又想起王府井大街，想起大街两边的槐树，想起整齐的步道上的小小方砖，杂沓的奔涌着的人众，接着是刺刀的白光一闪。

"你没有听说渊若发生什么事情吗，马先生？"她抬起头来问，她的手跟手中的原稿都在发抖。

马已吾对着这个损害了健康的女子，他想起她还在做中学生时代，没有人能想到一个用红绒绳扎着发辫，自信力极强，看起来有几分近乎自负的沉静少女有一天会失去青春，变成十分憔悴。在平时，也许在昨天他还赞赏她的意志坚强，这时候——一阵风波刚刚过去，杜兰若的不幸触动他的怜惜心，他为他这个十年前的学生，为这种变化颇有些感慨。

"女人总比男人可怜。"他在一瞬间这样想。在平常他并没有考虑过这种问题，他甚至反对这种见解，现在他却以为在时光没有过去以前——假如她有爱人——一个女子应该及时结婚。

杜兰若在等候答复。

"究竟有什么事吗？"她催促道。

马已吾从自己的思想中清醒过来，他有几分慌乱。

"不；我想，"他支吾着，一面坐下去说，"胡文敏刚才曾经来过——"

"她另外还说了什么？"

"没有什么。你还没有看见渊若吗？"

"没有。"

"我想，我想他大概没有什么关系。"

杜兰若怀疑的望着马已吾，仿佛也照样说，"没有什么关系？"马已吾不知道董瑞莲是杜渊若的爱人。杜兰若想起他们早晨从家里出去，他们在庭院里嬉笑叫嚷，他们在门口向她告别，直到现在这些声音都还留在耳边，连他们在小巷里的急促的脚步声都留在耳边。这难道是可能的吗？一个心灵上还没有沾染鄙污思想，充满朝气和生机，一个像一株嫩芽一样纯洁的少女，一个中学的学生，她的思想是世上最美丽的，她的行为是世上最善良的，她不求利益和勋位，从来不想损害任何人；这种思想和侠行每一个国人都应该仿效，现在她却被人用刺刀刺伤或大刀砍伤，他们杀害爱国青年难道是因为比他们死在战壕里更光荣些吗？她把马已吾的文稿放到桌子上，然后默然拿起手套。

"你现在要作什么？"马已吾问。

杜兰若戴着手套；她发现她戴错了，接着她改换另一只说："我想去看看她。"

"你要看胡——"

"我想去看看瑞莲。既然她现在在医院里，我想我应该去看看她。"

杜兰若从椅子上站起来。马已吾看了看天色。

"这时候你怎么能去？况且又这样晚了。"

杜兰若跟着也看天色。外面是静寂的。整个院子都是静寂的。她没有注意黄昏的青灰色的阴影几时已经落到窗纸上，房子里已经有些昏暗。马已吾敲着桌子让她注意，他说董瑞莲的伤势未必十分严重，此外别的事也还没有能弄清楚。现在事情既然业已发生，究竟将要怎样往下发展还不知道，这时候需要耐力，在没有弄明白之前且不要慌张。

"你可以明天上午到医院去。"马已吾勉强笑着说。他要留杜兰若吃饭。

杜兰若没有得到要领，马已吾的闪烁言辞更加使她迷乱。她苍白的茫然站了一刻。不，她无论怎样都必须到医院看看。她想起了"他"——胡天雄这时候也许正在家里等着她。

第四章

李妈也感觉到这一天好像有什么事情发生。她在厨房里埋怨年轻人,他们一出去就不知道回来,就跟没有上笼头的马一样,午饭要人家等候这样久,这样久!她咕噜着正预备到上房里给火炉加煤,就在这时候外面有人敲门。

"嘭嘭!嘭!"

外面站着一位小姐。这个生得胖胖的很有福的,围着一条宽大的

几乎把嘴都要包起来的朱红围巾,上面穿着一件毛蓝布罩衫,罩衫被风吹起一角,下面露出紫色缎袍的小姐姓什么呢?李妈欢喜的将这个问题在她的糊涂的脑子里盘算着,她的眼睛吃了一点风,里面涩涩盈着泪,她看不十分明白。她于是用袖口揩了揩眼。前面不远的地方,还站着一个洋车夫,正用手巾在冒着白气的额上揩汗。

"你还回去吗,小姐?"车夫问,他想顺便带一趟生意。

这个小姐并不理会车夫,她嗔怪的向李妈骂道:

"你不认识我了吗?你只管堵住门上上下下的看,也不说让我进去!"

李妈有些不好意思。

"哎哟,朱小姐,你这是说哪里话!"李妈笑着大声说,"你是朱小姐。可不是吗,我记得的。你知道李妈老了啊。"

李妈的女主人是这样一个女主人,她的女主人不喜欢讲话,这个可怜的多言女仆,她每天都希望来两个客人。现在她还看见朱小姐手上戴着露指手套,在围巾上面,并且露出冻得红红的鼻子。这一个将来是有福的,李妈看得出她是有福的,她不像她们小姐,不像杜兰若苦命。李妈一直都满心好意的笑着,她笑什么呢?她一点也不知道。朱小姐胖胖的,长的这样好看!她

觉得年轻人十分有趣。"可不是吗，"她想，"他们就跟花一样，跟小树一样，关起来跟猫犊儿一样，全世界的眼珠都看着他们，巴望他们一天一天长高，长壮。"李妈以为每一个年轻人都应该有福。

朱小姐向她皱了皱眉。

"你们小姐在家吗？"她问。

"不，没有。"李妈说杜兰若不在家里，她刚刚出门，她也许是出去找少爷他们，杜渊若跟董小姐早上出去到现在还没有回来。

朱小姐有些失望。

"她没有说几时回来吗？"

"不，她没有说……"

朱小姐转回身去走了，李妈在后面说："你有话跟她说请到里面等一等。"不，朱小姐连头也不回的走了。那么她来做什么呢？这个好老妈妈完全没有想到人家嫌她絮聒。她发见朱小姐穿着黑绒的像靴一样的棉鞋，她想起朱小姐跟董小姐和另外一位胡小姐模样不同，她是胖胖的脸蛋像苹果一样好看。

"这个小姐是有福的。一定的，你看着，将来她一定会嫁一个好郎君。"李妈一直望着朱小姐走出夹道，等到只剩下她一个人的时候她自己喃喃着说。其实这样的话李妈已不止讲过一回，在好多天以前，那时候朱小姐第一次到这边来看杜兰若，她就曾经这样叹息过了。

这个朱小姐的名字叫做朱英；她是杜兰若的一个表妹：她的祖母——这个早已去世的太太是杜兰若曾祖父的女儿，杜兰若父亲的姑母。这个太太的遭遇不十分好，她的丈夫是一个放荡子，一个破落主子的后裔，当她出嫁数年之后她的丈夫便把剩余的财产荡光，因此她不得不带着儿子回到娘家居住，几乎直到去世为止。她的儿子——就是朱英的父亲，现在是一个官吏，一个所谓将要爬上去的第三等货。这个老爷不消说曾经过他的可怕的困难时期，没有人知道他是怎样过来的，连他自己也不知道。最初他离开家乡，仅仅做一名巡警，以至他不得不将自己的太太和女儿寄养在表兄的庄上。不过这个一直在别人屋檐下长大的警察显然并不曾白白受苦，他是有志气的，他并不曾长期的低头于一切人们脚下，显然他从他的困苦中另外还学来一点东西。困苦把他教育成果断，机警并且知道怎样才能使上面人欢心。他利用上司的弱点和政局的不安定很快爬上去，大约在十五年中，他的许多上司都很快的爬上去又很快的跌下来，他却由警长而外调县警察所长，由警察所长而税务局长，由税务局长而县长，现在他是一个得力的科长，他正在谋划他的上司升调，然后他便可以爬上一级，晋升为所谓"第二等"的处长。这个朱老爷正是这种人，我们常常看见这种人，贫穷使他们变成冷酷，使他们更加知道看重地位。自从他慢慢发达之后，他们不再看得起过去他们所受的苦，甚至地位比他低一级的和不善于往上爬的人。他自己觉得他的地位是他赤手空拳打出来的，因此，这是当然的，他以为受苦的人是活该的了。他什么人都不感激，他的所以不尊敬别人是因为他们的地位比他的高，等到他们倒下去的时候，他同样不会再去枉顾他们。他跟杜家很少来往，几乎可以说完全没有来往。

杜仲武先生——连他自己也说不出是什么理由，他自幼就厌恶他这个表兄。朱老爷也不以杜仲武和杜兰若的行为为然，他骂他们不走正路，他看不起他们。杜兰若在一年中（大半是她的表叔不在家的时候）去朱家一次，至多两次。但是年青人并无势利思想，所以每当假期之便，朱英仍旧偶然看看她小时候的女伴。她们因为生活不同，平常很少有见面的机会。朱英跟董瑞莲是同学，这一天她也曾经参加示威。她是特地跑来向杜兰若报告消息的。

朱小姐不久就回到家里。这个城里有许多这种公馆，几乎完全类似的老宅，它有两进院落，两个地面上铺着长砖的庭院。她正悄悄的预备到自己房子里去，她的母亲在上房里喊：

"英儿！"她的母亲早已听见并且早已等着她的脚步声了。

朱太太正在上房里坐着；她是一个俭朴的中年妇人；她跟她的女儿一样

是生着一个圆脸蛋的，靠近鼻子的地方有一个刺瘤，当她说话的时候它便跟着嘴唇移动。这个太太的习惯是吸草烟，此外她的最大特点似乎就在于她的眼皮很松。（请不要以为这是嘲笑，先生们，在我们所讲的这个时代的全部中年以上的太太们，她们这样已经够了。）有这种眼皮的太太——她们不一定全部，至少其中的一部分，她们大概比较温和，宽大，慈善，对于儿女也能够不溺爱，世上的母亲们大半都有一个缺点、一种错误，她们徒然有一颗可怜的好心，她们对于自己的儿女太注意，但是请注意，她们太注意了。

这个例外的太太现在正捧着水烟袋吸烟，她的脸上满布着愁云。

"什么事，妈？"朱英担心的问道。

朱太太并不马上回答。她吹着纸捻，咕噜咕噜——吸完一袋又是一袋，好像在筹划某种事情或是思索某种问题。

"一早你就出门，到这时候才回来，你一天都作什么呢？"朱太太的声调是低的、平静的，她的颜色，她的瞅着女儿的目光有几分严重。

一个女孩子永远知道怎样应付母亲，她们有这样多方法：她们可以噘起嘴来给她看，她们可以扭着嚷着的撒娇，她们可以把一个平常局面弄成十分严重，把一个严重局面弄成一阵哈哈，并且，她们什么不能做什么做不出呢！她们能够一睡三天，直到她们的母亲发慌，使她完全屈服为止。这时候朱英已经编成一个于人无伤的小谎。

"看嘛，"她装着生气的嚷道，"你不是明明知道，不是每天都到学校里去的吗？"

"难道你一天都在学校里吗？"

"一天；可不是一天……"

朱英这样支吾着，她很快的就发现她有一个错误。她的脑筋是灵动的，所有年青人的脑筋都是灵动的；当听的人还没有时间从她的言语中捉住空隙，她的话还没有完全出口，她已经想到应该怎样补充。

"上午下了课……"她紧接着说，下课后她在学校门口的小饭馆里吃了一碗粥，因为下午第一堂就是"大代数"，她昨天夜里没有把习题弄完，怕耽误学业。她这样讲着时候，她的一只脚不住的钻着地面，她的眼睛并不看她的母亲，她的眼睛是一直望着空中，只在偶然间，短短的一瞬间，她用她母亲不能觉察的速度向母亲一瞥。总而言之，她有充分的理由为自己辩护。朱太太自然也明白她的女儿向她扯谎。然而在中国，扯谎是一种遗传，一种最古最古跟官吏受贿保存得同样完好的文化。朱太太不住的打量着女儿，她并不为这种事情惊异。

"那么，你的书呢？"她终于找出一个破绽。

朱英的脸很快的红了。"真个的，"她自己想，"我的书在什么地方？这事情真糟……"然而，这个小姐，她自然仍旧有她的办法。她砰砰的极有力的顿着脚，好像要哭的样子喊道：

"看吗，看吗，我做了贼吗？你角儿里缝儿里，像小米大的事你都问到！我又不是三岁小孩，就是没有把书带回来，把书忘到学校里，也算不得什么大罪，你也犯不着用这方法考我。"

这个好太太，她的确应该后悔她惯坏了她的女儿。并且不久她就要后悔——并不是为着娇惯，她将想起对于女儿不应该过分放纵。这时候院子里站着几个仆人，男的，女的，他们想听一听到底是怎么回事，到底发生了什么。太太觉得女儿大了，当着底下人骂起来不好意思，有些伤她女儿的体面。

"你进来。"她站起来说。

朱英跟着太太走进里边耳房，朱太太和朱老爷的卧房。朱太太坐在茶几旁边的椅子上，她有些怕——或者说的好一些，她不忍伤害她的女儿。她的女儿会跟她吵闹。暂时间她们都不说话。朱太太一个人吸着烟，似乎在寻思一件她捉摸不定的东西，她应该怎样开端。

"你看见兰姐了吗？"她忽然问。

朱英有些惊异。这是当然的，朱英以为母亲要跟她讲的是一些别的事情，她没有想到她会问杜兰若，一个跟她们现在没有关系，她们平常不大谈起的女子。

"没有。"她用不确定的语气支吾着说，"她不在家。"

"你将来就跟她一样，我一死——没有人管束，也没有依靠。"

朱太太说着时把纸捻弄灭，把烟袋放到茶几上。一个五十多岁的

太太常常有数不清的感触，也许是因为她周旋于女儿与丈夫之间的烦恼；也许是忽然想起过去，想起岁月的增长，世势的变化；再不然，简简单单的，什么都不为，她凄苦着脸深深叹一口气。

朱太太深深叹一口气。

"你也不用瞒我，英丫头，我全都知道。你先听我说完。你跟你的同学——男的女的在街上跑，你们喊打倒□□主义——"

朱英的嘴是快的；我们应该能想像到，所有像她这样的少女，她们的嘴都比较快。

"难道连打倒□□主义也不准喊吗？"她抢着问。

"不是不准喊。"朱太太向她的女儿做一个手势。她还不知道刚才外面曾经发生过什么事情。她说她当小姐的时候看见一个生人便躲起来，从来没有私自出过门户，到亲戚家去都必须由母亲伴着，都必须坐轿或是坐车。她为她的女儿担心，警察会跟他们打起来，他们很可能被人家打伤。

"你自己说你不是三岁小孩，"她四分责备六分痛惜的对女儿说，

"一个小姐不三不四的跟人家满街跑，你想想成什么体统？"

朱英觉得母亲的话不大悦耳，把脸背过去，望着旁边愤愤的咕噜道："又是体统！又是体统！"

朱太太惊异的不住打量女儿。她把她喊进来似乎还有别的话要讲，她自己也觉得奇怪，怎么一扯就扯到这么远。她有些失措，许久都说不出话来。她不明白在学堂里念书为什么就能够不要身分。

"可不是体统吗？"她惶惑着说，"你爸做着官，不要体统怎能行？"

朱英低着头玩弄围巾，她把它缠到手上，然后再把它放开。她的手指有些动弹。这时候——沉默有时候也是一种武器，她想起来不应该再跟母亲争辩，最好的方法是让母亲一个人说，让她毫无阻碍的把要讲的话讲完，然后她自己就可以无事，就可以坦然的——就像根本没有听见过她一样——回到自己房子里去了，自然也不必听什么"地位"和"体统"了。

朱英心里觉得母亲好笑。她（朱太太）将尽可能的将她想到的话都讲出来，她希望朱英一个字一个字都听进耳朵，一个字一个字记在心里，从她的良言中得到教训。但是可怜的太太，"随她说什么好了！"朱英满意的想。接着她听见母亲叹息。母亲说父亲是在政府里作事的，他们反对政府很使他恼怒。

他上午回来吃饭，拍桌子摔碗的骂母亲管的女儿不好，他有这样一个女儿以后连官也不用做了。渐渐的天色晚了；小雀开始在檐下叫着；窗纸映着霞光，变成浅淡的金色，看起来比先前更加明亮，房子的靠里边的部分和墙角里却显得模糊。朱太太渐渐的讲到朱英的亲事，她说朱英将来的公公地位高，做官比朱老爷做的大。于是一种感情——不快和厌恶升到朱英脸上，朱英毫不动弹的站着，她的脸变得很红很红。

"你想想看，"朱太太在昏暗中继续说道，"你想想你不净是给我找麻烦吗？人家知道这种事情，纵然他们不说别的，他们也要笑我没有家教。"

朱太太并没有想到她的女儿心里起什么变化。朱英一直在毫不动弹的站着，她想起她未来的新郎，她曾经从相片上看见，所有朱府里的人——连仆人在内都曾经看见，它曾经被她的弟弟拿出去当作嘲笑材料。这个未婚夫是中国文化本位的，一个纯正的东方青年，一个长袍马褂先生，一个现代的怪物。她感到一种气恼，一种说不出的，常常会使她的脑门痛的怨恨。为着这事情——她觉得——她将来要咒骂她的父亲，他们将成为仇敌。现在，这个放纵惯了的，有一点脾气的少女要出汗了，她觉得很热很热。她每一次想起她的未婚夫就觉得像是睡在蒸笼里似的很热很热。她目不转睛的茫然望着地面，似乎在酝酿一个爆发。

庭院里送过来一阵奔跑声。

"妈呢？妈在什么地方？"这是朱英的弟弟的声音。

朱太太仍旧毫不动弹的在椅子上坐着，随后是一阵静寂。

"亲事不是我定的，我不管！"朱英忽然打破沉闷空气说。

这是一个完全意外。

"不是你定的你又怎样！"一个尖利的要撕裂空气似的嗓音在外面房子里骂。

朱太太和朱英没有想到有什么人在外面，先前她们没有注意。她们惊骇的望着门。朱英的父亲就在这时候从外面冲进来。一个穿着皮袍、大衣，头上戴着土耳其式皮帽的又高又瘦的男子。一个三等官员老爷。他走进来时脚步是沉重的，地面似乎都在他的脚下震动，恐怖在瞬间占领了全个卧房，就像他是一位真正统治着一个国家的皇帝。

朱老爷怒冲冲的一直奔向朱英。

"不是你定的你又怎样？"他第二遍问，恼怒使他的脸变成青色，眼里冷冷的耀着火光，他的近乎兽类的暴乱令人想起他刚才受过从来没有受过的侮辱，比被一个流氓打了一个耳光还坏。

朱英看见父亲向她逼上来，她惊惧的向后退开一步，接着她想起——或者更恰当些说——她感觉到无可逃避，她便站住等着横祸落到头上。全个卧房似乎都在一种淫威下面，等待从空中落下来的横祸。回答这个家主的是一片静寂。

朱太太愕然的坐在椅子上张着嘴，大概正在想庇护她女儿的方法。朱老爷已经在朱英前面站住，那么他会不会打她一个耳光，或者，在她身上踢一脚呢？这些猜想自然都是可能的，而且早已不奇怪了。他正像望着一只小羊的刁恶的狼一样望着他的渐渐抬不起头来的女儿，现在可以看出他全身在轻轻战抖。

"不是你定的你又怎样？"朱老爷用一根指头指着朱英第三遍问。

"你吃我的，穿我的——你想想谁把你养活这样大？我花钱让你到学校里念书，你却在街上乱跑，反对你老子。你——不是你定的，你以为我就没有办法你吗？"

朱老爷嘴里喷着吐沫。朱英低着头弄手指。他看见女儿弄手指，心里似乎渐渐平静一些，因为她既然不敢当面反抗，可见他还保持着几分权威。这种权威，别人不满意而又不敢明白反抗，这种力量稍微使他感到安慰。然而人们又往往有一种奇怪心理，一种差不多是愚蠢的，不能捉摸的情感，他们永远不能从别人身上得到满足。有时候并且适得其反，当他们刚刚获得二又二分之一，同时一个倍数、他们心里同时生出五分苛求。同样的心理，朱老爷因为看见女儿毫不声响的弄着手指，忽然间心里比先前更加恼怒、更加热烈，正所谓要打胜就胜到底，他有一种必须朱英说话，必须她承认下错误的欲望。

这个家主自然不会明白这是一种愚蠢欲望。

"亲事不是你定的！"他在另一把椅子上坐下，气的不住的哼着喘着，把吐沫随便唾到地上。接着他——这个官员老爷拍着茶几骂道：

"亲事是我定的，你老子定的！我不但给你定亲事——你不满意，吓，停几天还有你更不满意的，你等着瞧——我还会把你嫁出去。今天我要试试你这个不知廉耻东西的本领，你不高兴你给我滚开，马上从我家里滚开！"

朱太太一直都在担心的望着她的丈夫，她怜惜女儿，觉得丈夫骂得有些过分；太太们一觉得她们的丈夫对待子女过于苛刻，便表明她们已经有偏袒之情。

"你也骂的够了，"她在旁边用平静的声调说，"其实英丫头整整一天都在学校里，她根本就没有出门。"她没有料到这话等于火上加油，她使她的丈夫更加愤怒。

"你看看你养的好女儿吧，"朱老爷转过去喊道，"连你也来骗我，你把她惯的敢反对老子，你要她造反吗？现在你还出来庇护她，瞎了眼睛的东西！"

他说着就用手将茶几上的烟袋扫到地下，接着是一场咆哮、呼喊和争吵。

第五章

胡文敏没有去看杜兰若；她从马已吾的寓所出来天色已经向晚，并且，她想起杜兰若有病。那么她现在急于看她做什么呢？她既然不能帮助兰若，难道她能单单告诉她董瑞莲被人家用大刀砍坏，杜渊若被人家当场逮捕，她能这样跟她——跟一个病人讲吗？如其不然，当兰若问起来的时候她又将告诉她些什么？

"先到学校里看看再讲，"她在心里安然跟自己说，"慢慢的她会知道的，事情不一定都像一开首样坏。"

她于是向另外一条路转过去。这些很少行人，令人想起乡下的街道，它们是空虚的，灰色的，跟往日并没有什么不同；树木向空中伸着空枝；偶然走过一个收旧货的或是一辆洋车，好像这个城里数世纪以来就安于这种平静，从来没有发生过事故。

"你怎么能从这个闲散惯了的、灰色的、没落着的城市里把人们拉出来？"她惘然想道，"这些北京人，他们惆怅的望着天空，怀想着一去不返的盛世景象，以幻想为满足。他们是自负同时又很卑弱，用有兴趣的旧主子的眼色看各种东西；这些自负的北京人，他们以卖他们的女儿和典当为生。"

认真讲胡文敏并不曾思量什么，仅仅是一些不确定的意象在她的脑子里浮动。她替这一天的被捕者担心，为受伤的人们忧愁，接着她又想到他们——学生们将怎样应付。这里她忽略一件事情，她应该到杜兰若家去看一看；她原来——在没有到马已吾的寓所之前，想着去看一看的，仓促间她忘记了。她没有想到有一个关系跟她更密切的人被捕，他同杜渊若同时被人家装在一辆车上。她在路上走的很快，似乎有一种情感把她举到空中。她甚至没有想到这一天她曾经跑过很多路，她的脚放到冰冻的地面上就像踩着棉花一样柔软。

女子中学门口也同样站着几个警察，他们的被派遣到这里正等于所谓"亡羊补牢"。胡文敏在学校里面没有看见什么紧张景象，或者倒可以说是相反，学校里似乎比往日更平静些。她在路上——她走过好几重院落几乎没有看见人，没有听见一点声响；连办公室中也没有声响；仿佛这一天是一个假期。她一直走进寝室。在寝室里，一个小桌旁边，有两个同学正低声谈话。她们中间的一个是壮大的，运动员样的，脸蛋又红又黑，人家都喊她作"大哥"或"闯将军"。当她站起来的时候，胸部便高高的挺出来，好像什么事都做得出，模样——连说话以及走路都像男人。

她的名字叫刘之英。另一位额部很宽，有一只猫似的充满着野性的但是神经质的眼睛，是刘之英的同乡张小姐。她们看见胡文敏便停止谈话，脸上——尤其是刘之英的脸上留着严重神气。她们对于这个同学的进来似乎有些吃惊。

"胡文敏，"刘之英用一种低抑的声调招呼道，"你先前在什么地方，到现在才回来？我们还以为你被人家捉去了呢。"

刘之英说到最后笑了一下。张小姐原先怪异的张大着眼睛，这时候也笑了一下。胡文敏不看她们，也不马上回答她们。她把绒绳编织的外衣和手套一件一件脱下来抛到床上，一面背着她们淡然说：

"我去看马先生，他听说今天的事情很生气……你怎样，大哥？你没有受伤吗？"

刘之英站起来笑道：

"托福，托福。"

同时张小姐也跟着刘之英走过来。

"你去看哪一个马先生？"她问。

胡文敏气色很不好。先前因为被热情与痛苦鼓动，奔跑着还不觉得什么，这时候她忽然感到疲倦，好像用尽了力气似的软弱，并且脑门隐隐疼痛。

"马已吾。"她倒到床上。她的眼睛空虚的茫然望着上面，说话的声音很低。

张小姐同刘之英走过去，她们坐到胡文敏的床沿上。

"马先生怎样说？"张小姐接着问。她并不等胡文敏回答，随即顽皮的，转过去模仿着马已吾的声调慢吞吞的向之英念道："秦公据殽、函之固，拥雍州之地，君臣固守，以窥周室。"

胡文敏向张小姐瞥一眼，接着又马上调开说：

"他也没有讲什么；他说先不必发慌，不要乱动，先看一看局势怎样发展，然后再决定应付办法。"

"难道就这样完结，白白的让他们砍伤几十个人吗？"刘之英生气的截住胡文敏问道。

"也并不一定就这样完结。"不过胡文敏去看马已吾仅仅是报告一个消息，并不是为着讨论什么问题。马先生也只是发表他个人的意见，他跟学生联合会没有关系，胡文敏也不是什么代表。他是以一个先生的地位跟一个学生说话，无论说什么都不会决定甚至影响他们学生的行动。

"他的意见也有道理，"胡文敏打了一个呵欠，仿佛是问自己似的接着讲，"他们现在只想到做官，所以先来一阵煞威棒，其实他们的大椅子仍旧是放在人民和兵的脊背上面，人民和兵士稍微动一动他们就会头昏目眩。现在他们是预备从一把椅子坐上另一把更高的椅子，为着满足私欲，把我们当作牺牲。"

"那么他怎样来解这个问题呢？那些兵士今天一动手就向我们砍杀。"

"他们自然被欺骗了。你想兵士有不希望打日本的吗?他们回去将会清醒过来,他们会想一想他们所作的事情,他们清白的手上染着自由的血。谁把青年人的血染到他们手上的呢?他们会厌恶他们自己。"

胡文敏说着便无力的合上眼,停了一刻她又含糊的说道:

"组织自然有一种力量;任何腐败的组织都有。现在他们的组织,他们的绳索业已烂了,虽然他们还竭力维护,不过无论怎样,今天他们

作的事情是一种失败,兵士和人民已经看见他们的行为,他们没有方法粉饰他们的罪恶。"

张小姐在先听见刘之英说不愿意白白被砍伤几十个人完结,仿佛在她前面当真重新展开一场屠杀,她的脸上现出恐怖,血色更加少了。这自然不能责备这个少女怯懦,须知道每一个善良的人都喜欢和平,每一个生命都向着快乐,没有一个人愿意就死。到这里,等到胡文敏无力的不连贯的把话讲完,也许她想到她的恐慌是不必要的,她们现在还可谈话,于是她又放心,脸上现出一丝活气。

"你听她讲,大哥,"她忍不住嘲笑道,"你听她讲的,她现在倒应该做我们的大姐。"接着,她转过去向胡文敏,"真的,文敏,明天我们去见校长,你简直可以做我们的先生。"

胡文敏并不分辩,她连说明刚才的意见并不是她的,大部分是她从马已吾那边听来的力气都没有。

张小姐这时候也看出她的气色不对。

"你受伤了吗,文敏?"她担心的问,"你是不是被人家打在哪里?"

胡文敏在枕上摇了摇头,她没有受伤,不过她觉得好像吃多了什么不容易消化的东西似的,心里十分痛苦。她的同学不明白为什么有这种情形,她们甚至根本就没有想到这里。

"我有一句要紧话跟你说。你起来,文敏,"张小姐拉住胡文敏一只手腕,用力扯了两下却扯不动,她于是要求刘之英帮忙,并且笑着骂道,"你

看她懒的，好像在害懒病似的。"

刘之英不耐烦的把手一挥道：

"去，去！不要耽误人家，尽在这里啰唆！"

张小姐放开胡文敏，淘气的把嘴噘起来。

"去，去！"她重复着，乜着眼睛说，"人家碍着你什么？去，去！地皮又不是你的，你管得着人家啰唆，闯将军！"

"你说什么！"刘之英站起来，伸手去捉她。

张小姐于是猫儿似的向外一跳，她逃到门口，接着又笑嘻嘻的转过来，做一个要打架的姿势，顽皮的站在门限上大声喊着：

"我说闯将军，闯将军！李闯王！"

刘之英重新在床上坐下去，赌气不再理她。"简直是一个没有办法！"她想。同时她注视着睡在床上的同伴，这放在枕上的是一个鹅蛋样的——用一般的见解说——没有什么大脾气的脸蛋。其实胡文敏并不完全没脾气，假如从外表后面观察，也许恰恰相反，比脾气顶大的人更大一些，只是很不容易看出来。她的脸色几乎是纯净的白色，像牛奶一样；眼睛是长长的，看起来很柔顺；眉毛并不怎样浓，细细的像两条杉木叶；嘴唇并不怎样红，并且常常寂然合着，很难得有笑的时候，人们说这是一个没有什么特色的女人，没有迷人的地方。综合起来，她给人家的印象是没有什么大的作为，但是纯洁，沉静，坚毅，不自负也不自卑。这种女人不大会受严重的打击，或者是她们受了，她们忍受得下，不在外面表示出来。她们最惊人的长处往往人们不去注意，她们也很不让人家注意，仿佛她们会因为别人的宣扬害羞。她们按住规定下来的工作，毫不紊乱，毫不讨巧，她们作的往往比别人能想像的还要快还要好些。就是这样一个女子。刘之英看出她比平常更加显得苍白，她的眼睛比平常无力，额部比平常枯燥。

"你被人家打了吗？"刘之英亲切的问道。

"没有什么。"胡文敏淡然笑了一下，一面转动着眼睛。她没有想到这个男人样的，平常大家都以为"没有人要"的，大概二十五岁的女子对人竟会这样体贴。于是她摇了摇头："没有什么。你怎样？你也挨了打吗？"

张小姐看见她们说话，这时候她也大着胆走过来。

"闯将军今天闹的很痛快，她在一个警察脸上打一个耳光！"她大声说。

刘之英向张小姐瞥一眼，她有些不好意思，脸色更加发红。

"我挨一棒。"她惭愧似的笑着说，她的声很低，"不过校长先前派人来请你，你大概还不知道。"

"请我吗？"胡文敏问。

"是的，请你。你刚才在门口看见什么没有？"

"没有看见什么。只是号房里的老头看人看的有些奇怪。"

"你知道学校里曾经发生过事情，在你回来之前不久，许多同学都在办公室外面，都听见，校长挨了一顿臭骂。"

"额，是的，局长！是，是，是，……"张小姐在旁边卑躬屈膝的模仿着校长的声调打岔她们。

胡文敏皱了皱眉。

"那怎样呢？"她停了一刻问。

"现在还不知道。"刘之英担心的瞅着胡文敏，好像等待着她的意见似的停顿着。接着她又补充一句："事情是有些严重。"

"是，是，是，是，一定照办。局长，一定！"张小姐第二遍说。

胡文敏惊异的望望张小姐，接着又看看刘之英。她看见刘之英带几分恼怒的瞅着张小姐，这个从来不喜欢考虑什么的女子今天居然会顾忌，居然把事情看的这样严重，她觉得十分可笑。

但是她笑不出。

"没有什么关系，"她在枕头上转动着说，"你们开过会没有？有没有什么决议？"

胡文敏问的是学生会。她们在胡文敏没有回来前业已经过集议。

在会议中曾经发生过争辩，有人说他们布置的不十分周密，否则不会有这么多受伤；有的主张马上组织宣传队到农村工厂中去；有的以为应该通电全国各种团体请求他们一致行动；更有的建议立即筹备第二次示威，要求将军及官僚们释放被捕学生，并且声明他们的错误，承认人民有爱国自由。最后她们决定将这些议案提交学生联合会，等候他们作最后决定。她们没有人以为她们不应该站在游行队伍前面，这显然是从法国学来的，并且是自动的，虽然这一天受伤的大半都是她们，她们仍旧感到进攻巴司底狱时候的荣耀。刘之英简略的报告这开会时候的情形。胡文敏默然听着，她没有表示意见。

"你是怎么了？"刘之英又注意到她的脸色白的奇怪。

胡文敏凄然笑了一下。

"不知道怎样，有些不舒服。"

钟声在空中响着，刘之英和张小姐到食堂吃晚饭去了。留下胡文敏一个人在床上躺着，她忧愁的望着窗户，天色很快的在黑下来。杂乱的到食堂的脚步声，说话声和嘻笑声从外面走过去，渐渐的走远，渐渐的轻微，最后夜色和静寂从空中落下来遮盖住她。真的，她是怎样了呢？毫无欲望的在床上躺着，额部和两颊有些发热，脊骨却在发冷。她想把棉被拉过来盖到身上，却没有动弹的意思；她把手伸出去，接着是一阵晕眩，仿佛地球就在下面转动，她的手仍旧无力的落下去。随后觉得身体被载在船上似的，无所系属的摇摆着摇摆着，不住的在空虚中浮动。

现在她躺着的已经不是铺着白被单的床铺，而是一条不能名状的无形的海船。波涛汹涌的在她耳边啸着，不住的将她举起来又沉下去。"我们现在是到什么地方去呢？"她自己问。事情有些奇怪，一个仿佛跟她的耳朵隔着一层纸的声音回答她："我们是到我们希望的国里去的。"她感到一种说不出的喜悦，对于这个希望的国她梦想了好几年，现在这个梦要实现了。"那边是很冷的，"她想着似乎有些担心，"不是很冷吗？"接着，在这种时候情形常常是这样的,好像夏季的暴雨袭来,像云一样,空气中忽然布满了不安。再接着,她正在惊异,大火蓬的烧起来了。人们,无数的人们,他们慌张,狼狈,混乱的从黑暗中奔出来,像从失火的房子里奔出来的老鼠。在这些看起来无数的,像永远不会停止的奔走的人们中间,警察和兵士用大刀、木棍、枪刺、手枪纵横冲击。人们跌倒,接着人们就从跌倒者的身上踏过去。"他们不让到希望的国去,"她想,"他们在破坏。"于是喊杀声,呼喊声,奔跑声,"打,打!"——"混蛋!"杂成一片,人们逃避着,警察和兵士追袭着,好像被风卷着的落叶一样从一面卷到另一面,接着又乌云似的从另一面压下来,一直压到她身上。

"那边,那边!"她在人的堆积中喊。

有人抓住她的肩膀,用力摇着。

"文敏,文敏!"

胡文敏惊恐的睁开眼睛,她出了一身冷汗。灯在房子里亮着。张小姐正站在窗前骇异的望着她,手还没有从她的肩上拿开。

"你说什么?"张小姐问。

她并不直接回答。

"我做一个梦。"她含糊的说,"你们刚才吃过饭吗?"

"你真是在做梦,"张小姐笑道,一面拉棉被给她盖上,"你要冻病的。自习课也下过了。"

"我也许要病了。"她好像发谵呓似的自己咕噜着。她觉得很渴,嘴里和鼻子里像在燃烧。

第六章

"有人来过吗,李妈?"

杜兰若连着大衣坐在沙发上，一面脱去手套，一面惊慌的仿佛在找寻什么似的往四处瞅着问。其实她并没有确知要找什么。屋子里跟她先前出去的时候一样，仍旧是空空的，令人感到一种近乎在破产世家中感到的空虚。装着淡蓝色遮影的灯在空中亮着，她出门时随便放在台子角上的书仍旧放在原处，屋子里没有任何变动。大概她早已猜出没有人来过，因此她有些失望。

李妈正站在门口的衣架旁边。

"没有，小姐。"她用平常用惯的平静声调回答；但是她马上就发觉自己的错误，很快的分辩道："哦，你看我想到哪里去了？来过一个，小姐。朱小姐来过。"

杜兰若把李妈打量了一下，接着将手套放到旁边的小几上。

"朱小姐没有说什么吗？"

"她没有说什么，小姐。"

李妈看见杜兰若仍旧瞅着她，以为杜兰若对于她的回答不满意，接着又补充道：

"她只在门口站了一下；我让她进来，她说她明天上午再来看你。

这个小姐真个有福的。不是我讲疯话。她将来一定会嫁一个好女婿。

可不是吗，郎才女貌，将来一定会嫁一个好人家。"

李妈痴痴的笑着，好像一架破旧机器，一开动着自己也停不住了。杜兰若皱着眉不说话。"老年人真是又可笑又可怜，人一老像熟透的果子，风吹过来它就动弹着动弹着，不做主的动弹着，等到有一天自己落到地上，便什么都完了。"她在心里想。李妈却像做错了事或者不知道要怎么办似的，杜兰若的皱眉使她抱歉，杜兰若不说话也使她抱歉，仿佛这些全都是她的错误。

"你找着少爷他们吗，小姐？"她——李妈笑着问。她自然也知道这是多余的，完全没有这一问的必要，但是现在让她作什么呢？她似乎感到一个空隙，一个可怕的使她不安的空隙。她不知道这是怎么发生的，因为她并不知道有什么发生：只是她感到今天有些特别，她从来没有这种感觉过。真个的，少爷跟董小姐早上出门，现在似乎觉得他们将永远不会回来的一样。

"没有。"杜兰若摇着头，接着她从沙发上站起来，走到台子前面将灯开亮，并且思想什么似的站了一刻。

"李妈，你到这边来。"她在台子前面坐下去，"我有一封信要差人送到乡下，你找到找不到这样一个便人？"

李妈站在台子旁边，就像每天晚上她听杜兰若吩咐她明天买菜。

"不很远吧，小姐？"她问，"只要路不十分远，总找得到的。"

"出城有二三十里路？"

"出城有二三十里路找得到，小姐。我有一个兄弟……"

"你兄弟是做什么的？"

"做什么的，那可没有准儿。他什么都做。你要是砌个灶台了，糊个墙了，垒个花池了，掘棵树了，您只要吩咐一句……我现在就喊他来好吗？"

"不，你先不要慌，"杜兰若做了一个手势说，"现在你且把饭开上。你自己不是也没有吃过饭吗？"

杜兰若一个人在她的小小的会客室里吃饭。菜是丰富的，中午以前就烧起来的。她吃的毫无意思，好像她的胃口是这样坏，她正患着消化不良。她看见桌子中间摆着一只鸡。这是她特地为她的弟弟和董小姐买的鸡，当她昨天晚上吩咐李妈买菜的时候，她还为他们将有一个热闹午饭快乐，现在她不必等他们了，她从马巳吾的谈话中已经隐约猜知渊若被捕了。一股油腻气味冲进鼻子，她皱了皱眉，随即她让李妈将鸡搬开。

"这是什么午饭！"她想。她记得办丧事的人家就是这样不守时刻，午饭常常从早晨开起一直到夜深。现在她的忽然被搅乱的和平空气，她的好像骤然荒凉起来空虚起来的小院子给她的也正是这种丧亡感觉。接着她想起渊若这时候大概还在被人家审问，今天晚上他将跟别人一同饿着肚子。她吃的很少很慢，并且有好几次把正要去夹菜的筷子停在菜盘上面，极注意的听着，仿佛正有一个人急促的在外面敲门。但这仅仅是她自己疑心，仅仅是一种错觉，她每一次得到的都是失望。

最后杜兰若似乎不再等什么人了；也许她连这个问题都不曾想到，只因为一种感觉，只因为她觉得她在食桌旁边坐的太久所以才站起来。假使这时候有人问她有没有吃过晚饭，她定会愕然不知所答。她毫没有主意的走进上房，现在她做什么呢？她在沙发上坐下，接着她想起应该给董瑞莲的母亲写一封信，她预备站起来。

"不，不，"她在心里说，"我几乎弄错了。事情还不知道究竟怎样，应该明天到医院里看看再说。"

杜兰若会拿不定主意似乎是奇怪的。杜兰若是这样一个女人，她有一个这样履险如夷的或是说这样冷的性格。假使这被捕的是她自己，她决不会感到为难或是痛苦。她的心里从来没有过这样孤单，即使当她先前被捕，被人家以枪毙相恫吓的时候也没有过，因为那时候她的责任是等待不幸降临，营救的责任是在别人身上；人们能奔走成功，她自己能获得自由，能少受一点苦楚，她自然欢喜，如果人们是失败了，用她那时的想法，"这是一样的，人们无论给一个什么结果都是一样的"。支配着她的命运的是官厅；衙门里的人高兴怎样办就怎样办，她自己毫无办法为自己的命运尽力。现在却是要她营救别人，那么明天她将作些什么？她要给她叔父拍电报吗？或者是像马巳吾说的一样，暂时看一看局势怎样发展，或者是托另外一个什么有力者呢！

杜兰若自然不免为她的弟弟渊若担忧，她想起这个少年人的种种不幸。他们的父母都已去世，他们的叔父对待他是严的，虽然他十分爱他，董瑞莲又被人家砍伤或是刺伤，现在，平常也是一样，最关心他的只有这个姐姐，她自然应该尽力把他营救出来。不幸她仍旧不能确定明天要作的事情。这时候她觉得很空虚，她需要一个人的帮助，需要跟他讨论一下。自然她从来就没有想到她需要别人帮助过，她有一种谦虚的但是不能克服的好胜心，同时还有一种她不曾觉察过的东西,一种恋爱着的人常有的情感,幸福的或是说快乐的懒惰情感,并不是她不能决定她应该怎样作,仅仅是这种懒惰,她把她的责任暂时放开,犹之乎一个小孩失落一件玩具,并不是他不会自己从地上捡起来,然而他仍旧望着他的母亲,这就是说她把决定的责任放到别人身上去了。

"真的,"她想,"这究竟是怎么回事,我从来没有拿不定主意过,我记得——就是我在家里做小孩的时候也没有过!"

这种思想似乎有些使她生气。她站起来从台子上把这一天下午她看过的书拿过来;她随便翻过几页,但是她的思想不能集中,她的心情仍旧杂乱的好像许多种不同的色彩泼到一张白纸上面。她的额角在跳动着,脑子有些发痛。于是她又厌倦的把书抛开。

"我疲倦了;疲倦的很。这样的一天……我要休息一会……"

杜兰若烦恼的这样想着,接着就懒懒的把头放到背靠上,把脚稍微伸出去一点,一只脚压到另外一只脚上,同时慢慢的合上眼睛,看起来,她的模样看起来好像真的已经睡过去了。但是,虽然她并没有明确的思想,她仍旧在等待一个人。她以为胡天雄不久就会来的,不管发生什么事情,不管他怎样忙迫,她极有把握的相信他会来看她的。

"可是朱英来做什么呢?"她自己问。

杜兰若仅仅是毫无来由的偶然这样想起来,如同感到无聊的人常常有许多没有意思的不着边际的问题一样,她的思想不过是被一个偶然的观念打断一下,并没有什么要仔细思索一番的心思。她觉得时间过的比平常慢。

"真的,他为什么不会来,为什么还没有来?"

她带几分埋怨的想着,睫毛在淡蓝色的灯影下动弹着,仿佛她预备睁开眼睛,但是这样挣扎过一下之后便不再有别的动静,似乎她暂时间对于这种状态已经感到满足。这以后她为胡天雄解释,或是说她为她自己解释:他当然是很忙的;所有这种情形她都十分清楚,他必须参加会议,凡这屠杀事件引起的问题他都必须参加讨论所谓对策。因此她有些后悔,她经过大学的时候为什么没有进去一下。她又看见大刀,枪刺,手枪,救火车,奔跑的人众,被砍去的胳膊,受伤者的转侧。"精英,这就是所谓'民族的精英',所谓国家'未来的主人'……"她很想嘲笑,不幸她没有成功。她的感觉渐渐迟钝起来。这些思想或是说幻象都是不连贯的,它们在她的浑沌的心里慢慢出现,接着又慢慢消灭,然后是第二个、第三个,正像她的将断的知觉一样,像垂熄的煤焰一样。"你怎么知道什么东西是要来的呢?……当你高高兴兴在路上走着的时候,譬如天气是很好的,树林下边和小路旁边都开着花……你预备出城,空中忽然会落下一片瓦,恰恰打到你的头上……"在平常当她清醒着的时候,她要为这种思想害羞,真的。"为什么会落到头上来呢?"她又含糊的想。

"不,不;我们要永远打下去,一直打下去。"没有任何声音回答她,屋子里是一片静寂。所有的声音都渐渐消灭,渐渐静下去了,接着她心里也完全静下去了。

杜兰若正在房子门前的石阶上站着,她看见许多大树,鸟儿在上面叫着,又好像是在树林里了。这时候,一个不能确定的离开她在沙发上坐着究竟有多长时间的时候,一个高大的和善的充满生机与热力的男人正笑着向她走来,仿佛他们已经很久没有见面。

"天雄,"她欢喜的招呼道,"你怎么到这时候才来?"

胡天雄仍旧笑着,仍旧高兴的向她走来,并不马上回答。

"小姐,你笑什么?"于是一个声音这样喊。

杜兰若睁开眼,从沙发上坐起来,她看见李妈手里拿着火铳,满脸笑容的正在前面不远的地方站着。接着她的眼睛又向台子旁边和李妈背后寻觅。

"刚才有人来过吗,李妈?"她的眼睛又怀疑的转向李妈问。

"没有人来过,小姐。"

李妈说着向火炉走过去。她说她刚才进来预备把炉子封上,她看见杜兰若在沙发上笑,以为她是醒着,所以喊了一声。

"你好像在等什么人,小姐?"

"我不等什么人,"杜兰若打着呵欠说,"我刚才做了一个梦。"

"人家说在梦里笑是主喜的。"李妈卖弄风情的笑着向杜兰若瞥了一眼,一面哗啦哗啦的捅着炉子。杜兰若却没有注意李妈,她满面睡容的坐着发呆,一面恍惚的想着刚才的梦。

第七章

同时另外一个少女——朱英也做了一梦。朱英气恼的躺在床上哭着,仿佛她是这样伤心;其实她有什么应该伤心,她自己是一个什么都不用过问的小姐,吃饭穿衣有女仆侍候,出门有洋车,此外的各种事情都有母亲,在中国挨一顿骂是平常事。然而每一个少女的心里——世界上最幽密的心里都有许多心思;还有什么是比女人的心更柔软同时更深的呢?阳光偷偷的在她们心里照着;鸟儿在她们心里睡着:花苞顾影自怜的觍然低垂着头,她们把这种心思保留下来。自然她们中间的大部不一定仔细观察过她们自己的宝藏,她们丰富的含着香气的心灵何以有时候快乐,接着,另一个的时候,也许仅仅是和先前难以分拆的同一个时候,何以又毫无来由的忽然感到烦恼。这些在魔洞中被魔的睡美人,她们在等待她们的英雄,直等到她们遇着她们的英雄,尝到一种解剂,也就是他的呼吸或是接吻,她们心中的阳光才会普照,鸟儿才会鸣啭,花朵才会开放,她们自己才会获得新的生命。

朱英正因为什么都不过问才莫明其妙的时常有所感触,她觉得十分不幸,一个被娇养的孩子心目中的不幸。为什么她不能去呢?她的同学们参加示威为什么——她怎么能够不去? 为什么只有她必须挨骂?她的无辜和她受的不公道使她恸哭很久。

这些泪大部分是不必要的、浪费的，本来早可止住的，只因为上面所讲的"毫无来由"，它们一直不停的毫无来由的泉水样的滚出来，它们的来源是这样容易，到后来枕头都浸湿了，眼睛和嘴唇肿了，喉咙也干哑了。

这时候，朱英的弟弟从外面跳进来。

"姐姐，你为什么哭？"他气咻咻的喘着问道。从这孩子的嘲笑声调中可以听出他是同样被纵容坏，也许更坏，因为他是一个具备野性的男孩子，他并不觉得别人的不幸应该同情，而且正相反，别人的不幸反足以使他开心。

"哭是我高兴，你管得着吗？"朱英生气的骂。

弟弟嬉皮笑脸的说：

"哭是你高兴，笑是我高兴；你哭你的得了。我管不着有人管得着，爸爸管得着；还有，将来有一个人——你男人——就是相片上的你男人管得着！"

"呀啐！滚，滚！"朱英恼怒的用拳击着床骂道，"谁叫你到我房子里来的？滚出去，快些给我滚出去！"

弟弟看见她这样生气，大概特别觉得快活，他轻蔑的将嘴一瘪道：

"你先别摆大小姐架子。我好意来问你，你可就像吹猪样的，气得圆圆的绷绷的了。我高兴来就来，谁稀罕你打躬作揖的说？这房子不是我的，也不是你朱英的；你的房子，你嫁了人才有你的房子！"

朱英转过身去面对着墙，赌气不再看他，一面大声嚷：

"你给我滚出去！滚出去！不滚出去我要喊了。"

"你还是不喊好，老姑娘，"弟弟称意的挖苦道，"你喊洒家也不怕：你喊也不会有你的便宜，不信咱试试看，挨骂的包管是你不是我。"

朱英虽然恨的咬着牙关，她知道闹起来的确不会有她的便宜，因此便不再作声。弟弟看见她毫不动弹的朝里躺着，知道她已经认输，他眨眨眼睛做一个鬼脸，然后胜利的嘲笑道：

"我说你不做声是你的便宜，你看怎样。我问你为什么哭，其实你不说我也知道。你挨骂是活该。洒家呀——呀——"

朱英已经不再伤心，她听见弟弟一路唱着跑出去，上房里朱老爷和朱太太的声音业已平静下来，好像在商议什么事情。接着有人走进来，这是一个中年女仆。

"把饭给你送到这边来吧，大小姐？"女仆谨慎的问。

朱英的声调干哑，并且还留着一些悲伤。她说：

"不用。"

她停了一刻又添加一句：

"我不饿。"

女仆在房子里站了一会，然后悄悄的走出去了。房子里单剩下厨柜上的小座钟的响声，譬如风雨之后，听起来似乎特别平静些。朱英合着眼睛毫不动弹的躺着，她心里觉得疲倦空虚，但是眼泪已经将她所受的委屈洗清，也正犹之乎风雨将空中的尘埃洗清。心里没有积压着的情感雍塞，完全是通畅的、和顺的，像清澈的天空一样平静的了。她没有什么欲望，没有什么不平，仿佛世界也没有什么欲望、什么不平，原是茫茫的一无所有的东西；幽游的广大而安谧的睡眠——正像传说里所讲的一样——轻轻从空中落下来，将无知、混沌、幸福放到她身上，将愚呆放到她脸上，她的侧着身体，她的脊背落到软软的温暖的床上，手无力的慢慢从胸部滑下去了。

然而现在她站着的这是什么地方？她全身的关节又酸又痛；街道、房屋、空气、人众，各样东西都是灰色的、平面的、没有阴影的、不确定的、浮动的，但是无声的。虽然是无声的，空气并不平静，似乎到处都潜藏着不安。人们不知道从什么地方出来，他们蠕动着，无声的拥挤着。他们是这样多，难以想像的多，大家似乎在等待什么。忽然间，正在人们等待什么的时候，一阵大的混乱，人们波动着向四处奔跑。

"警察，警察！"她恐慌的想。

她于是也夹在众人中逃避。渐渐的，她渐渐的离开别人，她穿过各种小胡同，灰色的无生气的房屋一宅一宅的落到后面。到后来她发现只有她自己的时候，她回过头去。

"警察，警察！"她苦恼的在心里说，一个警察正在后面向她追赶。

现在她要以全力逃避这追捕了。她不再往旁边看，她闭上眼睛，一直逃到家里。在她家的大门外热闹的聚着许多人；她一直冲到人丛中，人们最稠密的地方；现在她不再害怕逮捕，她业已想出为自己辩护的理由，她可以说她是在这里跟别人一样看热闹的。这热闹于是马上吸引住她。这里的人是各式各样的，戴将军帽的军乐队，穿锁金红袍的吹鼓手，穿绿袍的轿夫，穿红罩衫的旗牌，束红束腰的管家，没精打采的马车夫，花枝招展的女眷，胸前佩着纸花的男宾，满头大汗的执客，此外，各种看热闹的闲人。

"为什么要用花轿？"有人低声问。

"轿会重新流行起来的。"另外的人咕噜着回答，"人家说过去的都会流行起来，人们有一天要穿蟒袍，戴顶戴，弄成一个四不像。都要重新流行起来，乐要韶乐，舞要八佾，时代要回到三代以前。"

"你没有想你说的有多么丑，先生，我简直要呕吐了。"

"这正是当权者的博学，治国平天下的根本。你要呕吐只是证明你的浅陋，你不明白什么是文化，什么是美。"

"那么什么是文化呢？你所说的复古家们知道什么文化吗？"

"难道只有你才知道吗？你不知道你的胃口有毛病，真的有毛病。我对于中国文化曾经研究过，就是现在提倡着的，这是一桌满汉酒席，你明白吗？你的胃口装不下，所以要呕吐了。但是这是一种无知，你不应该责备别人。"

人们在议论着，哄动着，失望的踌躇着，仿佛是不能决定怎么办才好。

"大小姐呢？大小姐哪里去了？"有人焦急的问。

于是一种沉闷的不安的空气马上散布开来，焦虑的颜色出现在每一个人脸上。

"大小姐呢？大小姐哪里去了？"一个又高又胖的绅士在额上抹着汗，用更高的声音重复着问。

接着一个女人，他们的女仆叹息着说：

"这可怎么办？要上轿的时候大小姐不见了。新娘子不见了！这该怎么办？"

大家用眼睛在人众中搜寻，要上轿的时候却不见新娘子了，接着又毫无主意的面面相觑。

"真的现在怎么办呢？"朱英恐慌的想。现在她正在失望、无援、焦灼中，她马上要出嫁了。假如这时候人们找着她，人们就马上将她塞进花轿。"过去的都会重新流行起来的。"有人叹息着说。

她要嫁到一个官员人家，嫁给一个她从来没有见过面的没有生气的少爷，她要变成另外一个人，不是现在的朱英，而是厚厚的搭着脂粉的少奶奶。"那么怎么办呢？"她又一遍的想。她的眼睛惊慌的向四处瞅着，汗从她的鼻子上和脊背上冒出来，她希望能找到一个地方躲避。

于是，忽然间有人大声喊：

"这里，这里，我可找着他了。"

朱英愕然睁开眼睛，阳光已经照到窗户上，湖色的窗幔上。窗幔静静的垂着；雀儿在庭院里吵闹着；一切都明亮、和平、轻快，连空气的波动似乎都可以听出。

朱英深深透出一口气，侧着耳朵听着。

"找着什么了？你这个不成材的，到现在——要晌午了还不上学堂！"她的母亲在庭院里骂。

"弹子，弹子。"她的弟弟分辩着说，"我在这里找它一个早晨，它却躲在这儿台级底下。"

接着仍旧是母亲的声音。

"你说有什么办法，表侄女。"她叹了一口气说，"生就的这种不争气的东西，你一天气八个死，他也不知道；他仍旧跟没有事的一样。你又不能见天打他。"

再接着是一个低的平静的敷衍的声音，一个年青女人的声音。

"表婶也不要生气，表弟现在还小，正是贪玩的时候，将来大起来就会学好的。"

"哪里还小，已经十来岁了！"母亲也应酬着说。接着她继续讲的大概是先前她们谈着的事情："你表叔的脾气，表侄女，你是知道的，我跟他一辈子都合不来。关于表侄的事你尽管放心，等到他回来我跟他说，有结果我就打发人来告诉你。"

朱英听出在天井里跟她母亲谈话的是杜兰若，她很快的从上坐起来，同时喊道：

"兰姐，兰姐！妈，在外面跟你说话的是兰姐吗？"

朱太太和杜兰若答应着，随后就从外面走进来。朱英站起来迎接她们。她的头发是毛乱的，看起来像一窝乱麻，因为她昨天夜里没有脱去衣服，所以罩衫上压出许多皱褶。她的脸上虽然仍旧留着睡容，却已经回复了生气，哭肿的嘴唇和眼皮却消下去了。

"兰姐，你来的这样早。"她笑着招呼道。接着她忽然惊醒过来似的不好意思的说："哎哟，你看我，我连脸还没有洗！"

朱太太看见女儿精神很好，也笑着责骂道：

"你自己也知道难为情，兰姐来了一早晨，你睡到这时候才爬起来。你自己拿镜子照照，你看看你的样子，活像一个鬼一样。自己害不害臊？"

杜兰若也笑着说：

"表婶跟表妹都不用跟我讲究，我又不是外人。"

朱英的弟弟原是跟着杜兰若和朱太太进来的，他望着朱英大声嘲笑道：

"不害臊，不害臊，昨儿哭的跟蜡烛一样，今天笑的跟灯人一样。不要脸！"

朱英不再管旁边的客人，她生气的顿着脚嚷道：

"妈，你看你的好儿子，你管他不管？"

朱太太并不生气。这也许是因为所有母亲都爱自己的儿女，有时她们看见儿女吵闹，反而觉得他们更加可爱。因此她的眼梢皱起来，极和善的笑了。

"他说你还说错了？昨天——"她向杜兰若瞥了一眼，然后转过身去在儿子头上轻轻打了一下，骂道："你也不是长进东西！还在这里做什么？快滚到学堂里去！"

弟弟挤眼伸舌的做一个鬼脸，正预备往外面跑。

"滚就滚，"他忽然收步并且向朱太太伸出手说，"不过得给两毛钱！"

朱太太没有理会儿子，她第二遍叹着气向杜兰若说：

"你看这种孩子，表侄女，你说你有什么办法？你有多少不教他们吵闹死？"

不幸她忽然发现儿子向她伸着手。

"做什么？"她严厉问。

"给两毛钱！"儿子仍旧伸着手，同时像债主似的摇着肩膀，淘气的装模作样说。

"今天一早不是给过了吗？为什么又要？"

"今天早晨是早晨的，今天早晨给过现在还得给！"

"那么早晨的呢？"

"肚子里去了。"

朱太太因为碍着客人，所以没有骂。朱英的弟弟讨到钱，一路上唱着，一阵风跑掉了。屋子里开始平静下来。朱太太在心里叹气，她的儿子的吵闹使她失去了兴致。杜兰若因为还有别的事情，所以木然站着，并没有想到这

一层。朱英看见她们都站着,便招呼道:

"兰姐,妈,你们为什么不坐下呀?"

"可说的,"朱太太忽然醒悟过来的说道,"我倒忘记了,再坐一会,表侄女。"

杜兰若踌躇着说:

"不坐了,表婶。我已经坐了好久,现在就要走了。"

"为什么就要走?"这三个人中间只有朱英的兴致比较好,虽然她们当小女孩的时候感情并不特别亲密,这完全是因为杜兰若难以使别人接近,就实情说,她是很喜欢杜兰若。还有一层是杜兰若不大到他们家里来,杜家的人跟她父亲感情不好,因此她今天特别高兴。她孩子气的娇赖的向她母亲说:"妈,你得生办法留住兰姐。她一年难得到咱们家里来两次;你连客都留不住;她要走了我就问你要人!"

她说着把嘴一噘。

第八章

一辆洋车在路上奔跑。汗开始在车夫的头上滚下来,车夫的额上冒着白气。显然这一趟生意并没有讲价,他希望拉到地方,能够得一点酒钱,车上面坐着一个年轻女人,在她的腿上放着一筐小果。她的被大衣领遮着的脸是沉静的和冷淡的。以为她闭着嘴唇,看起来感觉上有一些麻木。她的眼睛毫不移动的望着上面。人们可以看出烟有些涣散,她的思想并不集中。

"密司杜?"一个骑着脚踏车的学生模样的青年人问她。但是她没有留心,因为洋车和脚踏车去向方向相反。只有一会儿就远去了。

这个坐在洋车上的女人是杜兰若,十三分钟后,她已经在一家医院里的病房出现。这是一个普通病房,墙壁是白色的,窗户全都关着,中间装有一个帘子，一共有四个床位。有一个看护工给一个病人把脉，并且记录温度，杜兰若没有作声。

她在门口停留了一下，一股酸素的气味扑过来，因为光线很耀眼，她忍不住霎动着眼睛，并且把眼睛缩小。接着她向靠里边的一架浴着阳光的病床走过去。在数分钟前，当她在病房外面的走道上踌躇着的时候，她以为她看见董瑞莲在她是一种苦刑，她以为她自己将不能支持。不，这种忧虑完全是多余的，倘使她这时候她能看见她自己是怎样平静，她将忍不住惊叹。咳，你看这个瘦小的女人，她的模样就像她是一个到礼拜堂里去做祈祷的寡妇。这是一种怎样大的力量。她的瘦小的两肩好像将整个世界放上去都不会把她压倒。另一方面，无疑的，她会惊讶她的心肠为什么竟会有这样硬。它为什么没有一点情热，没有一点悲伤，它好像被什么东西塞着，为什么一点也不跟外界交通的呢？为什么她思想的跟她将来要体验的往往不同的呢？

杜兰若自然并不曾这样想过。她的脚步很轻，模样很冷静，看起来正跟她这时候的心境一样虔诚，或者应该说，她的心正跟她的模样一样虔诚。

她慢慢的向她要看的人走过去，病人正安静地睡着。从窗户透进来的阳光正光亮的照到她的在被窝下隆起的脚上。她的放在枕上的头有些向外面倾侧，微微张开着嘴唇，在急促的深沉的一口一口喘气。这时候——从这个病人的样子看来，好像世界上没有一样值得注意，她没有想到有一个人会来看她。不知道这里正进行着什么事情，甚至没有想到她自己的命运，她的样子仿佛说：放在这里的是一个简单的生命，你们不要打扰她……你们去做你们自己的事，现在她什么都不知道。她现在是在很大的困难里面，空气是这样稀薄，她需要的只是呼吸。但是当杜兰若在她的床前停住的时候，她好像是在梦呓里似的，动着嘴唇，她接着忽然睁开眼睛，她骇异的瞅着杜兰若。

她的眼睛是睁得很大，仿佛她并不认识这个站在她前面的女人，不知道，她在昨天早上还约过她到她家里午饭。

杜兰若骤然间有些失措。

"是我，瑞莲。"她不安的动了一下说，"难道你不认识我了吗？"

"是你，是的，这是你。"

病人喃喃的应着杜兰若，一面仍旧毫不动弹的看着她，显然她只是在重述杜兰若的言语。接着，她似乎明白过来，她预备用笑容欢迎并安慰她的客人。不幸她徒然努力，人们仅仅能看出她的嘴角和面颊的极不自然的动弹。她们好像要笑同时又好像要哭。

"是的，这是你，兰姐。"她反复地喃喃着。同时困难的从被窝下面拿出手，她的意思大概是要指给杜兰若，她的床前有一个小凳。

杜兰若于是就把这手握住，她没有想到要坐。没有人能料到甚至能想出这种变化，在这里，人们将要惊异："咳，这难道就是董瑞莲，就是那个活泼的大眼睛的像一朵有朝阳的花朵。这躺着的难道就是她吗？她的脸看起来是蜡一样的，嘴唇比原来的厚，她有一点浮肿，并且干燥的像枯萎的花瓣，她的放在杜兰若手中的手是软弱的，烫的仿佛有一种火正在里面燃烧，慢慢的它烧软了她的骨头，至于她的眼睛，它包含着一种杜兰若从来没有见过的东西。杜兰若这样向病人望着，忽然一阵战栗通过她的全身，为着把持自己，于是她将病人的手握的更加紧些。

"瑞莲！"她叫了一声。

董瑞莲把手从杜兰若的手里抽出来，

"你坐下。"她指着杜兰若旁边的小凳说。

杜兰若直到这时才知道自己还在站着。她把水果放在旁边的小几上，按照病人的意思坐下。随后，她又将凳子向后挪开了一些，使她可以看见病人的脸的全部，不致直接对着眼睛。

"你不知道，兰姐，"董瑞莲望着她在凳子上坐定，精神似乎比先前充足，比之前活泼一些，同时她还勉强做出笑容，"我好久好久都在等着你。我做了一个梦，也许是许多梦……你没有想到我们有一天会这样见面。你不是没有想到吗？"

杜兰若不明白现在在她面前躺着的这个少女的意思，她不知道应该怎样回答。况且所有的言语，所有用言语表示的同情，在这里，至少是对着这个人，她觉得都是不必要的、多余的，它倒不能——它们从来就不会替她服务，从来就不能替她表达思想。她想做的活泼一点，快乐一点，借此使病人感到安慰。不幸她负担的似乎是这样沉重，她没有成功。

"没有想到。"她勉强的应着。这是当然的，她自己也觉得无谓。

"并且你还想到这吗，兰姐？我并不害怕，我不能确定到底是不是这样？"董瑞莲说到这里忽然停住，好像找寻什么似的，望着杜兰若背后。

杜兰若起初低着头，因为病人说到"我不能确定"，她感到一阵悲伤。这时候她也回过头去，跟着病人往背后看，她以为后面有一个人，但是什么都没有。连先前的看护也早已不在这里，大概是到别的病房去了。

"你看什么，瑞莲？"她诧异地问。

"没有看什么，我想也许……"病人闭住眼睛，一面急促的喘着气说，"刚才我讲什么？"

杜兰若看见病人的精神不好，心里很为病人担心，却又想不到好的办法。因此，她以为不如让她多讲几句，让她稍微安静一点。

"没有什么，瑞莲。"她重新抓住病人的手，"你没有讲什么，你不大舒服吗？"

"是，是很不舒服？"董瑞莲仍旧闭着眼睛，这时候她的颜色——在杜兰若看来似乎比先前惨淡。她的声音很微弱，并且只在喉咙里响，听的人会以为她是在说梦话。

"不过我说过的，兰姐，现在我记不起来了，我忘了。"她接着讲，"现在我很难过，空气这样热……不是，我是说我自己，我的脑大概坏了，你不觉得吗，兰姐？我连一口气都吸不到——"

杜兰若感到一阵恐慌，她仿佛看见一堆火，守着这火并使它不灭是她的责任。她希望它烧的慢一点，烧的更长久一点。她也许可以找到救援，不幸这火却疯狂地在大风中燃烧，生命在慢慢减少，火焰在渐渐低落。现在，她怎么办呢？她用什么方法使它维持一个固定烈度，她怎么能使它永远不息？

"现在它要定了？"她失望的想。一方面，她仍旧希望她能够把它抓住，因此她用力摇着病人的手说："我觉得，我觉得，瑞莲，你停一下就会好起来的。"

但是杜兰若在这里错了。这火还不到熄灭的时候，它还要挣扎。没有烧到它的余烬。反过来，或者谁可以这样说。有时候，于一些人过于和善，对待另外一些人，有时候又特别残酷，现在命运跟死，它们并不想马上完成它们的工作。它们要慢慢的动手，细细的进行。这个生命还没有受尽痛苦？董瑞莲似乎觉得她的手是被杜兰若握着。

你觉得你在这里。她说，"现在我很糊涂，兰姐，你替我想想，我刚才想的是什么？"

杜兰若自然也知道这话里面有错，这是一个思想混乱的人讲的。她并不替她订正，她考虑有别的地方。

"我在这里守着你。"她附在病人的耳边说。

"你在这里守着我。"病人回答她。

"你刚才什么都没有想，你应该休息，什么都不想，你就好了。"

"什么都不想。"病人转动了一下。

"刚才我想到家，"她接着说，"先前我让你到我们家里去，你答应过我，我们家里——我们大门外有一口井，井上有一棵柳树……兰姐，你说我母亲会不会到这里来？"

杜兰若怜恤的望着董瑞莲，董瑞莲仍旧闭着眼睛，不过没有先前喘的厉害。当她想到这个少女现在正在想家，在热切的怀恋着她家里的一草一木，她很容易的联想到一个临死者的最后希望，一阵悲哀忽然占领了她，她怎样才能安慰这个可怜人，怎样来满足这种她明明知道不能满足的空虚。

"你想见伯母吗，瑞莲？"最后，她在无可奈何中想起这样一个空话。

在平时，她会害羞，她没有想到她会这样拙笨。

但是，这是不必要的。

"不，兰姐，"董瑞莲微微摇着头说，"我不要见她，她看见我要难过。"

接着，她已经比先前平静，呼吸已经没有先前活泼——接着她睁开眼，她第二次，好像很远的地方站着一个人似的，她第二次向杜兰若背后瞅着。

杜兰若看见病人比先前平静是一种安慰，同时她感到更大的惊异，也许可以说是恐慌。不过两分钟——不，一分钟后她已经明白过来。这醒悟给她增加了更强大的负担，更大的痛苦。

"瑞莲，你看什么？"她极为难的问。自然的，她同时还准备着撒谎。没有人能明白她现在做的是什么角色。没有人知道她现在的情况有多么坏，她受的是什么打击，连她自己也不知道，她根本就没有去估量过。

"我没有看什么，兰姐。"董瑞莲把眼睛挪开，望着空中想了一想。接着她问起外面的情形，问起昨天示威的结果，并且问是不是伤了很多人，捕去很多人。

杜兰若不想对病人谈昨天的事。因为有许多事情她颇难于回答。有的事情不应该让病人知道。因此，她很可笑的在这里摆出一个大姐的神气，她带几分严厉地说道："瑞莲，你知道你现在有病。"杜兰若把手放在病人膀上。

"你应该知道留心自己，他们都很好。我想都很好，听说他们正在筹备应付办法。不过你可以不管，你现在在床上病着，即使你知道你也不能帮助作什么事。为什么你要白白的打扰自己？你现在需要安静，需要休息，然后你会慢慢的好起来。"

"你看我会好起来吗？"董瑞莲试探的瞅着杜兰若。

杜兰若很快的逃避开病人的眼睛。

"会的，会好起来的。"她望着旁边说。

"你放心，兰姐，我以后不再想了。"

董瑞莲仍旧恢复原来的样子，眼睛望着空中说："你昨天等我们一定等的很长久……我们正往前走着，忽然我们看见从前后左右跑出许多人，他们一片喊声向我们杀过来……"

杜兰若很怕知道董瑞莲的伤势，但是她又不能不有这一问："于是，你们被冲散了？"她截着董瑞莲，不让她往下讲。

"我们被冲散了。"

"你的伤在什么地方？厉害不厉害？"

董瑞莲向杜兰若瞥了一眼。

"我不知道，"她平淡的说，"在下面，在腿上。"

"你要让伯母来吗？"

"不，兰姐，我不想让她知道，家里又没有别的人。天气这样冷，让她知道不过是白白的让她跑一趟，还是不让知道的好些。"

接着是一阵静寂，房子里很平静，可以听见董瑞莲的呼吸声、另外一个病人的咳嗽声、人们从门外走过时的轻轻的脚步声。她们都不说话，好像她们都知道，彼此心里都明白将来要发生的事情，她们用不着讲了。

这时候无疑的使人觉得比别的时候更可怕，比别的时候更痛苦，因为对着别人人们可以说谎，可以逃避，这时候所要对的却是自己。

"兰姐，你跟我说昨天受伤的人多吗？"董瑞莲好像想起来一件重要事情，她忽然转过来第二遍问杜兰若。

"不，不多。"杜兰若支吾地说。

董瑞莲显然并不相信她。她怀疑的望着杜兰若，接着又极自然的，好像不作主似的望着杜兰若背后。杜兰若感到有一阵慌乱，同时，她的所以慌乱自然是因为她是生来的特别细心，她平常连一些小事都不肯放过，她很怕给病人什么刺激。这时候，她想起胡天雄，特别想起杜渊若。但是，她自己没有办法诉说。这里并且有一个病人，一个受伤者，她却又没有别人足供商量。昨天晚上，她曾感到不如自己被捕，这是真的。现在她又觉得不如替别人受伤，这也是真的。然而这种思想不管是怎样真实，它们仍旧无用。许多困难她仍旧必须自己动手解决。否则,她便只能责备自己。这时候她仿佛忽然抓住一件解脱自己的东西。一件可怜东西。她忽然想起她来的时候买的水果,先前她把它们忘了。直到这时候,它们还在病人前面的小几上放着。

"唉,瑞丫头,"她特别装着快活的笑道,"我给你买的苹果,你要吃吗?"说着,她把水果筐打开,并且从大衣袋里取出一把小刀。

董瑞莲毫不动弹的向杜兰若望着。这是很明白的,杜兰若早就知道,这个可怜的女孩子无疑的早就准备着。她所说的各种话都不过是一本书的序言,真正的意思是在这里,她不想说出来。因此,她很早就等待着。

"兰姐,谢谢你,我不要。"她仍旧瞅着杜兰若,"今天只有你自己到这里来吗?"

杜兰若低着头,装作一心都注意在水果上面,她很留心的削着果皮。

"是的,是的。"她说着满脸通红。于是病人更进一步的问:"渊若呢?他为什么不来?"

"他没有来,"她说,接着她很快的又加上一句,"他有事情。"

"他是不是在学校里?"

"是的,他在学校里。"

董瑞莲一直注视着杜兰若埋着的眼睛,接着又慢慢把视线移下去,看着她的很好看的比较一般人的稍微尖一点的鼻子,看着她的紧紧闭着的嘴唇,仿佛说:"我从来没有留心,你长的很好看,你是一个美人。但是,你的话是真的吗?我很怀疑你在这里没有说谎。"

就在这时候,杜兰若抬起头来,她遇着的恰恰是病人执拗的向她瞅着的眼睛。在这以前,她自然早已注意到它,并且它一直都在恐吓着她,同时又吸引着她。但是现在,即使在这个病人满怀着希望的时候,它们仍旧是可怕的空虚、怪异、无光,仿佛是两片沙漠。

杜兰若感到一阵恐怖。

"瑞莲!"她好像一个在路上用吹哨破除冷寂,同时来安慰自己的惊恐的夜行人，这样喊了一声，"先前你说你做了一个梦，你让我听听你做的是什么梦。它是不是有点蹊跷？"

"我不知道它蹊跷不蹊跷。"董瑞莲说着合上眼睛，仿佛她是什么都知道了。她永远不再将它睁开来了。她说她曾经梦见一次大火，杜兰若被烧在火焰里。

第九章

"……"

"……"

"中国人不打中国人！"

在混乱的咒骂同呼喊声中，这最后的声音比较高些，它孤独的在空中响着，接着却是落在大海里似的一阵静寂，一阵风暴将来之前的沉闷。再接着是从沉默中突然而起的几响枪声、警笛声、靴声和救火车的嘶鸣。警察、宪兵、侦探以及保安队正向群众冲过来，一群群像出柙的野兽。然后是刀光一闪。

"完了，"杜渊若想，"他们要杀人了！"

杜渊若拉着董瑞莲，其先他们被夹在群众中间不作主的动摇着——这已经是昨天的事了——像在波涛中般波动着，随后，当大刀跟枪刺在他们周围和头顶挥动，他们便开始向下溃退，朝四处冲突。不幸

他们是被包围着，袭击者正继续从每一个街口奔出来。他们正陷入人家预先给他们做好的陷阱。人们于是奔过来又奔过去，希望找到一条路，从围击中找出一条缝隙。

"瑞莲！"杜渊若叫了一声，但是他发现这时候他拉着的是另一个人，一个不相识的人。董瑞莲没有在他旁边。他没有想到先前在奔跑中他们被人

家冲散，他在纷乱中曾经毫不辨认的拉住一条手臂。他向周围寻觅（这全是在他叫喊的一瞬间发生的），他拉着的人从他手里抽出胳膊，很快的便在奔跑着的众人中消失了。杜渊若看见群众正在很快的分散，像被风吹卷的云，很快的分成许多小片，盲目的在街道上移动。有时候他们无意间碰在一处，两片云便混合起来，向街道的一边卷过去，随后他们又重新分散。

杜渊若这样望着，他什么都不曾想。他在向群众中搜寻一个他熟识的少女。这时候——就在上面所说的同一瞬间，他没有料到忽然从背后飞来一棍，重重的正打在他脊背上，他的领子同时已经被一只大手捉住。一个声音在他后面恶意的骂：

"你妈的中国人不打中国人！"

杜渊若没有想到他业已被捕，甚至没有明白这敲打同咒骂的意思，他只以为应该找着董瑞莲，此外什么都不在他心中。因此他竭力想从抓着他的手里挣开，他每挣扎一次他的脊梁上便挨一棍，随后又加上另外一个人打来的耳光，并且每一次都得到这样一句恶骂："中国人不打中国人！你娘的这就叫做中国人不打中国人！"这好像一个粗鄙的嘲笑。他发现他的衣领是被一个警察从背后揪着，另外有一个侦探扭住他的臂膀。原来他并没有逃走的意思，他看出已经没挣脱的可能，渐渐的便安静下来了。他看着他的两个追捕者，两个追捕者也望着他。他们的表情是下流的。不过从他们眼中，他看不出有什么恶意，自然也没有善意。他看见的只是一种他不了解的既不兴奋也不快乐，倘使勉强说的明白一些，是一种当人们捕兔子结果却仅仅捉住一只田鼠的失望，简直可以说是一种无聊。他们彼此默然望了一会，随后侦探——杜渊若这时已经看清楚他穿了一件灰布皮袍，两只袖子全卷起来，长长的羊毛露在外面——向空中招了招手，一辆黑色大汽车驶过来，接着就在他们旁边停住，很快的从后面跳下来两个巡警。这是一辆古怪车子，专门供所谓"解差"用的车子。它的内部分成两部分，车门开在后边，中间有一道隔壁，前面是犯人坐的，后面的一部分其实只是一个小龛，是押解者的坐位。中间的门旁边开一个小方孔，上面用铁丝网着，至于它的作用，是为了押解的人监视里面动静还是为了犯人呼吸，却不知道。

杜渊若没有留意车子的构造，他被人家当作一件东西抛进去，只觉得眼前一阵昏黑，他跌到一件软软的什么东西上面，门已经发出极大的响声在后面锁上了。车子里什么都看不见，他听见喊声，知道自己是压在什么人身上。随即有人将他扶起来。他依着车箱的板壁坐下，觉得头脑里晕眩的厉害，还有脊背，仿佛也有一种热辣辣的东西在里面跳，开始感到疼痛。于是他合上眼，车子震动着，血液像狂风也似在他耳朵里呼呼响着，他什么都不能想了。

但是车子里并不平静。原来杜渊若没有进来之前里面已经有很多人，他们开始嘈闹。杜渊若其先没有留意，分辨不出他们是谁，不知道他们吵的是些什么。忽然有一个人快活的自嘲的却又用胜利的声调喊道：

"中国人不打中国人！"

杜渊若睁开眼睛——他的眼睛已经能够适应车子里的黑暗——借着从小窗中射进来的薄弱光线，他看出刚才大声喊的是他的一个熟人，一个穿皮上衣的矮小青年。当杜渊若看见他的时候，他还在挥着手兴奋的大声嚷。站在许多同难者中间，就像他刚才吃过酒，正站在旧友中间过一个盛大节期。可惜别人都默然坐在下面，就在底下的车板上，没有人理他。

"这是李文多。"杜渊若想。

同时李文多也看见杜渊若了，其实当他刚被人家推进来的时候，李文多就看见他了。

"小杜，"他嘲弄的招呼道，"你也来了？你来的很好，我们大家全欢迎你，只是稍微委屈了你一点。你看这些仁兄多会办事，好好的他们全弄起来，把我们装在这辆送丧车子里面……你做什么愁眉苦脸的，你挨了几下吗？唔！小事情。不要这样婆婆妈妈，好伙计。我们应该感谢他们，你想想，要是我们只有一个人被招待起来，岂不要寂寞死？"

李文多不住的一个人唠叨着，不住的摇摆着身子，好像他吃酒吃醉了，有一种奇妙的不健康的东西在刺激他，在他的血液里流动，又像是在唱一种外国小调，有时候他很滑稽的眨动眼睛做着鬼脸。杜渊若惊异的看着他，想不出他为什么这等高兴。其实杜渊若根本没有想什么；假如他能再平静些，精神能够集中，他会发现他自己正处在一种不可解的心情里面，他的思想是离开他的，好像跟他的肉体没有关联。他的头脑仍旧在发热，仍旧是一团混乱，他对于任何事——即使是一小时后的他自己的命运都不关心，他惟一感觉到的只是厌恶。

"你是怎么回事，小杜？"李文多竭力做出怜恤神气接着问道。（他同情的结果只显得可笑，使他更像一个丑角。）"你看你的样子！你的样子就像睡的太多——这不好，伙计——你是一个有闲阶级！有闲阶级！那些仁兄弄错了。说真的，他们不应该连你也请来。他们请你做什么呢？我们忙的太很，他们发发慈悲，请我们休养几天。至于你，你可完全用不着这种休养，你平常已经休养的够多了。"

在众人中间有一个少年，大约有十四五岁，他的模样令人觉得应该在中学的课堂上读"代数"。其实他大概也正是一个初中学生。他一直都在仰了脸恐惧的瞅着李文多，显然他是在等待机会，向这个活跃的大勇者有所询问。尤其是他这时的神情，使人发生怜惜，李文多是一个大人他自己则是一个小孩的感想。他的脸色是苍白的，眉宇间蕴藏着忧愁，一种办功课不曾办好，被先生惩罚了的小学生情态。他的神气是孤独的，虽然在许多同伴中间，可怜，无告，仿佛他身临危急，有一个重大问题摆在前面，他自己不知道将会怎样，他没有一个可靠的熟识朋友，没有一个人出来帮他解决。当李文多停止了吵闹——

无疑的他把李文多当成一个了不得人物了——他从下面拉了拉他的皮上衣，接着，他期期艾艾的问道（他的舌头不大灵便）：

"我现在是到什么地方去的？"

"我们去什么地方？"

李文多弯下腰，仔细的从上面瞅着他，如同他对着的当真是一个小孩，故意装出惊异神情，大声的这样喊。

"你来作什么，小兄弟？你看你这样年轻，这不是你应该去的地方，不是你应该去的地方，你知道吗？"

那少年脸上显出恐惧和无限悲伤。这是当然的，他想不出他们将被怎样处置，他自己将得到什么结果，也许这时候他还非常渴望回家或回学校，他想念他的亲属们和少年朋友们的亲切容颜。假使人家先前肯放他回去，这时候他定是正跟他的姊妹们或同学们谈笑。可怜的孩子，他怎么知道这是犯罪的呢？他想不起他作的有什么不对，他先前出来参加示威完全本着纯洁的爱国心，这怎么可能，他怎么能想到人家会把他捉起来！他的嘴唇于是痛苦的动弹了一下，泪已经从眼里涌出来，把他的眼珠包起来了。

"并不是我要来，是他们硬把我装到车子上来的。"他差不多哽咽着说。

"我猜的不错，小朋友，我知道是他们硬要你来的，要不你决不肯到这个好地方。"李文多说着极不以为然的在空中打了一拳道，"这些仁兄真是混蛋！你们纵然把我们当成小鸡拿去宰，也应该选择选择，他们要你作什么？你连长成都没有长成，就是性儿急也应该再等几年。"

这接着，车子里发出一阵大笑。他们笑的很长久，把先前的少年弄得莫名其妙。他一个一个的向周围的同伴们望过去，想不出他们是笑的什么，更奇怪的是他们毫不顾忌，毫无牵挂，好像他们是往西山作春季旅行，毫不为自己的命运担心。当车子转弯的时候，他们便摇摆着，将身体压到别人身上。

"喂，兄弟们，"李文多向大家喊道，"请不要笑，兄弟们，你们知道我们现在是往什么地方去的吗？"

在先大家都没有想到这个问题，因为李文多的提示，他们于是停止哗笑，想了一想。

"大概是到宪兵司令部去的。"一个好像害着病似的软弱声音说。

"你们有谁记得我们共总拐了几个弯？"另一个人问。

第三个声音比较高些。

"我想是上公安局。"

"不对，你们全不对。"李文多好像很有把握的样子截住他们，"我猜我们是去一个更好的地方，你们不信，我们可以问问后边的几位仁兄。"

他说着向后面的门走过去，可惜他的身个太矮，他竭力把脚提起来，结果仍旧望不见外面。因此他不得不用力敲门，把手拢到嘴上，向上面的小方洞大声喊道：

"外面的好爷儿们听着，我们现在是往那里去的呀？"

至于外面的"爷儿们"——巡警们，这自然不说也能明白，他们没有油水可捞，不大喜欢这趟苦差，对于李文多的玩笑没有兴趣。

"开到天桥枪毙你，等会儿瞧，有你兔小子的乐子！"他们中间有一个愤愤的在后边咒骂。

李文多眨了眨眼睛，回过头来向大家——特别向先前的少年——做一个很悲痛的鬼脸。

"你们听见吗？他们说他们是把我们送到天桥枪毙去的！"

他的声调很轻松，就像他是这种人：他什么都不放在心上，他一生都在被公安局、宪兵司令部、保安队司令部绑到天桥去枪毙，一生就这样滚来滚去的活着。这使先前的少年更加恐怖，他向李文多怪异的睁大了眼睛，脸和嘴唇全很快的变得跟纸一样，接着他逐一向车子里的人瞅了一遍，想从别人脸上寻出一点希望。但是大家全沉默着，没有人对于这玩笑发生兴趣，也没有人理会他的恐怖。最后，他的目光落到他旁边的一个高大男子身上，仿佛是说：

"我们当真是到天桥去的吗？"

杜渊若在李文多说"到天桥去"的时候睁开眼睛，他已经平静下来，眼睛已经能看清东西，精神比先前好，思想能集中。不过他没有注意他的同伴们刚才谈论什么。他说不出为什么感到奇怪，眼睛因此也跟着那少年的目光在众人脸上搜寻过去，他想从他们脸上捕捉住一种明确表情。他的眼睛最后也落到那高大男子身上，接着感到一种欣慰。

"胡天雄也在这里。"他想。

胡天雄一直都在沉默着，先前没有人注意他。他的样子很平静，仿佛说："吵是没有用的，事情来的时候我们就解决，我们应该先想一想。"仿佛他正准备做一件工作。这时候他抬起头来，默然望着被李文多吓坏了的少年，不知道他为什么这样恐慌似的。随即他似乎忽然想起来什么，忽然清醒过来了。

"你不要听他胡说，"他向那少年勉强笑道，"他骗你的；他并不比我们胆大：他比我们还害怕天桥，比大家都喜欢活着。"

于是他生气的转过去向李文多骂道：

"你为什么吓唬他？吓一个小孩子，难道你自己怪快乐吗？"

李文多有些难为情，虽然不过开一个玩笑，自知也不应该。因此他装出不屑的样子耸了耸肩膀，又羞涩的眨两眨眼睛，意思是说："这有什么关系？开一个玩笑也值得认真！"他并不分辩，什么都没有讲。接着——显然他是在替自己遮掩，这时候公安局和宪兵司令部都跟他没有关系，到天桥去被枪毙也跟他没有关系，他热情的尽着嗓子大声唱起《伏尔迦的船夫曲》来了。车子里的人也不知不觉的跟着他用鼻子哼，声音渐渐越来越高，最后形成一个盛大的合唱。他们的声音充塞了整个车厢，好像要将车子爆开。但是车子忽然停下来了，他们的歌声跟着也极自然的停下来了。

"到了。"大家全深深吸一口气。

外面一阵杂乱的后跟上钉着铁的皮靴响声，接着车门被打开。

"下来，下来！"一个巡警站在中间车门外吆喝。

这停下来的地方是在一座红色房子前面，一片空场上面，地面上铺着三合土，看起来又光又冷，没有一点生命痕迹。同时空场上还停着许多别的汽车，各式各样的，大的、小的，最新式和最老式的，其中也有同样专门供解差用的。此外是一队警察，他们像冻僵的木头似的毫不动弹的站在两边，每一个人手中都提着盒子炮，一直排到大门前面，仿佛是在等待检阅。这空气很快的就影响到被捕者们，他们在严寒中抖着，耸着肩膀，散漫的毫无精神的动着。他们的模样几乎是一律的，既不恐惧也不兴奋。从他们略带倦容的脸上能看出这种意思：随他们怎么办，反正我们准备好了，不过这事情很没趣味。他们没有一个人说话。迎着他们的是几个巡警和一个矮肥巡官。巡官的样子像一个好心人，他吃饭时大概有一种习惯，喜欢浇几盅烧酒，谈起话来喜欢用"这年头儿"开始，然后是一些不关系痛痒的话，一些和善的经验谈。既不会伤害别人也不会影响自己。此外他大概很会笑，并不发出惊人的大声，看起来却使人满意，因为他两边的眼梢上总现出细小的皱纹，使他的模样又坦白又慈善又和平。

这时候他自然并没有笑，他在忙乱着走动指挥。

"站好，站好！排起队来！"他精神充足的叫喊道。

然后他问：

"都在这里了吗？"

"都在这里了。"一个先前押解的巡警回答。

"一，二，三，四，五，六……"他用短短的又白又肥的手指点着被捕者，极清楚的数着他们的数目。接着他将脚跟一转，朝着里面，将手向空中一挥，喝道："走！往里面走！"

他们于是在监视下面从大门底下走进去，穿过一个天井（在他们

经过的路上，每一个转角上都有专为他们设的岗位，持着步枪的巡警），最后他们被押进一个破旧老屋。

第十章

一种不幸感觉忽然将被捕者们包围住了。

这是一所悲惨到难以想像的房子，人们一看就知道它是一个犯罪地方。房子里是阴寒彻骨，空中弥漫着一种臭味、一种腐败气息。窗户已经很久——也许自从它被安上就没有揩过，玻璃完全被灰尘，雨迹和夏天苍蝇遗下的粪便遮掩，变成半透明的昏黄颜色。墙壁上被潮湿侵袭，现出重叠的大幅黄斑，有许多地方石灰已经剥落。沿了墙壁是一圈联接长椅，它们按照地位的长短被安起来，预备给被捉来的偷儿、妓女、赌棍以及在街上小便的洋车夫坐的，他们要在这里等候审问。房子的墙壁自然是完全空着，没有装饰，看去特别高，尤其在冬天，使人觉得又空虚又寒冷。它的悲惨情形令人联想到那种腐烂了的，已经堕落到极点，无人过问的年老娼妇。

先前将他们带进来的巡官走出去了，他们于是等待结果。寒冷使他们不能安静，他们不住的在房子里走，将脚顿的很响。除去巡官刚出去时他们嗡嗡过一阵，他们以后并不曾说话。他们是从许多学校里来的，大家并不完全认识。仅仅从他们态度上能看出他们相信在这里的人都是他们的伙伴。他们时常互相碰着肩膀，因为他们被捕的人很多，有时彼此撞在怀里。当他们交谈起来，他们的语调大都很短，并不加什么称呼，也不问对方的来历。他们谈的大半只限于学校里的情形，间或有人独自埋怨天气。他们夹了肩膀不住走动的情形，很像在火车站上等候火车的旅客。

"我们要被审问吗？"先前被李文多捉弄过的少年捉着一个人问，他的脸上仍旧带着不安。

"要被审问的，没有什么。"那人回答着，并不看他，随即就夹着肩膀从旁边走开。

第三个人将手插在大衣袋里，也以一般不在意的模样随便说道：

"问的时候随他问，不要理他好了。"

先前出去的巡官就在这时候走进来，他手里拿了笔和纸。说起来奇怪，不知怎的人们并不觉得他怎样讨厌，反而有一些亲切感觉，仿佛他是向他们收房捐的样子。不过因为他进来，大家显得比较安静，有几个人便围住他，他们想知道他究竟给他们带什么办法，究竟怎样处置他们。

"你们这里真冷。"其中有一个人说。熟识他的都称呼他做大杜。

他在棉袍上罩了一件蓝布长衫，袖口和领子都已经退色，时常看见他的人总以为他只有这样一件衣服，在夏天他穿着它，当秋天来了他把它罩在夹袍外面，冬天罩在棉袍外面。他的样子很瘦，眼睛很大，很不健康，背有些驼。说话跟走路都很慢很平静，从来没有显出过火气。人家说他太冷，很不容易接近。从整个上讲来，他的模样——言语笑貌全像一个旧式书生。他谈话以前先在喉咙里咳嗽一下，他的神气令人想到他是对着一个乡下亲戚，或是跟一个朋友，毫不显得拘束。

"当然没有你们在学堂里暖和。"巡官的声调是所谓既不冷也不热，以一种"办公事"的态度这样讲，算是他的回答，"你们享福享惯了……学堂里给你们装汽炉子，烤不着也冻不着。这样冷的天气你们不在讲堂上念书，要出来游行！"

"可是国快要亡了，你们都不知道！你们还把我们捉起来。"另外一个人插进来说。

这个好巡官显然是一个老油子，一个所谓"老公事"，他装着没有听见。随即他把拿着纸的手抬起来（纸是用四个手指夹着，用无名指在下面托着，拿的很平，很大方，一种只有中国人才会的极艺术的拿法），他仰起头来向所有的人都望了一下，让大家走过来签名。

"为什么要签名？"李文多想是以为这个巡官很和气，因此他抗辩，"我们写下来，为了让你们当小偷样一个一个呼唤吗？这倒很方便。不过我们不干（他说着瞅了瞅别的伙伴们），这，不是我们的事情，我们不能在你这张'犯罪'的纸上写我们的名字！"

李文多有这样一种习惯，常常以为自己是很能干很值得赞扬的人物，并且也时常这样在暗中欣赏自己。因为他难得看清周围甚而仅止眼前的情势，不大能把握自己。他越说越热烈，仿佛有一种火焰正在他心里燃烧，直到后来他的态度渐渐变成奋激。这事情——很明白的，他使这个"善良的"巡官不能忍受。（李文多完全不知道这事，他不知每一个当差的人，每一个老公事都有所谓"两面脸"，他们有"好"脸，同时一翻——也有"恶"脸。）巡官的眯眯脸上忽然好像蒙上一层雾，一种不可捉摸的丑恶东西，慢慢变成苍白；他的嘴唇激动的动弹着，眼珠和肚子跟着突出来，仿佛他们马上就会爆裂。

"你就是一个捣乱分子！"他全身战抖着，用他的短而肥的手指指着李文多的脸骂，纸在他手里哗啦哗啦的响，"你不用瞧你神气，我看就知道你不是一个好家伙！你，你不能在这张'犯罪'的纸上签名，好！你不签——我先跟你说在头里，这里不是你祖宗老家，你到了我们手里，我们就有办法摆弄你。不知名你也该打听打听，看我们干吗吃这行饭，看我们是干什么的。不在这张'犯罪'纸上签名，你打量你就能离开这门前三尺地吗？"于是他转过头去向外面喊："来，来人，来！搜一搜他！"

这时候别的人全围上来（其实他们早就围上来了），显然他们想替自己伙伴打开僵局。他们一齐问道：

"为了什么？怎么回事？"

"哗，怎么回事！"巡官气的仍旧发抖。

（他瞅了瞅李文多。李文多知道闯了祸，一转身早已躲到别人背后去了。）

"你们的一个朋友！"他接着说，"他往哪里去了？躲起来了？他说他不能在这张'犯罪'的纸上签名（他哗啦哗啦将手里的纸上下抖着），您听听，诸位，这是什么话？我吃公家饭，办公家事，怎么叫做'犯罪'的纸！"

"他是无意的；他并没有坏意……"大家——有的声音高，有的声音低，一齐杂乱的嚷嚷着说。

巡官仍旧气不平。

"他是无意的呀！"他高声嚷道，"好的，我给你们诸位讲一句俗话：咱们远日无冤，近日无仇。常言道'读书知礼'，不管有意无意，他既然在学堂里念书，就不该开口骂人。"

为了缓和这种无谓争吵，大家于是一齐埋怨李文多。他们说这是一种误会，大家既然素不相识，他决没有理由骂他。最后他们要求那巡官替他们往上面转达，他们游行是出自爱国热情，并没有犯罪，因此他们不愿签名。他们并且特别声明这是他们的公意；他们并不是有意跟他为难，他们相信他个人也正跟他们一样爱国。

巡官对于这话很高兴，因为他们也说自己是爱国的，他们很看得起他。说实话，逮捕他们虽不是他的意思，根本跟他个人没有关系，他心里仍旧不能不感到惭愧。

"你们都是明白人，诸位，"他满意的笑道，"你们都是在大学里念书的，将来要作大事情；至于兄弟我，我混了二十年，奉公守法，眼下还不过是这么一个芝麻大的官儿。不过咱们全是中国人——说到爱国我不配——有话咱得说到理上。你们不签名，这跟我没有关系，我吃这行饭得办这行事。这是一种手续。"

接着他第二次走出去，他答应替他们往上面问问。等到他回来的时候他说这是"破格"，他让他们推举代表。他们拒绝这种办法，因为他们已经受过教训，全国各地关于这种事情已经有无数记载：政府不守信义，他们常常把群众推举的代表当作领导者，用"煽动者"或"捣乱分子"等等罪名加到他们身上，然后将他们惩办。他们说他们大家全是代表，假如有话要问他们，他们要全体去。他们坚持他们的主张，无论怎样办他们都等着领受。

"这样是不行的，诸位，世界上没有这种道理。"巡官热烈的向他们嚷。他跟他们说可一而不可再，他为了签名已经替他们挨过骂了。

这一次他们争执的更加长久。天慢慢的黑下来，他仍旧没有办法，他们人数多，他不能用他平常用惯的手段，同时他又吵不过他们，直到最后他累了一头汗，什么都没有得到，他不得不把他们带进另外一个房子过夜。

这是一所同样破旧的老屋，它的窗户比较小一些，离开地面很高，上面嵌着铁条。在极高极高的顶上，已经变成灰色了的天花板下面，有一盏电灯。暗淡的光线从上面照下来，照着下面的土炕，使房子里看起来像一座古墓。杜渊若想着这一天经过的种种情形，各种嘈杂声响似乎还缭绕在他的耳边。

"你还没有睡着吗？"躺在他旁边的胡天雄忽然问。

"不，没有。"他动了一下回答。

他们全体都在炕上睡着，身上仍旧穿着衣服，很整齐的躺成一排，有的人正在打鼾。夜间空气是平静的，十二月的天气很冷，时常有人被冻醒过来——其实他们的大部分并不曾睡，这想不到的古怪地方使他们不安——有人弹抖的打着呵欠，然后用大衣或棉袍盖住头，将身体更加缩紧，希望得到一点温暖。先前曾被李文多恐吓过的少年早已不再恐慌，他看见别人都很平静，心里便感到安慰，况且什么事都用不着他过问，他可以毫不忧虑的等着结果。他睡的很好，常常很响的在梦中嚼牙齿。守夜的靴声不住在外面院子里响，远远的时常从静寂中传来打更的柝声。杜渊若思念董瑞莲和他姐姐杜兰若，他想她们这时也许还在家里等他。

"这事情到底怎么办，老胡？你看他们会不会不经审判，就这样装聋作哑的将我们押着？"他忽然不安的问道。

胡天雄却想着别的事情，他在估计这示威的意义，他们在示威中受的损失：受伤的人和被捕的人，许多青年人也许会送掉性命。另一方面，他还考虑一个更远大的问题，他们以后将怎样作的更有意思一些。至于目前他们自己的命运，却是只有所谓"政府当局"知道了。这些除去坐汽车吃洋酒一生中从不曾跟现代文化接触过，从不曾想到世界上还有所谓疾苦，人们还需要自由和幸福的将军们，他们已经神经错乱，做出来的往往出人意料：他们只要有枪在手里什么事都敢做，以为他们自己有绝对权力。然而不管结果怎样，全国比较清醒的人总归会激昂起来，他们做的没有什么不值得。

"现在还不知道。"胡天雄想了一想回答。

李文多也没有睡熟，这天晚上他没有吵闹，也没有跟任何人说话。他的脸和心直到这时还在发热。

"他妈的！"他时常不由自主的在心里这样骂一句。

此外还有许多人不能安睡。倘使这里不妨引证，在我们中国比较大的一些城市中，大都有一个完全类似的传说，并且每年冬天也正有许多这种事件发生。据说有许多乞丐，为了免得饿死希望到监狱里去，因此故意触犯法律。他们跟这种人比起来，应当惭愧，这是很自然的，他们为自己的未决命运担心，不知道将得到什么刑罚。

第二天就这样过去了。坐在高位上的官员们显然正感到为难，他们怕触怒人民，最重要是怕触怒军队，不知道应该怎样办理。接着是第三天，军队普遍的动摇着，时时有爆发一个事变的可能，他们在里面却是什么都不知道，只以为官员们忙着过官瘾，把他们完全忘了。

但是已经没有希望了的第四天，出乎意料，这一天上午他们忽然被释放了。在未释放之前，他们曾经被传到一个有些像公堂的屋子里，在一张桌子前面被轮流审问。

"你是做什么的？"

"学生。"

"你为什么不好好读书，要出来胡闹。"

"……"他们不回答，有的装着没有听懂的样子眨一眨眼睛。

他们被讯问的问题是各式各样，口供却完全一律，完全根据事前的决定。最后他们每人得到一顿——像印成的布告一样，一顿完全相同的训斥，一篇不关痛痒的官样文章，他们被恐吓，假如他们再出来游行要一律枪毙。只有李文多是一个例外。那个"善良的"巡官报复了他。他出来的时候什么都没有说，没有人知道他碰的是什么钉子，或得到什么侮辱，人们只看见他满面通红。他的模样是恼怒的，丝毫没有为得着释放表示快乐。当他们将要走出大门的时候，远远的有一个人向他招呼。这个人正是那胖胖的巡官。

"恭喜您了，先生，"他嘲笑着说，声音很高，听起来好像叫喊，"您以后请记住我，天下就我这么一个坏人，一个没有出息的巡官！"

接着他向其余的人点头。

第十一章

在杜兰若去医院的第二天，差不多将近正午时候，一个满身尘土的乡下妇人骑着驴子走进胡同。她穿着黑棉袄、黑靴，棉袄上罩着一件藏青布衫，头上蒙着一块元青头帕，帽子上缀着一朵银花，不住的跟着驴子的步调在上面摇动。后面跟着一个棉袄外面束着腰带，头上戴着一顶无边毡帽的乡下男人，手里拿着鞭子，嘴里衔着烟袋，一个驴夫。他们——从走进胡同起——一路上数着门牌号数，最后他们在杜家的门外停住。从以上的情形可以看出他们是从来没有到这里来过的客人。

杜兰若这一天上午曾经到医院里去过。现在她正坐在房子里，茫然向空中望着，颜色很暗淡，样子看起来很空虚。李妈就在这时候走进来，她跟她说外面有一个董太太等着见她。这事情是杜兰若想得到的，事实上她正在等待这个客人。不过不知道什么缘故，她听见这话感到惊异，并且有些踌躇。

"只有董太太一个人吗？"她望着李妈问道。

"不是她一个人，"李妈回答，"还有一个赶脚的。"

"她骑着牲口来吗？"

"她骑一匹小驴。"

杜兰若吩咐李妈请董太太到书房里坐，并按着乡下习惯让她给驴夫送一盏茶。她自己仍旧坐着，似乎并没有马上要出去的意思。"现在什么都完了，"她想，"人能够怎么办呢？比起毁灭来，人们是这样无力。当事情发生的时候，没有人能够挽救……"杜兰若不安的用一块小手帕慢慢揩着鼻子，然后是脸蛋，然后是嘴唇。她的思想和感情中有一种疲倦，一种仿佛她已经努过大的力气，什么都没有得到，或是哭泣的空虚。其实她这种思想是没有意思的，它顶多不过是一种不自觉的自慰。接着她站起来，在房子里徘徊一下，最后她又失神似的站住，好像在思想一个问题，忽然做一个手势，仿佛说："算了，要解决的事情终归必须解决！"于是她勉强支持着自己走进书房。她的模样很冷淡，也许不能说是冷漠，因为这时候她根本没有热情和力量。

客人站起来。现在她已经扑去身上的尘。"您就是董家伯母？"杜兰若凄然笑着并向客人点头，"我姓杜，是瑞莲的朋友。"

"我就是瑞莲的娘。"客人答道，"给我写信的就是你吧？"

杜兰若又点了点头。她们在沙发上坐下。

"天气这样冷，董伯母走很长的路时很苦的，乡下比城里冷。"杜兰若接着说。

"没有什么苦，"董太太笑道，"我昨天接到你的信。谢谢杜小姐关心瑞莲，这样远的路亏你派人送信给我。话虽是这么说，我们乡下人风吹雨打，走这一点路早就惯了。"

杜兰若跟客人间的谈话很冷落，她心里感到不安。

"现在怎么跟她说呢？"她想。

她向周围望着，想找到救援。

"李妈，李妈！"她喊道，"你怎么把茶都忘记泡了？"

董太太大约有四十多将近五十岁年纪，她的模样跟她的女儿稍微不同，脸蛋比较长些，因为生活在乡下，皮肤比较粗、比较黑。她的嘴唇很严密的合着，她的鼻子和额头生的都很明显，眉毛离开眼睛很高，长长的像两双满弓，当她将眉毛更高的扬上去的时候，她的额上很混乱的显出无数细小的皱纹。她的眼皮很薄，但是很松，眼睛仍旧清明，他们在她的脸上给她增加很多慈善。这些特征表明她是一个女中丈夫，并且为着她的生活曾经日夜思虑，耗去无数心血。而事实也正是这样，董太太的丈夫去世很早，当她二十多岁的时候，他便将她抛下，另外他给她抛下一个女儿，极可怜的一点田产，他自己合上眼睛很放心似的跟世界长别了。这在一个没有儿子的年轻女人是一种难以猜想的打击，一种举世无匹的重罚，正如她在她丈夫的灵前所哭的一样：天从她的头上塌下来了，它毫不慈悲的压在她一个人身上，并且没有一个人分担她的痛苦，除去幸灾乐祸者散布的流言，世界上没有人肯给她扶助。至于她丈夫的亲族们，他们在她的丈夫未死之前就想得到遗产，他们劝她改嫁，并且时常加以凌辱。但是她支持着不断落下来的打击；她守护着她的女儿——她的唯一的希望；她把自己当做无用的仅能替别人吸取养料和幸福的老根，她把女儿当做一株嫩芽，看着她向上生长，希望（从她这个无用的老根起）有一天她看见她女儿的树枝上结满果实。假如她知道她女儿将受到危险，她无疑的会一身当前，毫不踌躇的用她自己的身体庇护住她，让灾祸一个一个落到自己身上。

"我差不多有两年没有到城里来过。"董太太说着低下头在一个蓝布口袋里摸了一下，从里面取出一个白铜水烟袋（这口烟袋就放在她们前面的脚凳上），两端都装满了圆圆的东西，在先杜兰若没有看见。

"我忘记拿烟了，"杜兰若抱歉的说，"董伯母不要笑我慢待。（接着她喊道）李妈，李妈……"

"你不要拿，杜小姐，洋烟我吸不惯。"董太太兴致很好，她说每一句话帽子上的银花便快活的在上面摇动，"我有一个这种坏毛病。"她补充一句，接着又指着口袋道，"这是送给你的，杜小姐，这一头是枣，干枣，那一头是胡桃。"

"怎么好让董伯母送礼。"杜兰若很不好意思的说，"伯母到我这里来，不笑话我不会照应就够了。"

"说是礼其实不能算礼,都是家里现成的。"董太太点着纸捻,"昨天下午我接到你的信,晚上我在床上想:杜小姐既然是瑞莲的朋友,我得送她点什么。可是送什么呢,在城里卖的你都尝过,你不稀罕。我还想给你带几个柿子;柿子不好拿,临来的时候又放下了。"

董太太说着就低下头去吸烟。烟袋咕噜咕噜响着,只有它才知道董太太的话并不完全真实,虽然她没有说谎。昨天夜里——当她接到她女儿害病的消息之后——她怎样不停地用力将它吸着,直到烟烫红的像酱油一样;她怎样思念着她的女儿,并且几乎整整一夜都为她祷告。

"我昨天下午接到你的信,杜小姐,"她喷出一口烟,接着说道,"你信上说瑞莲病了,要我来一趟,你一直住在城里,不知道乡下事情有多么难,家里又只有我一个人,平常很难出来。得到你的信,我心里说这可正好,趁这个机会也好到城里看看。"

杜兰若从旁边望着董太太,在先她们没有见过。直到这时她才明白董瑞莲时常向她说的"我妈吃一辈子苦"的意思。不过因为这缘故,她更加害怕她的客人,当董太太坦然瞅着她的时候,她便恐慌的将眼睛避开,或是低下去瞅着下面。

"现在怎么办呢?"她第二次不安的想。

董太太自然是什么都不知道,示威,受伤,病况,杜兰若的信上全都不曾提起。杜兰若很少话,她不会应酬客人,不会——假如她能够想出,她很愿意装出欢笑,即便是这个太太暂时间得到安心,暂时间不致疑心到她的不幸,她也甘心撒谎。不幸她没有这种习惯,连她所记得的一点敷衍话这时候也离开了她。董太太不住的吸烟,她们的局面很冷,空气令人很不舒服,连董太太都失去先前的兴致,竭力——即使从表面也可以看出她在竭力使自己不显出局促。"我忘记问一句,"董太太吸足了烟,忽然问道,"瑞莲害的什么病,杜小姐可知道吗?"董太太直直的望着她。杜兰若在瞬间满脸通红。

"瑞莲害的病嘛……"她的眼睛望着别处,混乱的支吾着说,好像她正在想。但是她什么都想不出。"她的病……她的病我不大清楚，伯母，我没有问过大夫。"杜兰若要掩饰的意思反而引起董太太的怀疑。

"据你看，杜小姐，她的病状不十分重吗？"董太太紧接着问。

杜兰若感到一阵晕眩，她已经失去支持自己的力量，觉得再掩饰下去是一种罪恶。但是她怎么能跟她讲呢？她怎么能将这种不幸，对于一个除去她的女儿没有第二个希望足以维系她的残生的母亲，她预感到这种不幸简直等于一只可怕的铁锤，她怎么能用自己的手将这铁锤放在这可怜的老妇头上？她回答她，据她看董瑞莲的病相当沉重。

"伯母，现在快要晌午了，你不如等到吃过午饭再到医院里去。"杜兰若惶恐的坐在沙发里，她的声调几乎是向董太太乞求。

董太太听说她的女儿病势沉重，不，她连烟都吃不下去了。她把烟袋放到脚凳上，忽然变得又固执又坚决，颜色也变冷了。

"谢谢你，杜小姐。"她慌乱的说，"瑞莲的病既然很不好，我想应该先去看看她。杜小姐要是方便，我想现在请你陪我走一趟。"

"现在快晌午了，伯母。"杜兰若第二次向董太太乞求，她的脸上显出绝望。

"你不知一个做娘的心，杜小姐，"董太太决然从沙发上站起来，好像马上就要往外面走，"要是不先去看看，这一顿饭我都吃不下去。"

杜兰若看出乞求没有效用，不得已的站起来。她跟着董太太走出去，她的头脑发热，眼睛晕眩，不知道应该怎么办好。她们雇了洋车直奔医院。她们一路上都不说话。

"可怜的太太，"杜兰若糊里糊涂的在路上想，一面让洋车摇摆前进，"你的女儿已经死了。不管你现在是怎样热情，你怎样一下飞到她旁边，你愿意将全生命交付给她，现在都是空的，说什么已经晚了。"她在这时候向前面望了一望，董太太毫不动弹的在洋车上坐着。黑头帕的两端被风吹起来，像两只鸟翼似的在空中飞动，帽子上的银花随着洋车的颠簸摇动得更快活。"她还什么都不知道。"她接着想,"你还什么都不知道。你的女儿是受了伤染了链球菌死的,你即便飞到她旁边也没有用;你的心自然早已飞到她旁边了,早已在绕着她的床转了,但是这也没有用,她已经不会喊你,她已经不知道看你,纵然她有一腔心思她已经不会再向你诉说。刚才在不久以前我曾经看见她,她的呼吸早已经停止,她的手像冰一样冷,没有人知道她最后的言语和愿望是什么,她是在早晨五点钟时候断气的。"她又禁不住往前面瞅了一眼,"这个老太太一生是怎样辛苦,现在她这样奔波,她将来的生命是怎样空虚!"

她们到了医院的时候,杜兰若已经比较镇静,她让董太太留在外面,自己走进账房。账房的管事人按了按铃,随后有一个看护走进来,管事人简单地向看护交代一句,看护向杜兰若做一个手势,杜兰若跟着她从账房里走出来。她们走了几步,看护一面走一面看了看董太太又看了看杜兰若。"你们就是她的家属吗?"她向杜兰若问道。

杜兰若向她使一个眼色,她会意的没有再讲下去。董太太跟着杜兰若,看护走得很快,她们比较落后一步。不过她觉得她们中间有些神秘,这种心理虽然毫无来由,看护的话和杜兰若的故意不作声引起她的疑虑。"什么家属?"她恐慌的问。

杜兰若为着镇静这个太太,便匆忙的随便回答一句:"没有什么。"事实上她们也没有时间谈论。她们穿着一个过道。杜兰若觉得这走道很长,好像她们永远没有穿出去的希望,后来她忽然间又觉得走道太短,她的腿是又酸又软,好像她刚才爬过一座高山,不住的在下面战栗。但是她们仍旧竭力支持着、忍耐着,不使自己露出慌乱。最后她们终于在一个房子外面停下来了。杜兰若的脸这时候是青灰色的,她的眼里充满了恐怖,嘴唇在微微动弹。董太太没有注意她,她全副精神都注视着面前这个可怕的房子的门。在这一瞬间她也许已经有过不止一种预感,这是很可能的,不过她没有工夫思想。这个门上遮着很厚的黑绒,人们很容易想到绝望、不幸、死亡都在这黑绒后面。走道上这时候是静寂的，只听见不知道是谁的急迫的呼吸声和看护手中的钥匙响声。接着门鸣动着被打开了，看护平静的毫无感应的回过头来望着她们，好像说："走进去吧，你们要看的都在这里。"她的模样像一个掌管库房的女仆，这里的东西并不属于她，她的管理它们只是一种责任，它们既不使她快乐也不使她烦恼。

"伯母！"杜兰若颤抖着喊了一声，在这时候她忽然想阻止这个可怜的母亲，她希望她永远不看见这种不幸。

杜兰若现在已经来不及了，这时候没有人能阻止这个母亲。她已经冲进房子里去了。但是她看见的是什么呢？这房子的窗户上同样遮着厚厚的黑绒窗帘，仅只从缝隙中透进一线光亮，房子里是黑暗而又寒冷，犹如一个冰窖。董太太其实并没有看见窗户，她甚至都没有看见，仅仅房子中间有一片白在她眼中亮着：这是一个床，上面蒙着一块洁白的被单。这难道就是她的女儿吗？难道人家就将她放在这地方吗？董太太事实上并没有想，这或者只是一阵酸辛、一种油然而起的感觉。她摸索着向床走过去，令人战栗的寒冷和静寂包围着她；她从被单下面摸到一只手，一只冰冷的将要完全僵硬的手。

"莲儿，妈来看你来了。"她弹抖着这样喊了一声，人们可以听出这时候她的心也正在这样弹抖，眼泪已经在她眼里。但是包围着这个可怜母亲的仍旧是先前的，或者人们要觉得比先前的更加静寂。谁还会回答她，即使是比一个母亲的声音更温柔、更亲切，谁又能听得见呢？

现在董太太似乎全明白了，同时她的心似乎也掉到比这小屋黑暗更寒冷的冰窖里了。这只有一个母亲能做得出，一种不顾一切的非常勇气，她很快的将被单揭开，一个少女的脸和肩膀从下面露出来。这脸蛋像蜡一样黄，嘴唇紧紧闭着，眼睛安静地闭着，浓浓的黛眉微皱起来，头发散在枕上的正是她的女儿。董太太一只手按住床边，一只手放到她女儿额上，然后慢慢地移下去，最后在鼻子和嘴唇上停住。一阵战栗通过她的全身，她的嘴慢慢的极可怕的向两边咧开，眼泪像骤雨一样沿着她的脸流了下来。她许久许久弹抖着，毫不移动毫无声息的这样站着。世界上谁能体会母亲的心碎是什么样呢？

杜兰若也许曾经想到这种情形，她站在门口并不走进来，眼里流着泪正默然向外面望着。

"我的儿啊，你就这样死了吗？"在许久的静默中董太太忽然发出呼喊，同时她支持不住，重重的跌到地上。她预备重新站起来，但是她已经没有力气。因此她一面摇着床一面喊："难道你连妈也不看一眼就死了？我的儿，你的命多苦啊！你一个人冷冷清清的死在外面，连你的亲娘都不知道。你一个亲人都没有看见，没有一个人侍候你，人家就让你孤零零的这样死了！"这个可怜的母亲这时候已顾不到她的话会伤害杜兰若的感情，她只是不住的号呼不住的摇动着床，满脸却是鼻涕和眼泪。"我的儿，你一点都听不见我，一声都不喊我了吗？"

带她们到这里来的看护很不耐烦的走过来，她严厉的毫无同情心的谴责（这是当然的，医院里死一个人在她们看来只是一件无谓的事情）："你邪许什么？她早晨就死了，当然不会喊你。这里是医院，不准吵闹，你知道不知道？"

董太太自然不再管什么医院，当她从家出发的时候，她还想着她女儿的笑貌，她似乎还听见她的声音；在两天以前，她还计算着日子，算等着她女儿在假期里回去跟她一同过节；在差不多将近二十年中，她一直守护着她——她的唯一的女儿，她曾经把她想成一株嫩芽、一棵小树，日夜盼望着她长大起来，有一天在她的树枝上结满果实，现在她再希望什么呢？一场暴风，这期待中的小树被吹倒了，二十年的心血被吹去了，连她这个老根都被拔出来了，她的全部都毁坏了，一个孤苦的年老寡妇，她活着还有什么意思？她这时候还忙什么呢？

事实上她是什么都不知道，她根本没有想到那个看护。

"狠心的老天爷,你把她夺去了!"她伸出两只手向上面喊着,"你把她夺去了,人家都说你是公平的,我哪里得罪过你吗?她才是一个小孩子,哪里得罪过你吗?你狠心的,你不公平的,你把她杀了!她一点都没有罪你把她杀了,你为什么不先杀我呵!"

接着她又去拼命的摇动着床。

第十二章

当杜渊若同他的伙伴们走到街上的时候,他们像一群孩子,大家忽然恢复了精神,互相嬉笑着并吵闹着。他们已经不必为自己的命运不安,肩膀上仿佛卸去一重重负。未来正在等待着他们,未来正在他们心里,这时候他们也正跟一群孩子一样,他们心里没有罪恶,没有生活给他们的各种不同的阴影,各种不同的忧虑,骤然间全变成清明的单纯了。

"老胡,你要跟我一路到兰若那里去吗?"杜渊若问胡天雄。

胡天雄想了一想道:"我现在先到学校里看看,要是没有什么事,我在下午或晚上去看她。"

杜渊若于是和他的伙伴们分别。"他只想到家,他只想到家。"一个人向别人笑着,接着又转过来向他挥着手道,"你只想到家,去吧,快回到家里去!"

杜渊若很快的靠着有阳光的一面走着,世界上虽然并没有可以看得出的变化,在他看却是这样不同。阳光温暖的照在墙壁上、屋顶上、干枯的树梢上和马路上,接近阳光中的地方,冰正在融化。群鸽喔喔的在空中飞翔。行人和车马都匆忙地走着,他们各自在为自己的事情和生活忙碌。他的心暖和的规律的在胸中跳动着,仿佛一匹春天的鸟儿,它为快乐的欲望冲动,不住地想展开翅膀。

"我要吓一吓她，吓一吓兰若。"他想，"人家都说她是沉静的，什么都不会使她动心，我们这一回要试一试。"接着他想到董瑞莲看见他的时候将是怎样欢喜，他将竭力忍耐住自己的感情，让她知道他曾经到一个可怕地方去过，并且刚从那里出来，他竟能像一切有丈夫气的人一样将这事看作无足轻重。

同时，一队葬仪渐渐远离城市，正在城外一条道上向前进发。这是一队很少见的冷落葬仪，没有人为死者号哭，没有一个吹鼓手，甚至连一个穿丧服的孝子都看不见。柩架在前面走着，大路上浮土很深，他们走的很慢。在柩架后面有一辆送葬的马车，里面坐着两个女人，一个是董太太，另一个是杜兰若，她们前面的镜子上挂着一个花圈，是杜兰若送给死者的礼物。马车后面是一辆洋车，上面坐着一个男子，一个像私塾里的先生同时又有几分像小商人的中年人。这是死者的舅父，董太太的娘家兄弟。（他是昨天下午得到董太太的信，立即赶到城里替他的外甥女办后事来的。）

葬仪循着大路缓缓前进。杜兰若惆怅的望着前面，看着摆动着的马的臀部，高高的在空中摇动着的柩架上的尖顶；有时候她转到旁边，不经心的从车窗里望着路旁的村舍、荒漠的小林和远远的起伏着的一带山岭。董太太的眼睛睁得很大，空虚的茫然望着空中。这个不幸的母亲心已经完全碎了，已经完全麻木了，她什么都没有看见，什么都不曾想，什么都不知道。只在偶然间才惊异的转过来望一望杜兰若，仿佛是问："我们现在是做什么？"但是她什么都不曾讲。她的生命正像瞎子一样处在浓密的苦闷的黑暗中间。什么是苦痛？什么是死亡？什么是人生的快乐与幸福？这些又跟她有什么关系？

他们在路上都不说话，只有领队的为着调整抬棺材者的步调在前面敲击的棒子声和偶然从空中飞过的乌鸦惊破死者的静寂，有一次杜兰若想道："这条到死去的路，我们几时才能走完？"

他们在下午将近一点钟的时候，在一个大坡下面停住。抬棺材的坐在路旁边的地上吸烟。董太太的兄弟到村里找来几个庄稼人,他们带着铁叉、木锹、铁铲,开始在土坡上挖掘墓坟。和他们同来的还有几个村童,他们惊异的围着柩驾和马车。"这是做什么的?你看,还有洋马车。"他们中间小一点的向比较大的询问。抬棺材的人一半开玩笑,一半恐吓,在旁边大声骂道:"站开一点,撞翻了一个一个都捉你们到衙门里去!发丧的,还没有见过?"

孩子们并不理抬棺材的,虽然他们站得更远一些。他们中间的人把声音放低,继续向伙伴们问:"这是谁?他们这样厉害?"

"这是莲姑娘;莲姑娘死了。你不看马车里坐着董大娘吗?"另外一个望了柩架又望了马车,这样低声回答。

"莲姑娘怎么死的?"

"不知道;自然是害病死的!"

董太太毫不动弹的在马车上坐着,她既不看那些孩子也没有听见他们讲什么话。最后掘墓的人已经将墓掘好,死者的棺材从柩架上卸下来,董太太的兄弟和杜兰若搀扶着她,他们跟着棺材走上土坡。这时候董太太的样子很衰老,她一步一步向前走着,已经完全没有力量,机械的像一个孩子似的听别人摆布。接着抬棺材的人发出喊声将棺材放下去,杜兰若和董太太的兄弟扶着董太太走到坟穴前面,让她作最后一次凭吊。她衰弱的弯着腰,微微的张着嘴,眼睛收缩得很细,好像她们很怕阳光。在这一刻,所有的声音都静止了。她不作声的瞅着下面,在她的眼角里有两滴极细小的眼泪,不过她没有哭泣,人们并且可以看出她看见的并不是棺材。

"这个老婆子现在疯了,她不知道这要埋下去的是她的女儿,她连哭都不知道哭。"人们这样想着。

现在所有的事情都已经完了。人们对于一个死人应该做的都已经做过了,铁叉与木锹于是开始活动,刚掘起来的潮湿的泥土沉重的落在棺材上面。就在这时候,董太太忽然冲开众人,向着坟穴跳下去。

"你没良心的东西,我把你养活这么大,你现在不要我了吗?"她喊着,咚咚的捶着棺材,并且用头在上面撞着。"我早知道你这样狠心,在你落地的时候我就将你搦死,你不会使我这样伤心。我喂你奶,看着你一天一天的长大,你这样对不起我,你一点也不挂念我,我生了你又埋了你,你抛下我自顾自的死了!你死了,你想过你娘有多苦吗?"

人们从下面把她拉起来,她的帽子和头帕都失落了,花白的头发散在她的背上和她的脸上。

"伯母!"杜兰若喊道。

"大姐!"她的兄弟同时喊。

他们用胳脯搀住她,人们将潮湿的散布着香味的泥土一下一下抛到坟穴里去。但是她什么都听不见,什么都不知道了。她的帽子和头帕都失落了,花白的头发散下来,血从她的嘴里流出来,混合着鼻涕、吐沫把头发贴在脸上。她不住的挣扎着,用头在别人身上撞着,预备重新扑下去。

"你们拉住我做什么?"她嘶哑的喊道,"你们这些坏东西,你们把她埋了。我要你们把我也埋下去,把我也埋下去。你们为什么不发发慈悲将我也埋下去啊!"

人们一下一下将泥土抛入坟穴,棺材渐渐消灭在泥土下面,最后连最后的棺材角也不见了,这个绝望的母亲仍在挣扎,仍在叫喊……

第十三章

杜渊若满心欢喜的回到家里,他跑进书房,接着又跑进上房,只有李妈一个人在家。屋子里很零乱,一条围巾抛在桌子上,在一把椅子上却又放着一本书,有一只抽屉没有完全合起来,好像刚刚曾经发生过什么事情,人们跑出去的时候匆忙中没有工夫整理。杜渊若感到一阵失望。

"大小姐到什么地方去了,李妈?"他问。

"大小姐不在家,她出去时候没有跟我讲。"

李妈拿着火筷正蹲在地上掏炉子,在她旁边放着一只洋铁簸箕,里面盛着煤炭、劈柴、旧报纸。原来杜兰若出去的时候跟她说过不在家吃饭,她忘记往炉子里添煤,炉子灭了。现在她看见杜渊若回来,所以要把它重新生起来。

"她今天很早就跟董太太一起出去的。"李妈掏了几下,然后又这样补充一句。

"什么董太太?"杜渊若惊异的问。他说着时从椅子上站起来,向李妈走了两步。

"什么董太太?"李妈笑着向杜渊若看了看,然后又低下头继续去掏炉子。她一面掏一面讲:"我也不大清楚是哪一个董太太。我想是董小姐的老太太,前天上午骑着驴来的。讲来也真奇怪,这个老太太老远的从乡下跑着看自己女儿,一来就不乐,在这里住了两天,没有一个笑容,没有跟人家说一句话,样子倒像一个明白人。我看她心里一点都不明白。"

"董太太一点都不明白。"杜渊若纳罕的想。接着他又问道:"董小姐来了吗?"

"董小姐没有来,自那一天跟你出去我没有看见她。"

杜渊若慢慢的越来越糊涂了。这个董太太究竟是谁?她从乡下来做什么?她为什么不快乐?她究竟是谁?兰若为什么很早就跟她一道出去?更奇怪的是瑞莲为什么好几天不到这边来?他看着李妈将点着的报纸送到炉子里去,以上的问题骚乱着他,心里感到很不安,觉得一个人在家里很沉闷。他在屋子里徘徊了一下,接着写了一个字条压在桌子上,预备先到学校看看。

《争斗》的发表及出版历程

1. 第一章连载于1940年11月2日香港《大公报·文艺》第960期、1940年11月4日香港《大公报·文艺》第962期、1940年11月5日香港《大公报·学生界》第239期、1940年11月6日香港《大公报·文艺》第963期、1940年11月7日香港《大公报·文艺》第964期、1940年11月8日香港《大公报·学生界》第240期。

2. 第二章连载于1940年11月9日香港《大公报·文艺》第965期、1940年11月11日香港《大公报·文艺》第966期、1940年11月12日香港《大公报·学生界》第241期、1940年11月13日香港《大公报·文艺》第967期。

3. 第三章连载于1940年11月14日香港《大公报·文艺》第968期、1940年11月15日香港《大公报·学生界》第242期、1940年11月16日香港《大公报·文艺》第969期、1940年11月18日香港《大公报·文艺》第971期。

4. 第四章连载于1940年11月19日香港《大公报·学生界》第243期、1940年11月20日香港《大公报·文艺》第972期、1940年11月21日香港《大公报·文艺》第973期、1940年11月12日香港《大公报·学生界》第244期、1940年11月25日香港《大公报·文艺》第976期、1940年11月26日香港《大公报·学生界》第245期、1940年11月27日香港《大公报·文艺》第977期、1940年11月28日香港《大公报·文艺》第978期。

5. 第五章连载于1940年11月30日香港《大公报·文艺》第979期、

1940年12月2日香港《大公报·文艺》第981期、1940年12月3日香港《大公报·学生界》第246期、1940年12月4日香港《大公报·文艺》第982期、1940年12月5日香港《大公报·文艺》第983期、1940年12月6日香港《大公报·学生界》第247期、1940年12月7日香港《大公报·文艺》第984期。

  6. 第六章连载于1940年12月9日香港《大公报·文艺》第985期、1940年12月10日香港《大公报·学生界》第248期、1940年12月11日香港《大公报·文艺》第986期、1940年12月12日香港《大公报·文艺》第987期、1940年12月13日香港《大公报·学生界》第249期。

  7. 第七章连载于1940年12月14日香港《大公报·文艺》第989期、1940年12月16日香港《大公报·文艺》第991期、1940年12月17日香港《大公报·学生界》第250期、1940年12月18日香港《大公报·文艺》第992期、1940年12月19日香港《大公报·文艺》第993期、1940年12月20日香港《大公报·学生界》第251期、1940年12月21香港《大公报·文艺》第994期、1940年12月23日香港《大公报·文艺》第996期、1940年12月24日香港《大公报·学生界》第252期、1940年12月25日香港《大公报·文艺》第997期、1940年12月27日香港《大公报·学生界》第253期、1940年12月30日香港《大公报·文艺》第1000期、1940年12月31日香港《大公报·学生界》第254期；

  8. 第八章创作完后，未发表。2019年3月，该章佚稿在中国现代文学馆手稿库被发现。

  9. 第九章、第十章1941年7月发表在上海租界的《新文丛之二·破晓》上，以《无题》为名。

  10. 第十一章、第十二章、第十三章创作完成后，未发表。2017年5月，四章佚稿在中国现代文学馆手稿库被发现。

  11. 刘增杰、解志熙编校《师陀全集续编》补佚篇，收录《争斗》一～七章及九～十章，河南大学出版社，2013年5月出版。

有关《争斗》的研究

1. 刘淑玲：《〈大公报〉与中国现代文学》，河北教育出版社，2004。

2. 解志熙：《芦焚的"一二·九"三部曲及其他——师陀作品补遗札记》，《河南大学学报》（社会科学版）2012 年第 5 期。

3. 裴春芳：《在人性的温情和生命的对抗之间——芦焚长篇小说〈争斗〉校读札记》，《汉语言文学研究》2012 年第 3 期。

4. 胡斌：《关于师陀的"'一二·九'运动三部曲"——与解志熙先生商榷》，《南京师范大学文学院学报》2013 年第 3 期。

5. 慕津锋：《师陀四章残稿与其长篇小说〈争斗〉之间的关联》，《传记文学》2017 年第 8 期。

6. 慕津锋：《师陀长篇小说〈争斗〉：从"未完稿"到"完成稿"——中国现代文学馆馆藏〈争斗〉档案的发现与考辨》，《中国现代文学研究丛刊》2019 年第 7 期。

师陀遗作《争斗》全貌重现

王庆一

家父师陀卒于 1988 年 10 月。由于当时我不在他身边，这成为伴随我以后人生一个挥之不去的遗憾。可能冥冥中一切都有最好的安排，相信父亲在另一个世界还在继续笔耕。

上月末，北京中国现代文学馆副研究馆员慕津锋先生给我发了一条短信，同时还有他耗时两年对家父曾经未完成的长篇小说《争斗》最新发现的研究论文。他在文中指出：

> 前年，我发现师陀先生一部手稿残稿《争斗》……国内师陀研究界（刘增杰、解志熙等）也都认为这是一部未完成的小说。我找到了《争斗》的第八章、第十一章、第十二章、第十三章，加上之前国内发现的《争斗》九章，这样《争斗》应是一部一～十三章完整的小说。

慕先生的重大发现其实是对《师陀全集续编》补佚篇的补佚。

家父 1910 年出生于河南乡村。直到上商业职业学校，他才去了省城开封，中专应该是他的最高学历了。比起中国近代文坛众多大家，他的学历是偏低的。恰如中国现代文学评论家中享有"判官"称号的美国哥伦比亚大学著名教授夏志清先生在《中国现代小说史》"师陀"一章中的评述：

论才情，师陀是比不上钱钟书或张爱玲的，但他和他们一样也曾居于日治时期的上海。

　　夏教授治学严谨，除了代表性作家如茅盾、沈从文、老舍、巴金外，很少能入他的法眼。由此不难发现，师陀作品的文学价值和地位在国内是被严重低估了的。如能借慕津锋先生此次研究成果的东风，还师陀作品应有的文学价值和地位，实在是我国新文学史上的一件幸事。

2019 年冬月于上海

后　　记

　　这也许算是我的第一本文学档案专著研究。这几年，我的业余时间大部分都放在了馆藏档案研究上。其中，相当一部分时间花在了师陀长篇小说《争斗》的佚稿钻研上。

　　我遇到该稿实属偶然。2017年的某天，我在手稿库工作时，看到一个写有"师陀手稿"的档案，我打开后发现这里有一部没有名字，没头、没尾，没有落款时间、没有姓名的4章手稿，档案封皮上只写了"师陀手稿"4个字。出于好奇，我慢慢翻看手稿。对它提到的人物及讲述的故事有了粗略的了解。很快，我从书库借来《师陀全集》，开始试图寻找这部小说。结果，我在《师陀全集续编》补佚篇中真的找到了与这4章有关的小说《争斗》。就这样，我开始慢慢走近师陀，走近小说《争斗》。其后几年，我又先后发现《争斗》另外一章佚稿和草稿，随着研究的深入，便有了这部书稿。后来，我更是通过上海朋友结识了师陀的公子王庆一先生。通过他，我对师陀有了更多了解。王庆一先生对于我的研究十分支持，后来更是写了一份授权书寄给我，他不仅同意我将《争斗》全文在这本书稿中刊出，还鼓励我如有可能可加大对馆藏师陀资料的研究。非常感谢庆一先生的信任与支持！他的这个举动，让我对馆藏研究更有动力，也更有激情。

　　有些人总是会问我，你做的这个研究有多大意义？他们认为这种研究太"孤独"了，而且也看不到什么物质收益。听到他们这么说，我会笑着回答：

我自己乐在其中。

有一次，在与一位朋友聊天时，我告诉他我的"研究快乐"是什么。如果自己能在这些旧纸堆中找到一丝线索，进而有了重大发现，而这个发现恰恰又能填补中国现当代文学史的某个空白，那我那种内心的激动与精神上的满足就是我的快乐。我曾将这份快乐与钱谷融先生一起分享过。

2017年8月，我在上海与文学理论大家钱谷融先生聊起我自己正在进行的一个研究。我告诉钱先生，前不久，我在文学馆发现4章师陀残稿，通过查阅资料和自己研究，这4章残稿应是1940年师陀在香港《大公报》发表的7章《争斗》和在上海发表的2章《无题》剩余部分。通过内容比对和对师陀资料查询，这4章应在当时就已创作完成，但不知什么原因，这4章从未出现过。而且，师陀晚年自己也认为这部作品当年没有创作完成，是一部未完稿。师陀研究界也认为《争斗》是一部残稿。我把自己对这4章残稿的研究情况很详细地跟钱老汇报了一番。钱老很认真地倾听。当我讲完，钱老笑着告诉我，我的分析有理有据，这个史料发现还是很有些价值的。钱老讲道："师陀先生一直是中国现当代文学研究界没有特别重视的一个作家。对于他的作品研究，还是很需要加强的。"钱老鼓励我继续坚持下去，文学史料的研究其实非常重要。

钱老的鼓励一直激励着我，我也希望自己能用心做好馆藏研究这份"业余工作"。

很多时候馆藏研究确实很"孤独"，我常常就是一个人坐在浩瀚的"故纸堆中"，一点一滴地在寻找着作家们留在发黄纸张上的足迹。有时，当我翻看完厚厚的一堆"故纸"后，一无所获，冷清、寂寞还有失落，便会涌上心头。但这只是我一刹那的暂时状态，我会告诉自己不要放弃，继续走下去，一定会有收获。几年前，我的"忘年交"北大著名学者、教授严家炎先生曾讲过这样一段话，我看后触动很大：

"治学与人生是有联系的，不但治学的终极目标应该有益于人生，而且治学态度也是人生态度的一种表现。两者具有共性。无论为学或做人，都需要有一点'傻子'精神，即不计利害，脚踏实地，坚守良知，只讲真话，吃得了苦，经得起挫折，耐得住寂寞，必要时还得勇于承担，甘愿付出更大的代价。太'聪明'、太势利了，就做不好学问，也做不好人。"

馆藏档案研究其实就需要从业者"脚踏实地"，要"吃得了苦"，要"经得起挫折，耐得住寂寞"。否则，注定一事无成。

中国现代文学馆有着全世界最多的中国现当代文学档案资料。自1985年5月，中国现代文学馆在巴金、冰心、叶圣陶等老一辈著名作家倡议下在北京成立后，经过近40年的发展，中国现代文学馆已成为集文学档案中心、文学展览中心、文学研究中心、文学交流中心于一体的有国际影响力的专业文学馆。这里收藏了90多万件中国现当代作家著作、手稿、书信、日记、字画、照片、期刊等档案资料。其中，手稿3万多部，书信3万多封，很大一部分历经岁月沧桑，能保存下来实属不易。馆藏中的每一件文学档案，其背后都有着精彩的故事。有些可能被历史熟知，有些则在历史的长河中已慢慢遮蔽、湮没与忽略。正因如此，档案研究十分重要，也十分迫切。因为它可以使经验得以总结，规律得以认识，历史得以延续，事业得以发展。研究工作其实就是让这些档案"活化"，从而推进文化交流互鉴，进而守护好、传承好、展示好中国现当代文学优秀成果。作为这些档案的守护者，文学馆人有责任、有义务去研究好这些资料，为中国的文学史做出属于我们的贡献。也许我一生都做不出多大的成绩，但如果我能为中国现当代文学史添上一块小砖，加上一片小瓦，我想我便已非常知足了。看着自己的那份贡献，我一定会充满着"研究史料的快乐与满足"。

在一次与华东师大著名现代文学史料研究大家陈子善先生聊天中，他对我的这个"研究史料的快乐与满足"观点表示赞同，他谈到自己曾在华东师范大学图书馆工作过八年。那八年，对他的史料研究来说，其实至关重要，他称之为"八年抗战"。

"那时候，我的心态十分平静，能够集中精力，不被打扰地埋头在旧报刊中。常常一看就是一天。"

子善先生所说，研究者要在研究史料时"心态平静""集中精力"，我也有同感。研究者只有具备了这种精神，才可能在浩如烟海的资料中"披沙拣金"。同时，做史料学问的人在面对史料时，还要具备一种紧迫感、一种使命感，要有担心"那些资料不去看就会消失"的压力。否则，有些东西老是出不来也不行。

我看过一篇有关子善先生的文章，文中说子善先生常常告诫年轻研究者一句话：

"第二等的天资，老老实实做第二等的工作，可能产生第一流的成果。如果第二等的天资，做第一等的工作，很可能第三等的成果也出不来。"

这句话充满着哲思。我想我会一辈子"老老实实"地去做史料研究工作。即使这项工作在别人看来是一件"脏活""累活""苦活"，但我却在这种"脏"与"累"中"苦中作乐"，因为它能让我感到愉悦与充实。

我希望自己对馆藏研究的这份热情能一直坚持下去，对师陀先生的研究能一直延续下去。我希望通过自己的努力，不断地让文学馆收藏的这些珍贵档案"开口说话"，让它们传承中国百年文学史的文明，让喜爱文学的人通过它们承载的历史信息，记得起历史沧桑，看得见岁月流痕，留得住文化根脉。